野火の夜《のびのよる》

望月諒子

新潮社

野火の夜

Prologue

その夜、岬は密度の濃い闇の中に沈んでいた。

耕作を放棄された急斜面の段畑では、畦道《あぜみち》には草が伸び、木が畑のきわまで生い茂っていた。太陽と潮風をいっぱいに吸い上げた南国の木々は、道をみるみる侵食する。畦道は上へ行くほど細くなり、ぷつんと切れると、その先はかき分けて通らないといけないような藪だ。

男は大きな紙袋を抱えて、段畑の道を登っていた。

小石と土で練り固められた急な畦道に靴を突き刺すようにして、一足ごとに進む。そのザクザクという足音だけが男の耳に鮮やかに聞こえる。

蒼白い月の光が足元を照らしていた。最後の段畑が切れると、藪の向こうには手つかずの林が広がる。ぽっかりと口をあけた獣道から身をかがめて藪から林に入ると、月明かりさえ消えて漆黒の闇となる。

男は片手で枝をかき分けた。一歩進むたびに、草や枝が弓のようにしなって体にすれて、頬を切り、服に色をつけた。聞こえてくるのは梟《ふくろう》の鳴き声——あとは小さな動物の気配がするだけだ。落ち葉が積み重なり、すべての音を吸いこんでいた。

やがて林を抜けて、ふたたび月明かりの下に出た。

男はそこで初めて立ち止まった。

眼下にあるのは小さな集落だ。

集落の前は海であり、背後は山だった。深い闇を作る山と、もっと深い闇を湛《たた》える海との間のわずかな土地に、家々が張りつくように並んでいた。

するとそのとき、海に向かって建つ、ひときわ大きな家からオレンジ色の光が漏れた。見る間に温かみのある色がきらきら光りながら艶やかな色に変化していく。やがてマッチの頭が燃えるように、家が火を吹いた。その光は男の顔を照らした。

男は猛々しい目をしてその炎を見つめた。その表情は恐怖とも驚愕ともつかない。

海は闇の底にあるように黒々と溜まり、その漆黒の闇は遮《さえぎ》るものなく空へと連なっていた。


男は再び山道を歩き始めた。

やがて眼下に、頼りなげな街灯の灯が見えて、男は立ち止まった。街灯の下の車道は集落から外へ繋がる唯一の道だ。男は灯を頼りに山の道をかき分けて車道へと下りた。

車道はリンゴの皮を剝《む》くように山肌の外周を回っており、片側は山、もう片側は遮るものなく眼下に海が見下ろせる。かつては人の足で踏み固められた道だったが、いまでは車が通るように拡張されている。バス一台分の幅しかなく、ところどころガードレールは切れているが、半島の人間には、迷うことのない安全な道だった。

その道は半島の人間しか使わない。役所に行く、電車に乗る、船に乗る——岬の外に用事のある者がこの道を使った。子供の頃は行商の女が歩いていた。いまでは日が昇る頃から軽自動車と軽トラックが走る。もう少し前、まだ未舗装だったころは、真珠養殖業者の高級車が土埃を上げて走っていた。

暗いうちは車通りはほぼない。しかし夜が明けたら、岬の集落からの車が走り始める。

男は急いだ。

途中、一台の軽自動車の音が背後から近づいてきた。薄闇の中で背中にその音を感じた男は荷物を下ろして胸に抱え、道の端で背を丸めて身を固くした。しかしその軽自動車は停まることなく行き去った。

車の後ろに土埃が舞った。

男はそのとき、この道で歩く者を見かけたら乗せて行くという慣習が絶えて久しいことを思い出した。

水平線の上に白い光が淡く広がり、やがて太陽が現れた。海に浮かぶ島が闇の中から浮かび上がるように姿を現して、大きな太陽が、悠然と島々の間を昇っていく。海上を鳥が舞った。

男は袋を抱えてひたすら歩き続けた。

この車道には、それぞれの集落から伸びる道と交差する所にバスの停留所がある。

歩き始めて三つ目のバス停で男は立ち止まった。一刻も早くここを離れるには、港まで行ってフェリーに乗ることだ。三崎港へ行けば、九州は目と鼻の先だ。

朝の日を浴びて、山の葉も石積みも、細やかに光っている。近くの集落から歩いて来たのだろう、老婆が大儀そうにやってきて、バス停の前で立ち止まると腰を伸ばした。

もうすぐバスが来るということだ。

男は老婆を盗み見た。

岬の住民は何気ない顔をしていても辺りに隈なく注意を払っている。年寄りならなおさらだ。そして彼らは話をあっと言う間に広めるのだ。村の年寄りほど噂の回りの早い者たちはいない。

――おれが油池《ゆち》の神崎小太郎《かんざきこたろう》であることは知らないとしても、昨夜油池で中野《なかの》の家が襲われたこと、金が盗まれたことは、すでに半島全域に知れ渡っていることだろう。

小太郎は、紙袋の中の金を見つめた。袋には五千円札がぎっしりと詰め込んである。それも一面に血を吸った赤い五千円札だ。

血に濡れた板間——そこに倒れ込んだ守男《もりお》。

部屋の様子が思い出されて、小太郎は身震いすると目を瞑《つむ》った。

おっちゃんの死体を見たあの日まで、死ぬつもりでいた。

この半島にいて、なにができるだろうか。親の代から借金漬けだ。村の真珠業者はみな、何億という借金を抱えている。今年こそ失っていた売上を取り返そう——取り返しさえすれば、金は返せる。そう信じて、何年借金を繰り返したことか。

でももう取り返せないのだ。みな、心のどこかでそれを知っている。

真珠を海の恵みと思い、その恩恵に疑いを持つことはなかった。昔イワシで栄えたように、海は自分たちに真珠を与え、食わせてくれる。そんな都合のいいことを本気で信じていた。

しかしある日、自分が水の中に落ちたような気がした。着ている服が水を吸い込んでその重みで身動きがとれなくなる。そんな風に借金は、突然存在感をあらわにして小太郎を威圧した。

小太郎が集落で自殺者の死体を見たのは、そんな時のことだった。

つい一週間前のことだ。その家の娘は小太郎より十歳下で、高校に通うために里にある親戚の家に間借りしていた。夏休みで帰って来ていたその高校生が、「父ちゃんを知らんか」と小太郎に聞いてきた。不安そうな顔をして、小さな子供が泣きそうになっているみたいだった。

「おっちゃんがどうしたんね」

「おらんがよ」

いないことがそんなに不安なのか——そう不思議に思って、小太郎ははっとした。

この二カ月で二人、自殺した。誰がいつ自殺しても不思議ではない。この子はそれを知っているんだ。二人とも病死ということになっている。村の駐在が、残された家族のためにそういうことにしてくれる。だが、村の者はみんな真実を知っている。

小太郎は林の中に入った。そうして大きな木の下に娘の父親を見つけた。

娘の父親は首にロープを巻き付けており、折れた大きな枝とロープで繋がっていて、その枝の下敷きになっていた。

近づくと引き裂かれた生木の青臭さが漂った。

娘の父親は生きていた。目を剥いて、ぐう、ぐうと小さな声を発していた。

首吊りの途中で枝が折れたのだ。

目の前で、娘の父親が泡を吹いた。そしてそのまま、ぷつっと動きを止めたのだ。

――死んだ。

娘とこの父親のことなら、娘が生まれたときからずっと知っている。

小柄な、人のいいおっちゃんが、海を見せようとするように娘を高く抱いて、満足そうに歩いている夏の日の姿を小太郎は思い出す。

小太郎は、携帯から村の駐在に電話をかけた。そしておっちゃんの死に姿を見つめた。

嘔吐物で汚れた口の周り。眼球が飛び出しそうにむくれた目。赤く浮腫《むく》んだ顔。汚物の臭いがして、ズボンは濡れている。

気がつくと足ががくがくと震えていた。下から、「父ちゃん」と呼ぶ娘の声がして、「こうにいちゃん、こうにいちゃん」と、今度は小太郎を呼ぶ声に変わった。

すがりつくような声を聞き、そんなに親しかっただろうかとうすぼんやりと自問した。そして親しかったと気がついた。

あれはいつだろう――進路を考えるのが嫌になっていたから、中学三年の時だ。あの娘がまだ小さくて、暇そうにしていたから、そんな小さい子との遊び方がよく分からなかったが、道に絵を描いてやった。三角を描いて、丸を描いて。すると「そんなんは知っとる」と不満げだったから、ひらがなを教えた。

おばちゃんは夏には甘い餡の入った大きな饅頭を蒸して、盆に載せて持って来てくれる人だった。風呂が壊れた時に、ひと夏、貰い風呂に行き、そこで饅頭をもらって、おっちゃんの家族とテレビを見た。あの時はまだ娘はお座りするだけの赤ん坊で、それでも満足そうに饅頭の皮を握りしめていた――。

頭上にセミがけたたましく鳴いて、小太郎は足を震わせたまま、娘の名を呼んだ。こっちじゃと言いかけて、死んだ父親を前にして言葉を飲んだ。

逃げ出したいと思った。でも逃げ出すこともできない。

「こうにいちゃーん」

こだまのような声がした。

小太郎は死んだ男に目を吸いよせられたまま。

地獄の底をのたうったようなその姿。

そのとき突然、思ったのだ。おれは、こないにはなりとうない――。


小太郎は山の端に座り込み、額の脂汗を拭いた。

空は晴れ上がり、日を遮るものは一つもない。

ポツンとある農作業小屋の軒下《のきした》に、渇ききった洗い晒しのタオルがじりじりと日に灼かれていた。

バス停に立つ老婆は、ちらちらと小太郎を盗み見ている。袋からは血のついた札が見えていた。

小太郎は、老婆がバスが来る方角に視線をやったすきに、「参道ホテル」と書かれたそのタオルをつかみ取った。そうして紙袋の上に被せ、両端を中に押し込んだ。

老婆の視線の先から、土煙を巻き上げながらバスが来た。

小太郎は老婆に続いてバスに乗り、二つ後ろの席に座った。老婆の半分ほどけたお団子頭を、その、白髪と黒髪の入り交じった、いかにも老人臭がしそうな小さな頭を見続けた。

眼下に宇和海が続く。

バスはフェリー乗り場の前で止まった。

軽自動車やトラックが慣れたようにフェリーに乗り込んでいく。

小太郎はフェリーの二等船席に、紙袋を抱えて座り込んだ。

一九九六年八月七日のことだった。

第一章

1

今年の夏はひどい天候だった。

本来大陸に抜けるはずの台風が、東に進路を取って日本列島を直撃した。その前は、北に高気圧が停滞して、前線が居すわって長い雨を降らせた。遥か南洋では立て続けに台風が発生し、その内のいくつかはかねてからの海水温の上昇のため、日本列島に近づく前から、列島をすっぽり覆うほどの巨大な雲を形成した。その勢力は列島に近づいてもなお、衰えることはなかった。

南洋上で発生する暴風雨は、船のマストを折り、大きな船を転覆させる。そんな風雨がそのまま日本列島で吹き荒れたのである。

トラックが横転し、沖合に繋がれていたタンカーが流された。

家の屋根は飛び、弱っていた街路樹は根っこから倒れた。

次の台風では山が崩れた。

そしてその次の台風と低気圧で川が氾濫して町が冠水した。

地上波テレビでは、ニュースが刻々と災害が近づく気配を配信し、繰り返し「命を守る行動を」と呼びかけた。

スーパーの棚は空になり、ガソリンスタンドには列ができた。

都心の地域はほぼ開発され尽くして、土地開発業者は本当なら宅地に向かない、かつての沼、低地にショッピングモールを作り、公園を整備して高層マンションを建てて売った。危険を知らせる地名はもうずいぶん前に「縁起が悪い」と、明るい漢字を使った地名に変更されていて、そこには危機感をあおるものはない。しかしその地が海面より低いという事実は、どんなにショッピングモールを作っても、ハイエンドタワーマンションを作っても、変えることはできない。

氾濫し巨大化し、流れが止まった泥色の川の中に浮かぶ車。

折れた電柱。

えぐれた山肌。

崩れ落ちた家。

泥水に埋まった水田。

膝から下を泥水に沈めて歩く人びと。

いろんな地域のいろんな被害が地上波で延々と流された。

銀行で不穏な物が発見されたのはちょうどその夏の終わりのことだ。

行員が、回収した両替機の札の中に黒ずんだ紙を見つけた。手に取ると、うっすらと透かし模様が入っていて、間違いなく日本銀行券の五千円札だった。

それは不穏な色だった。黒ずみはコーヒーの染みでも醬油の染みでもない。独特の照りと赤黒さだ。

銀行は警察に通報した。

「回収した紙幣の中に、血液と思われるものが付着している五千円札が多数混ざっているんです。一代前の古い型の五千円札です」

やってきた警察官に対し、行員は卓上にそれらを広げて見せた。

惨劇の場にばらまかれて血を吸ってきたように、黒々とした紙だった。

点々とした黒ずみのあるもの、雨垂れを吸いこんだような染みになっているもの、ほとんど白い部分が残っていないもの。それらを卓上に敷きつめると、どこか異世界の地図のようだった。

翌日もその翌日も、場所を変えながら、黒い旧五千円札が発見された。

自動販売機の会社が回収した紙幣にも同様の黒い紙幣が発見された。さらにはパチンコの両替機、ゲームセンターの両替機からも同様の黒い旧紙幣が回収されたのである。

鑑識は、黒ずみは人間の血液で、二十年以上経過しているものだと断定した。

その後も通報は続き、発見は東京都内にとどまらず、埼玉、千葉、群馬、栃木と、北関東を中心に広がり、その総額は二百万円を超えた。

千葉県木更津《きさらづ》市。

農地と空き地の中を対面二車線の道路がただまっすぐ伸びていた。道にはなんの障害も——曲がり角さえない。

走っているのは軽トラックと軽自動車、バス、そして営業車だ。バスはどの車よりもスピードを出していた。乗客は数名。道路沿いにある「停留所」と書かれたポールが立つだけのバス乗り場は、遠くからでもよく見えるから、運転手はバス停に待ち人がいないと見るとノーブレーキで駆け抜けた。アナウンスはない。もちろん停車も発車も荒い。若い運転手は、ドライブのおまけに乗客を乗せているると思っているようだった。

沿線は寂れて、広い平地に長屋型の公営住宅が整然と並んでいた。どの家も古く、屋根は赤い瓦で、二本のプロパンガスが鎖で壁にくくりつけてある。

道沿いの自動販売機も例に洩れず古かった。飲み物の販売機だけでなく、十八歳未満購入禁止のアダルト雑誌の販売機もまだ設置されている。

その自販機の前には、夜になるとよく車が停まる。

警官は小型のパトカーを公営住宅の脇に停め、自販機の前に車が停まるたび、車を降りて近づいた。そして対象者が四千円以上のお釣りを手にしていたら、一人がにこやかに話しかけながら、もう一人がこっそりと車のナンバーを控えた。

「なんなんですか」

「このへんに不審者が出るらしくて、注意喚起です」

「こんななんにもないところに？」

「不審者というのは、なにを考えているのか分からんですからね」

そうやって見張って三日目の夜のことだ。

一台の白い車が自販機の前に停車した。

軽自動車や営業車などこのあたりをよく走っている使い込まれた車ではなく、いわゆる高級車の類で、降りて来た男は三十代半ば、着ているものはそこそこ良いものだった。

待ち構えていた二人の警官はパトカーを降りた。

そしていつものように、にこやかに話しかける役の警官が、ちょっと帽子を浮かせてやぁと挨拶しようとした、そのときだ。

警察官を見た男の顔が凍りついた。

そしてロボットのようにぎこちなく後ずさる。

それから踵《きびす》を返すと脱兎《だっと》の如く駆け出して、車に飛び乗って逃げたのである。

二人の警官はパトカーに駆け戻り、男の車を追いかけた。

視界を遮るもののない田舎の道路だ。その上交通量は少ない。前方を走る車のテールランプは目視で追うことができた。道を折れなければどこまでも追跡できるし、仮に道を折れたとしても、そこは農道であるから、むしろ追いつめることはたやすい。

前方を逃げる車はがたいが大きく、その分見失うこともない。

パトカーが追跡を諦めざるを得なくなったのは、数少ない通行車両の、交通違反によるものだった。前を走る車を追い越そうと、対向車線の車が飛び出して来たのだ。

パトカーはハンドルを切り、農地に突っ込んだ。飛び出してきた車は反対側の空き地に突っ込み、その際、前方を走っていた車の左側面をかすった。そのために前方の車はスピンして、パトカーのあとから農地に飛び込んだ。パトカーの上でバウンドすると、頭から水田に刺さったのである。

白の高級車は、もはやどこにも姿がなかった。

警察が三台の多重事故を引き起こしたのは「血で汚れた金」について情報収集をしている最中のことだった。その金が定期的に発見されるのがその雑誌自販機だったのだ。

問題の汚れた札はどれも一九八四年から二〇〇七年にかけて発行されていた旧札だった。旧札の五千円札に対応可能な自販機で、人目がなく、監視カメラもない場所に設置されているものといえば限られてくる。事故の四日前には十二枚の「汚れた」札が入っており、自販機内では釣り銭が切れていた。五千円札を使って一冊購入すると四千円あまりの釣りが発生する。汚れた五千円札が吸い込まれて四枚のきれいな千円札が吐き出されるわけだ。問題の紙幣を持った人間がその自販機を「資金洗浄機」と認識していたのは間違いない。十二枚使ったところで購入を止めたのは、釣り銭切れで自販機の購入ボタンが点灯しなくなったからだろう。

そこで最寄りの警察署が見張っていたのだ。

その後も「血のついた五千円札」はいろいろなところで回収され続けた。

やがてキー局で短いニュースが流れた。

「昨日、千葉県印西《いんざい》市の雑誌の自動販売機と埼玉県東松山《ひがしまつやま》市のゲームセンターの両替機で、それぞれ血のついた五千円札が複数枚回収されました。印西警察署によりますと、紙幣は一九八四年から二〇〇七年に発行された旧紙幣で、同様の五千円札は一カ月ほど前から北関東各地の自動販売機などで回収されており、総額は二百万円にのぼるということです。今のところ事件性は認められないということです」

ニュースはそのまま「商業施設の再開発」という地域ニュースに切り替わったが、「血のついた古い五千円札」というワードは、視聴者の耳に焼きついた。

インターネット上に関連記事が上がり、パチンコの両替機で発見されたときの動画が上がると、またたく間に拡散されたのである。

桐野《きりの》真一《しんいち》は雑司《ぞうし》が谷《や》に事務所を持つ三十二歳の弁護士だ。

事務所を構えて三年になる。独立に際しての借金は半年前に完済した。

事務所の内装はきわめて実利的だ。スチールの本棚が並んでいて、そこに分厚いファイルが病院のカルテのように納まっている。机の上は整理してあるが、脇のスチールデスクは物置になっている。観葉植物はとっくの昔に枯らしてしまった。事務員はいない。

今年の夏は全国的にひどい豪雨だ。あちこちで被害が出ているそうだ。しかし今日の東京の空は晴れ上がり、かんかんと日が照りつけている。その日は三十二歳の誕生日だったが、彼女もいないのでとくに変わったことはない。真一はいつものように昼食を食べに外に出た。

事務所は二階で、階段を降りると下にカレー屋がある。

五軒向こうの似たようなカレー屋は、順番待ちの客が列を成しているというのに、事務所下のカレー屋には客がいない。看板の派手さもクレヨン書きのようなメニュー表も同じだというのに。

真一は久しぶりにそのカレー屋に入ろうとドアを押した。だが、客のいない店内でテーブルを拭く店主の憮然とした顔が目に入り、ドアを押す手をそっと引っ込めた。ドアが音もなく元に戻り、閑散とした店内が視界から消えた。

そのカレー屋は、子供のころに行ったおもちゃ屋を思い出させた。軒の低い、ぎゅうぎゅうにおもちゃを詰め込んだ、駄菓子屋みたいな古い店で、年寄りの店主夫婦はひどく無愛想だったが、暑い日にいくと麦茶を出してくれたり飴をくれたりした。だから愛想がないことに悪気がないことはよく知っている。

わかっているけど、あれでは来る客も来ない。

そのカレー屋が開店した当初はよく訪れた。当時からさほど繁盛していた店ではなかったが、奥さんと二人でやっていて、言葉に少し訛《なま》りがあり、それが好ましかった。五軒向こうのカレー屋は、ある日のぞいてみると、SNSで広がったのだろう、客があっという間に増えた一方で、階下のカレー屋を出るまで耳馴れた言葉を一度も聞くことがなかった。カレーを頼んだが、店を出るまで耳馴れた言葉を一度も聞くことがなかった。注文をして、「ごちそうさまでした」と金を払い、釣りを受け取り店を出るまで、店主は一言も言葉を発しなかったのだ。

間の悪いことに、ものは試しと五軒向こうのカレー屋に食べに行った時、店を出たところで階下の店主と鉢合わせした。店主は素知らぬ風を装ったが、確かに瞬間的に目を背けた。真一はそれから店に足を向けにくくなっていた。事務所の入る雑居ビルは場所がいいにもかかわらず家賃が安かった。音が響くのだ。だから、階下のカレー屋に人の出入りがあまりないことは二階の真一には知れてしまう。最近では奥さんが手伝いに来ている気配もない。結局、カレー屋を横目にコンビニでパンを買い、階段を上がった。テーブルを拭く主人の険しい顔が思い出されて、気が重かった。

事務所のテレビでは、血を吸った旧五千円札が大量に現れたというニュースをアナウンサーが伝えていた。画面には捜査中に発生したという事故の映像が流れ、野っ原のような広々とした田んぼに、二台の車が横転している。事故そのものはかれこれ二週間前の、木更津市でのものだという。一台は頭から突き刺さっていて、パトカーは亀をひっくり返したみたいだ。

派手だがあれだと怪我はたいしたことはないな。

そんなことを考えながらパンを食べていたときだ。ドアをノックする音がした。

開けると、六十前だろうか、壮年の男が立っていた。どこかで見たことがある顔だと思ったが、誰だか思い出せない。男は、真一を見やると名乗りもせずにずかずかと入ってきた。

こういう入り方をする人間は、横着、無礼であることはもとより、職業的に知っていることと言えば、往々にして切迫した問題を抱えているということ。

それにしてもこの赤黒い顔といかつい体型には確かに見覚えがある。

男は案内も待たずに応接セットの椅子に座ると、持っていた大きな紙袋を脇に置いた。袋はずっしりと重みがあるようだった。

「息子がお世話になりまして」

男は睨《ね》めつけるように真一を見ている。

「森本恒夫《もりもとつねお》の父親です」

そこでやっと桐野は思い出した。

彼は真一の顧客ではない。彼の息子を知っていたのだ。そしてこの男の息子の世話は、したくてしたわけじゃない。ただ成り行きでそうなっただけだ。

確か五年ほど前のことだ。この近くの法律事務所でアルバイトをしていたころ、真一は友人に頼まれて、子供の勉強を見るボランティアに協力した。教室の裏では子供に無料で食事を振る舞う子供食堂が開かれていて、活動には商店街が協力していたので、将来の顧客獲得に役立つかもしれないと思ったのだ。

そこは子供だけでなく、引きこもりやドロップアウトした人々の相談所のようにもなっていた。そこに、ベトナム雑貨店を営む店主が連れてきたのが、森本恒夫だった。

恒夫は当時三十一歳だったが、高校を中退して専門学校を卒業したあと半年しか就業経験がなく、短期のアルバイトを数回したものの、つまりは履歴書に書く職歴がない。真っ白の履歴書を持って応募してきた恒夫を雑貨店の主人が雇ったのは、まったくの善意だった。その店で恒夫は数回、金を使い込んだ。帳簿の数字が合わなくなり、調べたところ恒夫が店の金を使い込んでいることが発覚した。そこでどうしたものかと、知り合いでボランティア活動をしている真一に相談に来たのだ。

雑貨屋の主人は、店の金を使い込まれたというのに、ここを辞めたらあとはどうなるのかと恒夫の行く末を心配した。家庭に問題があると思うということだった。雑貨屋の主人には恒夫は保護されるべき人間に思えたのだ。

しかし森本恒夫は引きこもりというより働くことが嫌いなのだ。加えて、倫理観が育っていなかった。横領についても人ごとのようで、反省の意識も薄かった。恒夫より若い雑貨屋の主人には「人にはやり直すチャンスがあるべきだ」という信条があったが、本人にその気がないのだからどうしようもない。

結局、森本恒夫は雑貨屋を辞めたのだが、それは彼自身の考えというのではない。父親が雑貨屋に怒鳴り込んできたからだ。それがこの男である。

雑貨屋の主人は父親のただならぬ様子に、桐野を呼んだ。父親は二人を前にして「こんなところで息子を働かせる気はない」と言った。こんなところというのは、雑貨屋のことだ。土方でも、コンビニエンスストアの店員でもいいが、雑貨屋は許さんと言った。

真一と雑貨屋の主人は、父親が何を言っているのかわからなかった。

聞き取れたのは、雑貨屋が個人営業だからということだ。息子には、組織で働かせる。社会保険があり、上司がいるところだ。「働くというのは、社会に、金を出す価値を認めてもらうことですから、お父さん」――そう、雑貨屋の主人が言ったが、父親はまったく聞く耳を持たなかった。きれいごとを言うんじゃない。個人商店で働くというのは、どこの馬の骨ともしれない人間の靴を営《な》めることだ――そう言い放った。

父親は中古車販売店の経営者だ。自身が個人商店主なのだ。そこから彼の生き方が透けて見える。彼は、従業員を信用したことなどないのだろう。走行距離のメーターを誤魔化して客に売っているのだろう。つける嘘ならどこまでもついてきたのだろう。そしていま、息子が踏みつけられる側に回ると血相を変えている。

恒夫本人にはなんの意見もなかった。父親が怒っているからという理由で、そのまま辞めたのだ。ところがそのあと恒夫は、桐野のいるボランティア教室に通って来るようになった。

恒夫は子供食堂で皿を洗ったり机を拭いたりした。それは居場所を求めてというより桐野を慕っているようにも見えて、不思議に思ったものだ。あのあと半年ほど来ただろうか。

そうだ。この男は、怒鳴り込んできたあの父親。

森本賢次《けんじ》だ。

彼はまっすぐに真一を見ていた。

「聞いてほしいことがあるんです」

ふてぶてしい態度だった。真一は時計を見た。一時半だった。二時に予定があると嘘をついて追い返そうと思った。

「息子が面倒を起こしたんですよ。それが、いま流れているそのニュースなんです」

その言葉で出鼻をくじかれた。

「ここ数日、ずっとテレビでやっているでしょう。血がついた五千円札」

今テレビで流れていたニュースだ。

「あの木更津の事故、捕まりそうになって逃げたのはうちの息子なんです。あの車は私が買ってやった車で」

真一は思わず男の向かいの椅子に腰掛けた。

森本賢次はそれを見届けると、改めて、椅子の背にどっかりと身を預けた。


「家内から、先生のお話は聞いていました。ずいぶん熱心に指導していただいたようで。あんな見込みのない子にご苦労さまです。

学校も行かずに。だったらやめて働けばいいのに、それもしない。いまの若いもんは、食うに困るということを知らない。餌をもらえるペットと同じですよ、先生。勉強したらほめてやらないといけないんですから。昔は親に頭を下げて学校に行かせてもらったというのに。

本当に贅沢ですよ。家から放り出してやりたい。実際、何度か放り出しました。夏に出しても効果がないので、冬に放り出すんです。シャツ一枚で。がたがた震えて、ドアをたたきますよ、開けてくれって。だんだん泣き声になって、すすり泣くんです。次から勉強します、って。二度と口答えはしませんとか、食べ物は残しませんとか。でもね」

森本賢次は薄ら笑いを浮かべて、真一を見つめた。

「いつも口だけなんだ」

信号の障害者用のメロディーがどこからともなく聞こえた。部屋は静まり返っていて、ときどき階段を使う人の足音と、カレー屋のドアが閉まる音が響いてくる。エアコンが軽く唸るのが耳についた。

「なにをやっても無駄。母親が甘やかしますから。高校生にもなって泣くんですよ、玄関で。家内は、みっともないから中に入れてくれって言うんです。あの女の頭の中にあるのは体面だけ。いつもそうなんです。あの子は母親に似たんでしょう、泣き落として、でもこちらが拳を下ろして背中を向けたら、舌を出すんです」

森本賢次の眉間に一瞬、力が入った。息子に本気で怒りを感じているようだった。

「小さいときはかわいかったんですよ、あれでも。うちの里は高知の奥で、道が細くてね。車も三台あったんだが、不況で二台を手放して、最後の一台は古い軽トラでした。使いやすいので置いていたんです。その助手席に座って、おとなしく外を眺めている子でした。それがいまでは家の金を持ち出すんですから。家内は田舎もんで方言がきつい。近所づきあいができないんです。それで家でふさぎ込んだまま、息子に何を言われてもなんにも言えない。息子は、母親のことをババアと呼んでいましたよ。強いものには弱く、弱いものには強い。あれはそういう人間です。先生にも、だいたいのことはわかっていたでしょ？

家内の話では、不良どもとつるむようになったのが高校二年のときだそうです。金持ってこいと言われたら持っていく。持っていかないと、便所で殴られるんだそうです。

思うんですが、先生。なんでああいう子は教師に言わないんでしょうかね。私が家から追い出したときも、ほんの三分歩けばコンビニがあるんですよ。寒けりゃそこへ助けを求めたらいいじゃないですか。考える力がないのか、体面が大事なのか。

そのうち学校に行かなくなって。学校に行かなくても、金は取られるんです。学費のことじゃありませんよ。不良どもが集金に来るんです。それどころか、うちに上がり込んで、ゲームして帰る。家内がそれに、菓子なんか出すんです。私が、全員放り出したことが二回あります」

それから、ぐっと身を乗り出した。

「腹が立ってね」

目が生き生きとしている。森本賢次はその血の気の多い目を見せつけると、元の位置に背中を戻した。

「それから、うちには来なくなって。というか、私がいるときには来なくなっていました。そうすると息子はどうしたと思いますか?」

真一が黙っていたので、賢次はそのまま話を続けた。

「うちの金をつかんで悪い仲間のところに出かけていくようになったんですよ」

奇妙な緊張感が張りつめていた。不穏とか、邪悪とか。真一は彼が入ってきたときから、姿勢一つ変えられずにいる。それが自分の威に屈しているように見えるんだろう、森本賢次は話すほどに饒舌《じょうぜつ》になっていた。

「息子は高校を中退して、仕方がないのでうちの仕事をしばらく手伝わせました。給料は払いましたよ。うちの金を使い込んだのにも気づいていましたが、もう面倒くさくなって。あいつが金を持ち出しても、学費よりは安く済んだから放っていたんです。そのあと家内が専門学校に行かせて。卒業した後、私のつてで就職させましたが、朝が起きられなくてやめました。何度か警察にやっかいになっています。あんたらのボランティアだかの食堂で世話になったあと、もう一度うちで働くというから、スーツと車を買ってやった。仕事場に出入りができるようになると金をもち出す。得意先に集金に行ったら、息子さんが取りに来たので渡しましたと言われたり。家に一人泥棒を飼っているようなものです。それで、もうこれは金を断とうと思いましてね。あいつには一円たりとも渡さないことにしたんです。私のしたことに間違いはありますか?」

それは真一をなじっているようにも見える。

「大事なのは家内に金を渡さないことなんです。家内に渡したら結局息子のところにいきますからね。兵糧攻めですよ。それで息子はあの金に手を着けた。あの金というのは血染めの金です」

そういうと、森本賢次は、テーブルの上にどんと音を立てて持ってきた紙袋を置いた。

紙袋の中には古びた紙袋がすっぽりと入っていた。

「これがその金です」

中から五千円札が覗いている。いくらぐらいあるだろうか。紙袋いっぱいに詰めこまれているようだ。そしてその金はひどく古く、赤黒い染みがついていた。

血を吸って固く縮んだ紙幣だ。

その数枚には、うっすら埃が張りついている。

「これは、二十五年前に、私が九州に向かう船の中で盗んだものです」

それから森本賢次はまた、話し始めた。

「あの日のことはよく覚えているんです。八月七日の昼前のことです。資金繰りが悪くて、たった一台残した軽トラまで借金のかたに取られることになっていた。さっき話した、残していた最後の軽トラですよ。私はその軽トラで九州へ行くところでした。船の中で汚いなりをした男が抱えていた紙袋に、金が詰め込まれているのを見たんです。まともな金じゃないだろうと思いました。それで下船の時にかっぱらって軽トラで逃げたんです。袋を開けて驚きました。ざっと五千三百万円入っていたんです。そんな大金が入っているとは思わなかったんで。それを自宅の押入れの奥に隠していたんです。ニュースになっているのは、まちがいなくこの金の一部だと思う。金に困った息子が持ち出したんですよ」

森本賢次は、袋の中から、そこに見えていた古い紙袋を引き出した。

持ち手や端の部分が茶色く変色して、今にも朽ちて破れそうだった。賢次はその古い紙袋の中に手を突っ込むと、中のものをテーブルの上に置き始めた。

乾いて反《そ》り返った金だ。

点々とつく赤黒い染み。

袋には店名が書かれている。住所は八幡浜市《やわたはまし》　幸　町《さいわいまち》小梅屋。

「かなり使いましたから、もう三千万円ほどだと思います」

森本賢次の手つきは、まるで魚の臓物を日の下《もと》につかみだすようだ。

最後に力任せに引き出したものは乾いた古いタオルで、それは空気に触れるだけで朽ちて溶けそうだ。倒れた紙袋から小さな人形が三つ、ころりと転がり出た。親指ほどの大きさのもので、子供のおもちゃのようだった。

五千円札は山を成した。

賢次は、二十五年前の船での記憶を思い出す限り語った。それは吐き出したいと熱望していたようでもあった。

「あの船は地元の人間しか乗らない。当時は乗船名簿があって、名前を書くんですよ。もちろん、私も書いています。でも、あの男は、警察には届けられない。こんな血のついた札束、明らかに何かの事件が絡んだ金ですからね。何かあれば、私は出来心で金を盗んだと申し出ればいいんです。そうなると私は窃盗になるが、あの男は殺人容疑だ。だからあの男はこの金を諦めるしかなかったんですよ」

古びて紙のようになったタオルには「参道ホテル」とプリントしてあった。真一は、その横に転がった古いおもちゃをじっと見つめていた。ロボットのフィギュアが二体と、まるでタイプの違う、古いくるみ割り人形の兵隊だ。そして初めて口を開いた。

「今回の金のことについて、警察には届けていないんですか」

「ええ」

「なぜですか」

森本賢次は身を乗り出した。

「人殺しにされたくないからですよ。息子が捕まったら、息子は、父親の金だって言うでしょうよ。血のついた札なんか持って、いまさら二十五年前に船で盗んだものですって言ったって誰が信じますか。あのときの目撃者なんか捜せないんだから。ここに来たのは先生ならなんとか考えてくれると思ったんです。あのできそこないの起こしたことだから」

それからまた、椅子に座り直した。

ブラインドから射す日がわずかに黄味をおび始めていた。

「その金で仕事は持ち直したんです。ほんの少し血がついたような金は、慎重に換金しましたよ。問題になりそうな金は触らなかった。ニュースを見て直感しましたよ。残していた金を息子が持ち出して両替している。自分で稼げと言ったらこのザマだ」

真一は、血のついた札から森本賢次へとゆっくりと視線を上げた。

森本賢次は勝ち誇ったように真一を見つめ、しばらく沈黙が流れた。

「では、あなたはこの金の出所について、知らないというんですね」

森本賢次は、落ち着きはらって答えた。

「そうです。船の中でくすねたんです」

「この袋を持って警察に出頭することをお勧めしますが」

森本賢次はしばらく真一をにらみつけた。

「おれはあんたに助けてもらいに来たんだ。あの息子のやったことだ。あんたがあいつに知恵をつけたからこんなことになったんだ」

それから森本賢次の形相《ぎょうそう》が変わった。

「あいつは一人前の口を利くようになった。おれに反抗するのにふたこと目にはあんたの名前が出た。挙げ句、働かせろだの、服を買えだの、車を買えだのとな。満足に金も稼げない人間が笑わせやがる。あんたが中途半端に知恵をつけたから、こういうことになったんだよ。だからこれは、あんたと息子で解決してもらいたいんだよ。いいかい、あんたが、ちょうどいい話をでっち上げて、息子に、もし警察に捕まったらその通りに言えって言って欲しいんですよ。おれとは関係のない金ってことにしてほしいんです。古い家の台所にあった金だとか、土に埋めてあったものだとか。あいつはあんたの言うことなら聞くんだろうから」

それから森本賢次は、力一杯、テーブルを蹴飛ばした。

「おれはあんたに責任を取ってもらいにきたんですよ」

応接用の背の低いテーブルがガタンと大きく揺れて、テーブルの上の血に染まった五千円札が床に散乱した。

「あんたたちお勉強のできる人間は、なんだかんだこぎれいな理屈をつけて、結局ろくなことをしやしない。それでも文句の一つも言われない」

森本賢次は座ったまま、もう一度テーブルを蹴りつけた。

「おれの息子にいらない知恵をつけやがって」

そう言うと、さらに蹴り上げた。

「こぎれいな能書きばかり垂れやがって」

森本賢次はテーブルを蹴り続けた。蹴られるたびに、テーブルは前へと動いた。それは無抵抗の人の頭や腹を蹴りつけるのに似ていた。蹴り上げるごとにドスンドスンと音がした。

森本賢次は怒鳴り続けていた。

「警察に行けだと？　自分が種をまいておいて、しらっとしやがって。だからお前らは信用できないんだよ――」

桐野真一の殺風景な事務所にはからからに乾いた五千円札が、木の葉《こは》のようにあちこちに舞い降りた。

2

「フロンティア」は、長年硬派な社会派雑誌として名を馳せてきた、古参の週刊誌だ。景気の良いとき、悪いときを生き長らえて、出版不況の「底」が今なお見えない現状においてもコアな購買層を維持し、業界では優等生のほまれ高い。自社ビルを持ち、社屋には従業員用食堂もある。「さして狙わず、良心的な俗悪を志す」というのがモットーである。

木部美智子《きべみちこ》はそのフロンティアに出入りする、フリーランスのライターだ。

記者たちが小躍りするような耳目《じもく》を引く事件は、放っておいても記事があふれる。すぐに目新しさもなくなるし、そういう記事は往々にしてソースが同じなので、枝葉の飾り方が記事の善し悪しを決める。美智子はそういう記事を書くのが苦手だ。

もちろん売文の徒であるから、依頼されればどんな事件でも版元の求める形にまとめた。しかし彼女は、世間の価値観に従順な顔を演出しながら、大方の求めるものをどこかで欺くのである。その表裏のあり方は「さして狙わず、良心的な俗悪を志す」を謳《うた》うフロンティアの本意であると、編集長の真鍋《まなべ》は思っている。シュールレアリスム――現実を突き詰めれば非現実に化けるように、凡庸を気取ってこそ鋭が際立つ。編集部は、木部美智子の記事に垣間見える反骨心こそが雑誌のコンセプトを端的にあらわしていると考えている。

　木部美智子は雑誌フロンティアの、看板記者なのである。

　フロンティア編集部は、折からの被災状況を特集として組む作業に追われていた。編集長の出る幕はさほどなく、真鍋は暇を持て余すが、だれも付き合ってはくれない。そこでふらっと木部美智子に電話をかけてくるのである。

　美智子は最近疲労が酷くて、なにをする気も起こらない。取材をして何かの真実を伝えるより、家に籠《こ》もって人の原稿を手直しする方が楽だと思う。その気になれば芸能人や、売れっ子学者のリライトの依頼などが来る。いま売れるのは小説でもノンフィクションでもなく、啓蒙本。売れる理由は、ちょっと考えれば分かるような事をきっぱりと声高に言うからだ。

　まあ、分かるような気もする。

　長年社会風俗に携わってきた自分でさえ、最近は息切れしている。なににも興味が湧かない。親が子を殺したり、子が親を殺したり、高速道路で他の車を煽ったり。誰かが理で諭《さと》すと、それがたとえ専門家でも「上から目線」と言われる。一般人よりその分野においては知識でも経験でも明らかに上なのだから、上からになるのは当たり前じゃないのか。

　今や世の中、全員が横一列にいると思いたい人ばかりだ。主流になれないものは「オンリーワン」として自らの価値を主張する。しかしそれをオンリーワンと考えるかその他大勢と考えるかは、他者の自由なのだ。

　こういうのは本を読まなくなったことにかなりの原因があると思う。でも美智子自身、めっきり本を読まなくなった。数日前に夢中で読んだのは、一世代前の翻訳小説だった。パワハラ全開の、明るい警察小説だ。主人公が携帯を毛嫌いしていたから、設定としては二十年ほど前だろうか。古い文庫本を本棚から引っ張りだして、読んだ。ＡＩが人間の生活のほとんどを決めるようになったら、なお本は読まれなくなるだろう。人が人と連帯する必要がなくなったら、共感もなくなり、想像力はただ独りよがりになり、結局一人で殻の中に身を竦《すく》めているほうが合理的になる。決まった時間に、アプリの表示通り電車に乗り、目的地につく。余計なことをいえばセクハラ、パワハラになる可能性があるから、用意した文言の中からしか言葉は発しない。料理は出来あいを買うか、七割方調理が済んだものを買い、箱型の家に帰る。家の中で騒ぐと近所迷惑なので、子供は家ではテレビを見るか、ゲームをしている。男女は同権なので、子供と結びつきの弱い性である夫はそもそも尊敬を失っていて、夫婦は単なる同居人となって久しい。全ては近代日本が求めたことだからいいのだけれど、隙のない人生に書物の入り込む余地はあるのか。

いまでは編集者と顔をあわせなくても仕事はできる。電話すらかけない。メールでやり取りして、データを添付して送ったら終わりだ。ありがとうございましたと返信が来て、一丁上がり。缶ビールを開けて、ひとりで打ち上げをする。見る番組も、食べるものも昨日と同じ。自分が一仕事終えたというのが、幻だったような気がする。

なんの達成感もない。

血のついた五千円札のことは、テレビの報道で知った。

ここのところ自然災害が多発して、そのためにテレビをつけっぱなしにしていたのだ。台風や巨大な雨雲が押し寄せて、その雨量に日本列島全体が溺れそうになっている。川という川が水であふれ、ただひたすらに海に向けて水を運ぶのだ。九州が山の崩落、四国が洪水、近畿が浸水、そして首都圏では多摩川が溢れて駅が機能不全に陥った。

家がコンクリートや木でできているというのは妄想に過ぎず、全ての家は泥でできている。地上の全ての建物は溶けて、高い塔の中に住んでいる人びとは折り重なるように地面に押し出されて、地上を埋め尽くすのではないか。人はなすすべなく雨に打たれて、身を寄せるところもない

――猛烈な河川の氾濫を繰り返し見せつけられていると、そんな妄想が頭を過《よぎ》るようになる。

五千円札のニュースはそんな中に紛れた小さなニュースだった。

テレビで被災地の様子をぼんやりと見ていたら、真鍋が電話をかけてきた。

編集長の真鍋は、カリカリに乾いた血糊のついた二十年以上前の五千円札の出現に「やぁ、曰《いわ》く因縁のありそうな金だな」と喜んでいた。

「たとえば殺人現場にあったか、もしくは殺人現場にあったか。他にはなんにも思いつかない」

真鍋の話によると、五千円札についていた二十年以上前の染みは人間の血液で、血液型は、調べようと思えば調べられるが、警察に調べる気はないらしい。こういう場合、DNA情報は壊れて取れないことが多いらしいけど、型は分かるのか――と思ったが、聞かずにおいた。

事件は田舎の道で「パトカーによる追跡中に三台まとめて事故」というB級アメリカ映画みたいな展開があって、ささやかな盛り上がりを見せている。

「なんだと思う?」と真鍋はうきうきとした様子で聞いてきた。なんでしょうねぇと気のない返事をしたが、真鍋はまったくこたえていないらしかった。

「いま何しているのよ」と真鍋が聞くので、

「頼まれ仕事をしようかなと思っているところですが」と答えた。

「それ、おもしろいの?」

おもしろくはない。

「前に言ってた、原子力ムラの記事なら取材費だすよ」

「そうですね」とやり過ごした。

「関西電力で派手な贈収賄が表沙汰になって、いまさら感があるからヤなんだろ」

その贈収賄事件では、金をもらったのは大企業で、渡したのが村の元助役だ。返すのも悪いから金庫にしまっておきましたとか、もらったのはスーツのお仕立券ですとか、それではただの迷惑な付け届けじゃないか。だれにも悪いことをしたという自覚がないというのに外野が糾弾する記事を書いて、読者の満足を得られるものだろうか。

人は週刊誌で真実を読みたいわけじゃない。読みたいものを読みたいのだ。

真鍋との通話を切ったあと、通知音をオフにしてスマホをテーブルの上に置いた。

それにしても「ヤなんだろ」と言われれば、時代錯誤な元助役が、本来巨悪であるはずの原子力ムラより、金の力で無理無体を通す存在であったという事実に、ジャーナリストとしての気概を砕かれたのもその通り。「いまさら感」の問題でなく、報道のカタルシスの問題なのだ。

ジャーナリズムに幻滅したとは認めたくない。それでも、もてあます無力感をどうすることもできない。美智子はテレビを切るとソファに寝ころがって、しばし天井を見つめた。

――人生を「社会観察」にかけてしまった自分は愚かだったかもしれないが、いまさら引き返す道はないのだから。神さまがもう一度人生を与えてくれたって、妻なり主婦なりになる選択はしないだろうから。

東都新聞社会部デスクの亜川《あがわ》から電話が掛かってきたのは、その日、もうとっぷり日が暮れようという夕刻のことだった。

「千葉で血のついた五千円札が出たでしょう。あれ、総額二百万円にのぼるそうですよ」

いつものことだが、前置きや挨拶はない。いきなり懐《ふところ》に切り込んでくるスタイルは健在だ。それにしても亜川と話すのはずいぶん久しぶりのはずだが、つい二時間前まで一緒に仕事をしていたような口ぶりだった。そしてそのまま、まるで永遠のパートナーであると疑ったこともないかのような口調で聞いてきた。

「何か知っていることはないですか」

「ないです」

「塩分と薬物が検出されたそうです。薬物というのはホルマリン。金は通し番号らしい」

「銀行から出たばかりの金ってことですか?」

「そう。現金輸送車を襲う的な」

それから「何かわかったら知らせますよ」と言って電話は切れた。

——あたしは別に知らせてほしいとは思ってないのだけれども。

窓の外では風が高い口笛のような音を立てていた。時折、ガラスに吹きつける雨が、大豆を転がすようなザーッという音を立てる。美智子は、現金輸送車襲撃、銀行強盗で未解決事件って何かあっただろうかとぼんやりと考えた。


雨は降り続いた。低く垂れ込めて空を覆う分厚い雲は、人を、日常が戻って来ないのではないかという絶望的な気持ちにした。

太陽が消えると、植物が死に絶えて、酸素を供給するものがなくなり、見る間に生命体の滅亡が始まる。日の射さない世界は本能的な飢餓感を刺激して、人の知性をどこか遠くへ飛ばし去る。

美智子がマンションの一室でザーザーという雨音を聞きながら未解決事件について考えていたとき、千葉県君津《きみつ》市ではもう三日も雨が降り続いていた。警報は四十時間出続けていて、川を流れる水量は限界に達していた。あたりの家では住民は避難するか、息を殺して災いが通りすぎるのを待っていた。

一台のタクシーが客を運んでいた。小康状態とはいえ、雨は時折、激しく路面を打ちつけた。視界は車のライトがあたる部分だけだ。ドライバーは、車のライトが照らさないところになにかがうずまいているような——化け物に取り囲まれているような——薄気味悪さを感じていた。

車の周りを、何かが咆哮《ほうこう》を上げてうねうねと身を踊らせているようだ。ライトが照らす先を懸命に見つめて車を走らせていたドライバーは、そこが橋であることに気がついた。

突然、道路の上に薄い水の膜が張って、その水の層がみるみる厚くなった。道の左側に、波うつ水が見えて、初めて、ここが橋の上であり、川の水位が橋を超えようとしていることに気がついたのだ。

水は見る間に川からあふれた。

引き返す猶予はない。運転手は一心に橋を渡り切ろうとした。

——窓の外は、得体の知れない化け物たちで一杯だ。子どものころ婆さんから聞いた、水の神と泥の神だ。主たちは時々降りてきて、忘れるなと言って帰っていく。その代わり、そのあとには良い水と、米や野菜がよく育つ泥をおいていく。人間は忘れんぼうだから、その姿を見るまでは、神なんか作り話だと思っている。

「たわけじゃけぇ」——ドライバーは、死んだ婆さんのセリフを、その声色まで思い出し、心のなかで「ナンマンダブ」と繰り返して、水に洗われる橋を進んだ。

ナンマンダブナンマンダブナンマンダブナンマンダブ。

車がフワリと浮いた気がした。必死にハンドルにしがみついた。また、タイヤが道路をとらえた。波立った水が眼前に押し寄せて、海の中に放り込まれたような錯覚に陥った。

それも青い水の海じゃない。泥の海だ。

橋を渡り切ったとき、車内の足元は水に濡れて、寒さと恐怖でドライバーは足も腰もぶるぶると震えていた。

ところが、客はここで降りると言って、車を停めさせた。

「冗談じゃねぇ、お客さん。こんなところで降りたらいけねぇ。あの川を見たでしょ」

ドライバーは車を停めたものの、血相を変えて説得したが、そもそも雨自体はさほど強くはない。

「人と待ち合わせているんですよ、この先で。でも電話が繋がらないんだ」

「相手の人だって来てませんよ。このまま向こうへ回れば駅前に出るんですよ、だからこのまま戻った方がいいですってば」

ドライバーはドアを開けてもなお言い続けたが、男は動じずに、傘をさすと車を降りたのだ。

ドライバーは一刻も早く駅前に戻りたかった。安全に通れるといっても、向こうの道だって時間が経てば冠水するかも知れないし、土手が崩落しないとも限らない。今この時点の雨の強さではなくて、ずっと降り続いている雨がもたらす水が怖いのだ。それはどこかに溜まり続け、突然荒くれた姿を現す。都会の人にそれを言っても通じない。

ここに人を残していくことへの不安と、ここに居続ける恐怖とがせめぎ合い、ドライバーは降りた客を恨めしく見遣《みや》った。客は傘を肩で支え、携帯で電話をかけていた。傘の上で雨が細かな白いしぶきを上げている。男は横目に川の濁流を見て、しかしさほど気にする様子もない。

そのとき突然雨足が強くなり、フロントガラスに打ちつける水しぶきで視界が消えた――。

この豪雨をもたらした雲が行き過ぎたのは十二時間後だ。そのあと半日かけて、川はチョコレート色をした水を轟々《ごうごう》と流し続けた。翌日、空は雲一つなく晴れ上がった。幸い、一帯は床上浸水もなく、流された車もなく、橋も壊れることはなかった。上流からの流木が橋脚に引っ掛かり、そこに木屑や草や、板やビニールなどが絡まって、大きな鳥の巣のようだった。流れてきた木は山に自生していたもので、根こそぎ引っこ抜かれ、水で洗われて、無数の根をむき出しにしていた。そこに引っ掛かっているのが人の頭部だと気付かれるのにはさらに半日を要した。髪は泥を被り、一見木の根と見分けがつかなかった。

紺のレインコートも泥を被り、遠目には、板にもビニール袋にも見えた。それでも不思議な気味悪さがそこには漂っていた。晴れた日に見る木の根や板などの流物は、無機物だ。巨大な無機物の巣の端に、異質な物――人が絡まっていた。

その死体のことが美智子のもとに入ったのは、雨が上がって数日したころだった。泥だらけになった家、排水溝の詰まった町、屋根まで水に浸かった車――テレビ画面がそんな映像で埋めつくされていたころ。

洗濯機のスイッチを押して、パンをトースターに入れ、濃く淹れたインスタントコーヒーに氷を入れてアイスコーヒーにして、ヨーグルトに干しぶどうを混ぜた。トースターがチンと音を立てて、パンが焼けたことを知らせる。洗濯機が回る音を聞きながら、テレビをつけようと、リモコンを摑んだそのとき、浜口《はまぐち》からの電話が鳴った。

キー局の報道番組の制作をしている浜口が、報道関係者に被害者が出たと知らせて来たのだ。

「死んだって?」

「そう。増水した川の水が引いて、そこに死体が引っ掛かっていたらしい」

美智子の脳裏に画《え》が浮かんだ。泥色の水が柵のところで溜まって、そこに草や木々が絡まり、その中にコートの肩の部分が浮いている。キャメルのウールコートだ。自然の摂理の中では人も物もない――そんなことを考えたが、今の季節にウールコートを着ているはずもない。似たような画像を繰り返し見ているうち、脳にバグが発生したらしい。

「それが立石一馬《たていしかずま》というジャーナリスト」

「立石一馬?」

美智子は目が覚めた。

立石一馬というのは歳のころなら五十五、六、抜け目のない業界の異端児だ。

美智子はにわかに信じられなかった。あんなに脂ぎった、煩悩《ぼんのう》を主と仰ぎ見て生きているような人間に、死など無縁のような気がしたのだ。人の脾臓《ひぞう》を踏みつけながら生き残る、その節操のなさに神も仏も手を引っ込めるような男だ。

「知ってる？」

「ええ、知ってる。どちらかといえばよく知っている部類だと思う」

「何しにあんなところに行ったんだろって、業界がちょっとざわついているんだ。何か聞いてる？」

「ぜんぜん」——美智子はソファに座り込んだ。「連絡を取りあうほどじゃなかったから。真鍋さんも知っているはずよ。フロンティアに記事を書いたこともあったから」

「あまり評判のよくない男だって？」

「電力会社に食い込んで記事を書いていたように思う。でも、掲載されたかどうかはわからない。掲載されない記事でも稼いでいたから」

浜口は一瞬、間を空けた。

「どういう意味よ」

「記事を先方に見せて、口止め料いかんで掲載を取りやめたりしていたって話」

浜口は一瞬唸った。

「いまどきそこまでわかりやすいのも珍しい」

「事故で死んでしまうとはね」

「なるほど。類は友を呼ぶんだな」

「というと？」

「早速、立石一馬のパソコンを暴いたやつがいるって話だ。それによると彼は当日、誰かに会いに行ったらしいんだ。というのは彼を現場まで送ったドライバーが、客は誰かと待ち合わせをしていたと答えている。仕事で行ったならパソコンに資料が残っているよね。で、パソコンにあったメールで相手を特定したって」

ずいぶん仕事が早い。マスコミ業界も停滞したとはいうものの、生き馬の目を抜く手合いは健在だと思い知らされる。

「それで、その相手は誰なのよ」

美智子は座り直した。

「そこまでは書かれていない。誰かに会いに行ったのは確かだとまとめてあるだけ。『週刊ピース』の端の小さな記事だから。でもさぁ、その立石って男も、戦場に記事を取りに行ったわけじゃなし、雨の取材中に死亡とか、間が抜けているよね」

――そういうことだ。申し訳ないが、間が抜けている。

美智子は立石一馬が嫌いではなかった。やっていることは悪徳だが、悪徳面をさらしているのでさほど悪質とはいえない。彼とすれ違った人間は、ちょっとした交通事故にあったと考えればいい。不愉快だし、心乱されるし、一瞬天を呪いたくなる。しかしただそれだけのこと。対処すれば大事には至らない。供え物をしておけば祟《たた》らない狐みたいなものだ。その上、立石一馬は金にするために記事にするわけで、だから相手は企業や大物、それも後ろ暗いところがあるものに限られている。そうして金をたくさんくれるものに有利な記事を書いた。

業界を二分するような事案について、二つの主張のどちらも受け容れるふりをして、金の多寡《たか》に応じて一方を殺しにかかる。逆に言えば金をくれる相手なら選り好みしない。

実際、ばらばらにある百の真実、事実のうち、意図的に三十を抜き出して組み合わせれば一つの物語ができ、別の三十を抜き出せば別の物語を作ることができる。彼は必要に応じてピースの組み換えをやっていただけだ。「信念に不都合な事実」はなかったことにするという、強い使命感に突き動かされるジャーナリストが持つ、究極の思い込みとご都合主義が、彼にはない。美智子はそれを、潔いと思うのだ。

しかしどうして豪雨災害を取材しようなどと思いついたのだろうかと、不思議に思った。

まあ、あっけない死は彼らしいのかも知れないけれども。

浜口はそれから、血に濡れた五千円札の話をした。あれ、なんだろうというのだ。——おれが思うに、絶対やくざか暴力団の金だよ。あと宗教法人とかね。ああいう所にはキャッシュが積み上げてあるんだからさ。やくざの喧嘩の時に現場にあったものだと思うね。

「それより雨はもう降らないのかしらね」

「ホントだねぇ、人間をいじめるのもほどほどにしてほしいよねぇ」

池袋で男性の死体が発見されたのは、その週の月曜日、九月十三日のことだ。

推定年齢四十から六十。財布など身元特定の材料となるものはなく、携帯電話等も所持していない。死後三日程度経過。背広のネームは切り取られていた。

その死体は、三丁目にある商業ビルの間に、落下したようにあった。

発見したのは西側のビルの管理人である。

管理人は夜間、毎日決まった時間に決まったコースを巡回する。ビル内に入り込んでいる者はいないか、異変はないかと見回るのだ。人が通る場所に空の段ボールが積んであれば、放火を誘発するので片付ける。昨日も一昨日もそうやって見回りをした。日誌にも書いてある。昨日見回ったときには、そこにはなにもなかったと管理人は言った。

増水した天辺川の水が引いたとき、流木に一つの死体が引っかかっていた。地元の人間ではない。大雨特別警報が出ていた今月十日、東京から乗り込んだ男だ。

立石一馬は「原発に群がる人々」など、原子力発電に関する著書を多数持つジャーナリストである。彼を乗せたというタクシーの運転手は、彼が雨の中を下車した際、危ないから車に戻るようにと説得したが聞き入れなかったと語っている。

命を守る行動をと、気象庁が何度も声高に訴えていた最中の出来事だった。わざわざ東京から出かけて行って、案の定増水した川に飲まれて死亡したのだから自業自得と言われても仕方がないだろう。

それにしても豪雨の中、何が彼を増水した川に呼び寄せたのか。

立石氏の周辺から、彼の行動が浮かび上がる。

立石氏は、「雨の取材に行く」と言い、「スクープを手に入れた。これでしばらく食える」と周囲に漏らしていたという。前出の運転手はまた、立石氏が、「この先で人と待ち合わせをしている」と言ったと語る。その待ち合わせが、彼のいう「スクープ」と関わりがあったのか否かはいまとなっては謎である。

週刊ピースの小さなニュースは業界に奇妙な空気をもたらした。亡くなった立石一馬についてそれぞれが回想したのだ。原発推進派の県議、仙波昭《せんばあきら》から金をもらって、彼の求めるものを書いていたというのは、界隈ではよく知られた話だ。

——どさくさに紛れて消されていたりして。

立石一馬の死を記事にした記者は今井昌彦《いまいまさひこ》というくたびれた五十男だ。昔は社会部記者としてそれなりに鳴らしていた。お互いまったく知らないわけではない。美智子が電話をかけて木部と名乗ると、今井は「聞いたことがある名前だな」と呟いた。フロンティアの木部美智子だというと、ややあって「ああ、あの木部さんか」と思い出した。

お互い通り一遍の世間話をすると、ピースに載った立石一馬の記事に話題を振った。それから週刊ピースの編集部の近くのコーヒーショップで会うことにした。

よれた白いワイシャツに、くたくたになった茶色のズボン。髪はむさ苦しく長めで、靴底が外側だけ減っている。カウンターでアイスコーヒーとドーナッツを受け取り、慎重な手つきでトレイを運んできた。

美智子の顔を見ても特段懐かしそうな顔もしない。今井は「立石一馬ね」と言うと、アイスコーヒーにミルクを入れ、容器を振って最後の一滴まで振り入れた。それからガムシロップを入れると、ストローでぐるぐるとかきまぜる。

「立石一馬は誰と待ち合わせていたんですか？」

「協力したらほんとにフロンティアで記事を書かせてくれるの？」

「あたし、そんなこと言いましたっけ」

電話でそんなことを口にした覚えはない。調子のいいところは健在だ。今井はペーパーナプキンでドーナッツを二つに折りながら、苦笑した。

「編集長に言っておきます。知っているんなら、教えてくださいな」

「でも木部さんが期待するような名前じゃないよ。なーんだって思うような人」

そう言いながら今井はまんざらでもなさそうだ。

「誰かと待ち合わせていたのは確かなんですね」

「タクシーのドライバーが、立石一馬が車を降りたあと、あの豪雨の中でしつこく携帯電話をかけているのを見ている」

それから今井は聞いた。

「で、教えたら何をくれるの？」

「ここのコーヒー奢ります」

「一晩、カラオケつきあってよ」

「そんなの経費で落ちないです」

「あ。これ、フロンティアの依頼じゃないんだ」

「ことと次第によれば」

「じゃ、よらないね」

「ええ、わかりました。カラオケ一晩で手を打ちましょう」

「女の子連れてってもいい？」

「カラオケ代だけなら持ちます」

その夜は銀座にある今井の行きつけの店に行き、馴染みのホステスの上がりの時間を待って、連れ立ってカラオケ店に入った。今井はすっかりご機嫌で、ホステス二人に挟まれて、歌っているようでもあり唸っているようでもある。三人は競うようにして歌い続けた。

空が白み始めたころ、タクシーに尻をねじ込んだ今井は、やっと白状した。

「相手は上田《うえだ》十徳《じっとく》っていう小説家」

聞いたことがない。閉まろうとするタクシーのドアを、美智子はあわてて押さえた。

「今井さん、それどうやって特定したんですか？」

「うん。立石の女がホステスやってるんだけど、接触したら簡単に話してくれた。取材費は使ったけど。取り損なった飲み代ぐらい稼いでもバチはあたらないでしょって言われた」

「彼のパソコンを見たのでなく？」

「あー。それかぁ」

「どっちなんですか」

バックミラー越しにタクシーの運転手が迷惑そうに美智子を見ていた。今井を引っ張りだそうかと思ったが、今井はぐでんぐでんに酔っぱらっていた。蛸《たこ》みたいになった男を引き出すのも面倒くさい。

手を放すと、待ち構えていたようにドアは閉まり、走り出したタクシーは、朝日の射すみゆき通りを走って消えて行った。

美智子は帰りのタクシーの中で「上田十徳」を検索した。

出てきたページには、三十代半ば、色の白い、線の細い、目のぎょろりとした、できそこないの女形のような風情の男の写真が載っていた。


そのころフロンティアの編集部は相変わらず災害特集のための作業に追われていた。どの写真に写っているのも濁流と曇天と流れる車と倒れた木という、似たような光景で、しかし災害の報道は場所、時間とも間違いは許されない。増員されたアルバイトたちはひたすら細かな確認作業を進めていた。

フロンティア編集部の電話が鳴ったのは、昼過ぎだ。

「モリモトケンジ」

取るなりそう言ったので、電話を取ったアルバイトは、「森本さんですか?」と聞き直した。

しかし電話の男は、それに反応しなかった。

「モリモトケンジって名前を覚えておいた方がいいよ」

そう言ったのだ。

アルバイトは誰かに電話を替わって欲しいと思い、辺りを見回すと、手持ちぶさたそうにしている編集長と目があった。編集長は眼力がすごくて、一度目があうと、容易にその視線をふり切ることができない。アルバイトは編集長と口をきいたことがなかったが、見据えられて、受話器を差し出した。

真鍋編集長は立ち上がると、ずかずかとやって来て、「誰から」とも「何の電話か」とも聞かずに、受話器を取った。

「なんですか」

「モリモトケンジ。名前を覚えておいた方がいいよ。どこかで出るから。その名前が。だれも気付かないけど」

そう言うと、電話は切れた。

3

フロンティアの前には大きな横断歩道がある。そこで美智子はいつも赤信号に引っかかる。人は規則的に信号前にたどり着き、たまっていく。信号が青になる直前に車の往来が止まると、横断歩道の上にはなにもなくなり、車の通行音も途絶える。束の間の静寂の次の瞬間、視覚障害者用の音楽とともに、横断歩道を双方から移動する人々の黒い頭が埋めていく。このコントロールされた一連の動きは無機質だが、その無機質さに安らぎを感じることもある。最低限の判断が必要とされるだけだからだ。最近では様式美を感じることさえある。

玄関を通過すると入館証を受け取り、エレベーターに向かう。いつものボタンを押して、ドアが開くと、廊下を渡った先がフロンティア編集部だ。

編集部には並んだ机の一つ一つに物が積み上がっている。雑誌、本、原稿——そこそこ整頓された机であっても似たようなものだ。しかしどんなに積み上がった机でも、不思議と崩れ落ちたりはしない。地層を作る岩盤のように、上からの重みでがっちり圧縮されていて、少々のことでは揺るがない。編集部にはそういう大小のバベルの塔が立っている。

美智子はその机の間を縫って奥の真鍋編集長のデスクまでたどり着くと、とりあえず経費の請求のために取材の概要を報告した。真鍋はそれを、はいはいと了解した。

「で、いつ上げるの」と真鍋が聞くので、「これ、追いかけるんですか？」と聞き返した。立石一馬の死に追跡の価値があるとすれば、汚職とその隠蔽に関してのみだ。

「待ち合わせていた相手は上田十徳という名の知れた小説家のようです。事件性はないと思いますよ」

「まあ、小さな記事だけど、わりとあの分かりやすさがいいと思うわけ。それに呼応して後追い記事を載せる――みたいなのって、その安易さが悪くないよね」

美智子は聞き直した。

「立石一馬の死が事件かもしれないという話に、人が興味を持っているってことですか」

真鍋は平然としている。

「ジャーナリストが謎の死を遂げると、それがどんなに下らないやつで、まるっきり陰謀とは関係なくても、世間では本の一冊も出て、いつしか神話級に格上げされる。ジャーナリストの本懐は、不審死を遂げて神となることかもしれんって思うほどだ」

口から先に生まれた男、真鍋だけのことはある小理屈である。

「上田十徳って、まだ若いよね」

「三十六歳です。キャリアは十年あって、そこそこ中堅作家です。それも文芸ですから」

「エロ作家じゃなくて？」

エロ作家なんて死語じゃないのかと美智子は思う。その発言、相手があたしじゃなければセクハラですよ、編集長――「ええ。エロじゃなくて」

「本人はなんて言ってるの？」

「本人の確認は取れていないそうです。何度電話しても出ないそうです」

「待ち合わせた相手が死んだというのに、我かんせずの顔をして、記者の問い合わせにも頬被りを決めこんでいる。なぜだと思う？　そこに知られたくない何かがあるってこと」

「そりゃ知られたくないでしょう。避難指示が出ていて、危険地区には近づくなとあれほど口を酸っぱくして言われている最中に出かけてるんですから。一般大衆に叩かれますからね」

「ならどっちに転んでも一本書けるってことだな」

売文業の身としては、振られた仕事は断らない。しかし逃げ回っているという上田十徳が、立石一馬の死亡についておいそれと取材を受けるとも思えなかった。さて、どう懐柔しようかと下りのエレベーターを待っていると、後ろからツンと肩を突つく者がいる。

振り返ると編集部の中川《なかがわ》が立っていた。

「上田十徳ですが、うちの系列からも本出していて、ちょっとあたってみたんです」

フロンティアに向かう電車の中で中川にメールを送っていたことを思い出した。上田十徳って知っているかと送ると、ぼくはあんまり興味ないですねという返答だった。そこで今井から聞いた件を簡単にまとめて送信したのだ。忘れていた。

「事情はわからないんですけど、東都新聞の社会部が上田十徳にあたっているようなんです」

亜川の部署じゃないか。なんで新聞が――。

そこでどちらからともなく、廊下に置かれた応接セットに移動した。

上田十徳の担当者によると、彼は数少ない専業作家で、謙虚で物分かりのいい、仕事のしやすい作家だということだ。

「その担当者が上田十徳から新聞記者が来たと聞いて、東都に、記事にするつもりかと問い合わせたら、社内規程により返答できないとかわされたそうです。当初、上田十徳は激しく動揺して逃げ回ったようですが、天下の東都ですから。それも社会部と聞いて腹を括《くく》ったようです」

天下の東都の取材から逃げたら、後ろ暗いことがあると思われる。だから新聞の取材は受けざるをえなかったわけだ。

そしてどこか一つにしゃべったら、もう秘密にする意味はないのである。


取材の場所は都内のホテルの二階、人目がなく、広くて静かな喫茶室だ。

美智子を前にして、上田十徳はうなだれた。

「隠すというか――。知られたくなかったのは確かです」

青菜に塩という言葉があるが、まさに疲れ果てた顔をしていた。

上田十徳もできることならフロンティアの取材など受けたくなかっただろう。新聞にしゃべった以上、素直に受けた方が得策だと踏んだのだろうが、そう「踏んだ」だけで、全くインタビューなど受ける精神状態ではないようだった。美智子と目を合わせたのは、はじめの挨拶のときだけ。彼はまともに顔も上げられないのだ。斜め四十五度にうつむいて、目は虚《うつ》ろ。ウェイトレスへの注文も全く同じ角度のまま、「ブレンドコーヒー下さい」と抑揚なく言った。顔が白いのは色白なのではなく蒼白なのかも知れない。

「現場で水の力を見たかったということですね」

十徳はうなずいた。

「なんとなくまとまったんです。九州の豪雨災害の話をしていて、ぼくの親戚が九州にいて、インフラの老朽化にこの大雨で本当に不安だというようなことを話していました。ぼくも興味があって。水の力を文章に起こしたいと思っていた。それで意気投合したんです」

色の白い、髭の濃い、日の差さない穴蔵で暮らしてきた学者のような風貌だ。眉は濃く、目は大きく、睫毛は黒くて長い。顔立ちは南方系だというのに、色だけが、漂白した木綿布のように白い。頑固とか偏屈というより、臆病な印象を受ける。

美智子はここに来る電車の中で上田十徳の小説を読んだ。デビュー作である「海の音」だ。観念的ではなく、言葉は平易。しかし拙《つたな》ささえ感じる言葉でつづられる文章には、硬い透明感がある。鄙《ひな》びた漁村の、幼い男女の物語。海や浜の描写が秀逸で、自然讃歌ではあるのだが、そこにある自然は人と共生するものとは読めない。慈悲や慈愛がないというのだろうか。彼は以降、さほど権威のない賞を一つ受賞した。

水の力を文章に起こしたいというのは、作品から推察して不自然ではない。ただ、拝金主義の権化のような立石一馬との取り合わせは不可解だった。

小説家を目指した理由と、お勧めの作家を聞いた。すると十徳は顔を上げて、作家になったのは、興味本位で書いた小説を新人賞に応募したら、賞を取ってしまったからだと答えた。だから自分には、どうも作家としての心構えがない。自分でも、作家として持ちこたえているのが不思議な気がすると言った。

美智子は、若い女性に人気があるという、その理由がわかる気がした。彼には専門家らしい物言いがない。平たくて謙虚である。彼にあるのは魅力ではなく、癒しなのだ。その上、一つ一つに、愚直なまでに丁寧だった。お勧めの作家を三人挙げ、一人一人について、なぜ自分がその作家に興味を持つかを話すのだが、実に凡庸で着眼点に深みがない。それを大まじめに語る姿は、文学好きの青年が雑学を雑学とも知らずに語る様子を思わせて、これが売れっ子作家であると思って聞くと、違和感もある。

「わたしは小説のことはわからないのですが、『海の音』の浜の描写はとても引き込まれました」

するとと十徳は、ぽっと顔を赤らめた。

「そんなふうに言われるとほんとうに変な気分です」

「あの舞台の浜にはモデルがあるのですか?」

十徳の目が少し泳いだ。

「映画とか、写真とか、小説とか、そういうものの積み重ねで頭の中にできたものです。だから、あの浜はどこかにあるのかもしれないけど、これと特定できないんです」

「ではあの小説の少年と少女のくだりは、実体験を元にしたものではないんですね」

「ええ。小さい子供の男女の、無意識の中にある恋愛感情って、大人の恋愛と違って、コアな気がするんです。本能の艶《なまめ》かしさと言うんでしょうか」

「それで本物の水の力を見たかったんですね」

そろそろ本題の質問に戻りたかったので、無理やり「それで」とつないだが、十徳は違和感を覚えなかったようだ。「そうです」と、すんなりと答えた。

「あの日、立石さんは、こんなところで降りるのかと引き止める運転手に、人と待ち合わせをしていると答えたそうなんです」

十徳は冷めきったコーヒーに初めて気づいたように、砂糖とミルクを入れて混ぜた。その動きがこれまでとは違い軽快で、彼はやっと自分のペースをつかんだように見えた。

「川を見ようと思っていたのは事実ですが、あの橋で待ち合わせなんかしていないんです」

それから上田十徳はスプーンをソーサーの上に置いて考え込んだ。

「ぼくらが電車で一緒に駅に着いたとき、空には暗い雲が垂れ込めていて、これからどうしようと考えている間にも、時折ものすごい雨が降って来ました。ぼくは結局、駅前でタクシーを拾ってホテルに直行したんです。夕方四時ごろのことです。立石さんは、辺りを少し見てくると言ったので、駅で別れました。あのあと小康状態になったみたいですが、ホテルに着いたときは土砂降りで、ぼくは命の危険を感じて、ホテルにいたんです。部屋の中はものすごい雨の音で、音の圧力と言うんでしょうか。脂汗をかくような怖さなんです。テレビを大音量にして、ニュースを見ていました。雨合羽をきた人が必死に中継をしていて、前日の、土がえぐれて家が流される様子が映されて、そんなことが今、自分のすぐそばで起きているのかもしれないと思うと恐ろしくて。まあ、そんな感じで、まさか立石さんが川のそばまで行っていただなんて考えもしなかった」

「ドライバーは、立石さんが雨の中で携帯電話をかけていたと言っているそうです。それはあなたにかけたものではないのですね」

「それが」

十徳は言いにくそうに言った。

「実はぼくの携帯に立石さんからの着信記録が残っていたんです。でも電話が鳴ったのには気づかなかった。というより、鳴りませんでしたよ。電話はテーブルの上に置いていましたし、音量は上げていたから、鳴ったら気づくはずです」

「雨の音が怖くて、その音を打ち消すためにテレビの音量を上げていた、というお話でしたよね」

するとと十徳は即座に否定した。

「そうじゃないんです。途中で何度か携帯を見たんです。そのときには立石さんからの着信はなくて。十時ごろ一度、立石さんに電話をしました。でもそのときには繋がらなくて。電波状況が悪いんだろうと思いました」

「繋がらないというのは具体的にどういう状況でしたか？」

十徳は少し考えた。

「電源が切ってあるか電波が届かない所にいる、というアナウンスが流れたと思います」

「誰かと連絡を取っていたとか、連絡を取っていた気配はありませんでしたか」

「立石さんは電車の中でもスマホはチェックしていたけど、メールを打っているのか、天気を調べているのか、ただ記事を読んでいるのか、ぼくにはわからないですから」

なんだろう。手の中からぬるりぬるりと抜け出る感じがした。

「立石一馬さんとはどういうお知り合いだったんですか？」

「まだ作家に成り立てのときに、出版社のパーティで声をかけてくれたのが立石さんでした。あいうときは心細いんです。ビッグネームの先生たちには近づけないし。そうじゃない先生方は顔を知らないし、誰も話しかけてくれないし。立食なんですが、一通り食べるものを食べると、一人でポツンと立っているのが辛くなる。そういうとき、立石さんが話しかけてくれたんです。パーティのあともみんなつるんで飲みに行くんですが、そういうときも、一杯どうですかと誘ってくれた。ぼくはそれにどれだけ救われたか知れません」

上田十徳は、後悔していると言った。ぼくが行くと言わなかったら、立石さんは行かなかったかもしれない。そしたらこんなことにならなかったのに——。


血のついた五千円札は一九九六年の発行で、当時新札だったのではないかと思われた。発見された総額は二百万円あまりだが、一部通し番号が揃っていないため、使われていないものがまだあるだろうということだ。フロンティアの出入りのライターが一人、事件に振りあてられたが、なんの報告もないという。

フロンティア編集室は、窓のない、エアコンと空調で保たれている人工の空間だ。真鍋は、そんな部屋の一番奥のデスクで異彩を放っている。暑苦しくて騒がしくて、すがすがしいほど下世話である。

「なんかの事件の金だろう。なんの金だかわからないかね」——誰かと話しているのだろうが、まるで大きな独り言のように聞こえる。それから美智子を認めると、間髪《かんはつ》容れず、一番奥から声をかけてきた。

「上田十徳の取材、どうだった?」

その目ざとさたるや、あらゆるものを消化しようと目を光らせている雑食動物のようだ。美智子は、原稿や本が積み上がったデスクの間を器用に縫って編集長のデスクまでたどり着いた。

「送った報告書は見てくれましたか?」

「まだ。ここにはいやっていうほど送られてくるの」

美智子は慣れたふうに頷いた。

「特に不自然なところはないようです。文化人の選民意識から物見遊山《ものみゆさん》で出かけたら、思わぬ自然の猛威に腰砕けになって部屋に引きこもった。電話はかかってないと言っていますが、あれだとかかっていても気づかないでしょう、雨の音を打ち消すためにテレビの音量を上げていたと言っていますから。十時ごろ電話をかけたが、繋がらなかったとのことです。その時間には立石一馬の携帯は水没していましたからね。のらりくらりとした話でしたが、嘘にしたら脇が甘すぎるので。詳しいことは送ったのを読んでください」

「じゃ、陰謀説はつぶれたわけだね」と真鍋は無念そうだ。

「つぶれたというより、なんにもわからないんです。そもそも立石一馬が誰かと会おうとしていたというのが事実だったという確証はない。本当は上田十徳の電話は鳴り、彼は電話に出ていたのかもしれないし、本当に鳴らなかったのかもしれない。どれも可能性としては同じようなもので、どれ一つとして確実なものがない」

「本当は上田っていうその作家が橋の向こうで待っていて、立石を川に突き落としていたりして」

「その場合、突き落とした方も同じだけのリスクがありますよ。あの雨の中、現場まで行くわけですから」

「でもおれは思うの。誰かに呼び出されたんじゃなきゃ、あんな場所には行かないだろ」

それから真鍋は二、三書類を片づけた。やって来た編集者から受け取ったものに判子を押して、突き返して、それから郵便物の封にペーパーナイフを突っ込むと、ピリピリと音を立てて開封していく。いるものは机の上、いらないものはゴミ箱。ゴミ箱には捨てられた郵便物で紙製のソフトクリームが出来上がっている。そこに電話がかかってきて、受話器を取った。

さっきから、中川が自分のデスクからちょいちょいと手招きして合図を送ってきていた。美智子は椅子や机の上のものに突き当たらないように気をつけながら、中川のデスクへと移動した。

「いま小耳に挟んだんですけど、立石一馬のパソコンからデータが消去された形跡があるそうですよ」

中川はそう言うと、空いている椅子を美智子のために引き寄せて、声をひそめた。

「殺人事件に格上げされるかも」

美智子は、頼りなさげな上田十徳の顔を思い出した。

「その、データが消去されていたという話は本当なの?」

「署に出入りする弁当屋から回り回って来た話ですから、信憑性は三十パーセント程度」

中川はそう言うと、経緯を説明した。

立石一馬は独身で独り暮らし。つきあっているのはクラブのホステスで、立石はそのクラブに入り浸り、金も払わずに時々クダをまくので店では嫌われていた。立石一馬が死亡して、立石の生前の様子を知るのはその女だけになった。

「源氏名が三日月《みかづき》レナ。とにかく、彼が死亡したという知らせが入るやいなや、彼女の元に、立石の部屋を見せてくれという申し込みが三件あった。どれも金を提示したそうで、彼女は、提示額の一番高い者に部屋を見せることにした。部屋を見せろとは部屋の中を自由に物色させろ、あからさまに言えばパソコンを見せろということだったようです。電力会社とか、政治家とか、殺人に結びつくつながりを探したんでしょう」

浜口の話とほぼ一致していた。

「その記者は立石一馬のパソコンを持って帰ったそうです。約束していた相手が上田十徳だったことも、メールのやりとりから、その男が発見したということです」

記事にしたのがピースの今井記者だから、その情報を取ったのは今井だということだろう。

「警察は事件と見ているのかしら」

「実際のところ、どうですかね」と中川は気のなさそうな返事をした。「事件性はなしと断定するにも、調べた体は要りますからね。でも」と、中川はきらっと目を輝かせた。

「事件になったら――たとえば上田十徳が逮捕なんかされた日には、木部さんのインタビューはお宝になりますよ。『逮捕直前、本誌独占』ですからね」

それはそうだ。重要参考人になっただけでも価値がでる。

「それより奇妙な電話のこと、聞きましたか」

美智子は中川の顔を見た。

「なんのこと?」

中川は真鍋を見やった。真鍋は文字を打ち込んでいるのだろう、ひどく真剣な面持ちでキーボードを覗き込んでいた。

「数日前のことなんですけどね。いたずら電話のたぐいだと思うんですけど、『モリモトケンジという名前を覚えておくように』という電話が編集部にかかってきたんです。それを取ったのが真鍋編集長で。その名前がどこかで出る。だれも気付かないけど——そう言ったそうです。ぼくと、編集長と、最初に電話を取ったアルバイト。その三人しか知らないんです。真鍋さん、木部さんには話したのかなって思ったので」

「だれも気付かないけどって言ったの?」

中川は頷いた。

「若い男の声だったそうですよ」

向こうで真鍋はパソコンの入力を放棄して、やって来た人の相手をし始めた。

「それで、木部さんはいまからどこですか」

「タクシー運転手の取材。いまのところ確実に書けるのは、彼の話だけだから」

立石一馬の件は、タクシーの取材を核にして、あとは良識的な範囲のお騒がせ記事を書くことになるだろう。

帰り際に中川に、「二十年から二十五年前の金の絡んだ未解決事件、適当に当たってみてくれませんか」と、敬語でお願いしてみた。中川は「あの五千円札の件ですね」と軽やかに合点した。


タクシーの運転手は美智子の取材にうつむいて、身を硬くしていた。

「わたしは、ここで降りてはいけないって言ったんだ。車の外にはなんというか——地鳴りのような低い音が満ちていましたからね。川の水が橋を超えたり、超えなかったりして、でも超えたら最後、もっていかれる。いつ水量が増えるかわからないんです。わたしは怖くて。死んだ婆さんの、人間はたわけじゃけぇって言葉をすぐそこで聞くように思い出して。やっと橋を渡って、ああ、命があったと思ったぐらいです。誰がこんなところで降りるって言うと思いますか。あの人が車の中で電話をかけたかっていうと、バックミラー越しに、携帯を耳にあてて不機嫌な顔をしているのを見た記憶があるけど、声は聞こえませんでした。留守電を聞いていたのかもしれない。そこんところはわからないですよ。時間は」

そう言うと、ドライバーは乗車記録を見せてくれた。

「あの客が乗ったのは、この四時二十五分から四時五十分の二十五分間です。その中でもバックミラーで見たのは川に差しかかる前だから。その後はもう、見る余裕なんかなかったから」

ドライバーはそれから、少しぼんやりとして、ぽつ、ぽつと言葉を継いだ。

「お客さんが降りたあと、あたしだってすぐに車を出したわけじゃない。どうしようか、力ずくでも連れ戻そうか、いや、戻って来るだろうから——そんなことを考えて停まっていたんです。でも暗いし、向こうさんは黒い傘を差していて、だからこちらからはよく様子が見えないんです。足元だけが見えて、その足が動かないんです。地に生えたみたいに。わたしはライトを二回、点滅させました。でも足はピクリとも動かない。だめだ、戻ってこないんだって」

そこでまた、言葉を切った。

「そりゃ、恐ろしかったです。都会の人は、本当にものの怖さを知らないんだと思った。あれ以上待っていることなんかできませんでしたよ、怖くて」

そう言うと顔を上げ、はっきりと言った。

「紺の雨合羽を着ていました。靴は茶色の革靴で、鞄は四角いのを斜めがけにしていたと思います。雑誌が入るぐらいの大きさの鞄でした」

それから、ぷいっと横を向いた。

「あたしだって後味が悪い。まさか、川があんな風になるとは思っていなかったんだから。あの日、雨そのものは大したことはなかったんですから」

そう、浮かぬ顔で答えた。


池袋のビルとビルの隙間で発見された死体の身元が判明したのは翌日、九月二十日早朝のことだ。

森本賢次、五十五歳。

職業は板金塗装と中古車販売。

身元が判明したのは、偶然といえば偶然であり、むしろここまでが職務怠慢だったとも言える。その死体は、事件性がはっきりしない上に、氏名が判明せず、行方不明者にも該当者がいなかった。そこで行旅死亡人《こうりょしぼうにん》として遺体を引き取った役所の職員が、上着のポケットに穴を見つけた。その穴は比較的大きなもので、確認すると、表地と裏地の間に三カ月前のレシートがあるのを発見したのである。そこにポイントカード使用の履歴があったことから氏名が発覚した。

それでもその情報は、官報に載った程度のものだった。

森本賢次——しかし真鍋は、フロンティアに送られて来る定時報告としての情報の中にその名前を、目ざとく見つけたのである。

真鍋はフロアを見回した。そして「おーい、そこの若いアルバイトくん」と声を上げて若い男を手招きした。

「この名前だったよな」

真鍋が突然大きな声を出したものだから、数人の編集者や出入りのライターが立ち止まった。呼ばれた若い男の子はパソコン画面を覗き込むと、みるみるその表情が固くなり、やがて神妙に頷いた。

「そうです。もりもとけんじです。なんのことだかわからなかったので、編集長に替わってもらいました。死体が見つかった翌日、九月十四日です」

「親切そうな若い声だった。若いっていっても学生みたいな若さではなくて、若い社会人風」と真鍋が言うと、立ち止まって聞いていた男性記者の一人が、「プチ情報ですが、その森本賢次には三十半ばの息子がいるそうです。無職で引きこもり」と言った。

真鍋は、「どこかで出るから。だれも気付かないけど」――その言葉を思い出して、この事件には裏があるかも知れないと思い、森本賢次の自宅前にカメラマンを派遣した。その引きこもりの息子の姿を写真に撮るためだ。

事件が急展開したのはその日の遅い時間のことだった。

森本賢次の、三十六歳になる無職の息子が、木更津市で二十五年前の汚れた紙幣を換金し、警官を振り切って逃げた男と一致したとの情報がフロンティア編集部に入ったのだ。

田んぼでひっくり返ったパトカーに乗っていた警官は、足の骨を折って入院中だった。彼は森本賢次の息子の写真を見て、「この男だ」と声を上げた。それから顔を上げると、はっきりと証言した。

「本官の顔を見て後ずさりしたんです。それから車に飛び乗った」

森本恒夫が森本賢次死亡の件で池袋署に任意同行を求められたのは、翌日早朝だった。

警察車両に乗り込む森本恒夫は中肉中背で、背中を丸めて、うちひしがれているように見えた。車に乗る直前に一度、カメラに顔を向けた。

苛立ちとも、恐怖ともつかない視線を一瞬取材陣にむけて飛ばすと、森本恒夫は車に乗った。

美智子はその急転ぶりを、まるで転がるサイコロを見るようだと思った。身元不明の中年男の死体は、前日まで事件として扱われている気配はなく、おそらくそのままでは行旅死亡人として処理されることになっていただろう。その死が社会になんの影響も及ぼさない場合によく取られる一つの結論だ。それが、身元が判明した途端、半日でまたコロリと目を変えた。初めに「森本賢次」と名前の目が出ると、次に出てきた目には「血に塗《まみ》れた二十五年前の紙幣の関係者」とあったのだ。

そして彼女も被害者の名前に、はたと気がついた。

もりもとけんじ。

時を同じくして真鍋から、「ちょっと来てください」と敬語で電話がかかったのである。

フロンティア編集部の外に喫茶スペースがある。そこには背の高い丸テーブルと椅子があり、壁際にコーヒーメーカーと自動販売機が二台。そこにある椅子に腰掛けると、足が浮いてはなはだ不安定だが、机は立ったまま一息入れるにはちょうどいい高さだ。真鍋はそこに美智子を呼び出した。中川もついてきて、真鍋の斜め後ろに控えている。

真鍋が敬語を使うときにはろくなことがないと決まっている。編集部の外に呼び出すということは内々の話だが、会議室でないということは、簡潔な要件だということだ。

真鍋は言いにくそうに切り出した。

「中川から聞いたと思うけど、実は九月十四日に『モリモトケンジ』という名前を覚えとけっていう電話があったんだ。死体が見つかった翌日のことだ」

中川が美智子に視線を合わせた。真鍋は続けた。

「その名前が、誰にも気付かれないような扱いで出るって、その男は言ったんだよ。その男は間違いなく、死体が森本賢次であることを知っていた。その名前が世に出るより前に」

その電話は森本賢次の死に関わりがあった人間にしかできないということだ。

「警察にはまだ知らせていないんだ。ちょっと調べてみてくれないかな」

美智子はわずかに混乱した。

善良な市民なら知らせるべきなのは自明である。が、ここは出版社で、いざとなれば警察と張り合う仕事でもある。だから警察に知らせていないことに関しては理解が出来る。――しかし一体なにを調べるのか。森本賢次の死について警察の先をいく調査ができるわけはない。

美智子は真鍋の顔をまじまじと見た。真鍋は、その美智子の心を読むように、ゆっくりと言った。

「森本賢次の情報は警察筋からある程度取れると思う。知りたいのはその電話のことなんだ。誰がなんのためにかけてきたのか」

事件は、単なる情報である間は、それがどんな悲惨なものであっても、日々起きる数ある出来事の一つだ。でも犯人の後ろ姿を見たり、被害者の最後の言葉を聞いたりすると、一気に変質する。生命を宿すというのだろうか。存在を主張するというのか。事件にまつわる生身の存在――生身の声を聞いてしまった真鍋にとって、この事件は合理的に判断すればいい数ある出来事の一つではなくなったということだ。

真鍋には警察庁の上層部にルートがある。ときどき大きなリークが降りてくることもある。真鍋が仕事時間に堂々とゴルフに繰り出して責められることがないのはそういう理由だ。

真鍋が情報を探るというなら、ある程度手に入るだろう。

それにしても、誰がなんのために――それは森本賢次にまつわることなのか、それとも息子が使ったというあの大量の五千円札の情報に繋がることなのか。

二十五年前の血を吸い込んでいるという大量の紙幣。

亜川の電話を思い出した。――千葉で血のついた五千円札が出たでしょう。あれ、総額二百万円にのぼるそうですよ。何か知っていることはないですか。

人をペテンにかけるときのような、一点の曇りもない声。

中川が、「立石一馬の件はどうしますか」と訊ね、真鍋と美智子の顔を見比べた。

「いまなら上田十徳の独白、フロンティアの独占記事ですよ」

美智子は一息考えた。

「独占といっても、気象庁の警告に反して、雨を見に行ったというだけの話で、その上、立石一馬は世間的には無名ですから、触手を伸ばしてくる媒体はないと思います」

立石一馬の死に興味が失せたわけではない。ただ精気のない上田十徳に生理的な嫌悪感があったかもしれない。森本賢次の事件にはなんの興味もなかった。本当は血糊の五千円札にも特に興味はなかった。頭に浮かぶのは、窓に叩きつける雨の音と、ドライバーの――足元だけが見えて、ライトを二回点滅させたけれど、足はピクリとも動かない。だめだ、戻ってこないんだって思って――人の最期に立ち会ってしまった苦悩に満ちた言葉。加えていえば亜川の人を暗示にかけようとするような声色。

美智子は顔を上げた。

「ピースの今井さんに、他にしゃべるなら知らせてくれるようにお願いしておきます。上田十徳には、新聞社は記事にしないようだと言っておきます。実際、新聞が書けるようなネタではないですから。そうと知れば、上田十徳はどこから取材が来ても金輪際、あの夜の話を明かさない。今井さんがほかにしゃべらない限り、記事はずっとわたしの独占です」

それを聞いた真鍋がほっとしたように顔をほころばせた。

4

森本賢次の家は真四角な古い家だった。越して来たのは二十年以上前というから、買ったときすでに中古物件だったのだろう。玄関側には庭はなく、道路から玄関までほんの二歩だ。その間、花も、置物も、ポーチさえない。玄関ドアの上に電灯が一つ付いているだけだ。

死亡した森本賢次の息子、三十六歳になる恒夫は無職で、働いている形跡がない。専門学校が最終学歴だが、なんの学校だか、近所は誰も知らなかった。小学校高学年の時に引っ越してきて、中学生の時にはそこそこ優秀だったという話だが、その後の確かな話は聞こえてこない。高校生の時には父親の怒鳴り声がよく聞こえていた、家の前にはよく車が停まっており、出入りするのはお世辞にも好感が持てるとは言えない若い男女だった——と、美智子の取材に近所は口を揃えた。

「それは高校の終わりごろからずっと。だから十五年以上前からじゃないですか？　お父さんが、よく引きずり出してましたよ。息子もその友達も。あそこの息子さんは高校も卒業していないと思う。だから引きこもりなのよ」

近所の女性が覚えているのは、高校生になっても、家の外に放り出されて、幼い子供のように、家に入れてくれと泣いている姿だ。

「真冬の夜に、裸足で、パンツとシャツだけで、開けてくれとドアを叩いているんだけど、その息子に、水がざっと降り注いだの。多分バケツの水を二階からぶちまけたんだと思うんですけどね。いまなら虐待で通報ものですよ」

森本賢次はよく深夜にタクシーで帰ってきて、酔っぱらったまま大きな声でしゃべる。

「飯奢ったんだからヤラせろとか、そういうことを大きな声で言うの。それに若い女が甲高い甘えた声でげらげら笑ったりして、なんかもう、聞いてられない感じ」

それでも道で会ったら挨拶はするんだと不思議そうに言う。怒鳴り声や猥雑な発言が近所に筒抜けであることは分かりきっているはずなのに、何事もなかったかのように振る舞う森本夫婦のことが、不思議でならないようだった。

「奥さんは自治会費でさえご主人に貰ってからでないと払えないの。そんな金も持ってないのかって自治会長がびっくりしていたから。でもその奥さんっていうのも、おとなしいんだけど息子のことにはムキになって。不登校も、身体の具合が悪いんだとか言い訳して。そんなの嘘だってすぐにばれるのにね。今だにつねおちゃんって呼んでるんだから」

近所はみな、森本家の前に停まっていた車のことをよく覚えていた。

――息子がその車に乗って行ってくれればいいが、そうでないときは車がずっと停まっていて迷惑だった。黒のボックスカーか、車高の低い、ごてごてと飾りたてた車で、乗っているのは、金髪で耳にたくさんピアスをつけているような男と安物のミュールを引きずった女で、大抵は数人いた。

――息子も最近になって髪を染め、ピアスをつけ、アロハシャツのような派手なシャツを着るようになった。それがまるっきり似合わない。

森本家は北向きの家で、クリーム色の壁は、長年の埃が摺り込まれたように黒ずんでいた。眼前に、そのくすんだ壁がぬっと立ち上がる様には威圧感がある。

美智子は二階の窓を見上げた。

真冬の夜に下着一枚で放り出されたという恒夫。彼はあのドアにとりついて、入れてくれと騒いだ。その様子を、玄関ドアの上の電灯が煌々《こうこう》と照らし出していたことだろう。父親は二階までバケツを運んで、あの窓から息子に向かって水をぶちまけた。悪い仲間との交流も近所の証言によって確定的だ。

森本賢次の死に関する捜査は、息子を第一容疑者として進められるだろう。

フロンティアにかかった電話のことを知れば、一課はどう反応するだろうか。

そんなことを考えていたときだ。

目の前の、森本家の玄関ドアの明かりがついた。

あたりはすっかり暗くなり、人通りもない。さっきまで数人いた報道人も引き上げている。美智子は吸い寄せられるようにドアの前に立つと、型の古いドアベルを押していた。

中に響くベルの音が二回、ドアの外まで聞こえた。

その余韻も消えてしばらくして、出てくるはずもないと諦めたとき、インターフォンから声がした。

「はい」

美智子は、もしかしたら家を間違えていたのかと思わず表札を見直した。それほど平然とした声だった。美智子はあわてて、声を取り繕った。

「フロンティアという雑誌の者です。このたびの件について、お話を聞かせていただけませんか?」

しばし間があり、ドアが細く開いた。ドアチェーンの向こうから、痩せた女がこちらを覗いている。

「なんでしょうか」

細い声で、女はそう言った。

小柄な女性だ。美智子は隙間から名刺を差し出した。

「奥さまですか?」

「はい」

女性はドアの向こうで、名刺を眺めながらそう言った。

「差し支えなければ亡くなった森本賢次さんのことを聞かせていただけませんか」

女性は名刺を見つめたまま黙っていた。それから気がついたように、顔を上げた。

「主人のことですか？」

「はい」

「息子のことでなく？」

「お話が伺えるならどちらでも」

「なにを聞くんですか」

「なんでもいいんです」

唐突にドアが閉まった。鍵がかかる音がして、ドアの前から人の気配が消えた。

美智子は心拍数が上がるのを感じた。何が起きたのか、よくわからなかったのだ。


フロンティアには警察情報が入り始めていた。

それによれば、恒夫は父親の会社の金を使い込んでいた。

恒夫は仕事をせず、高級車に仲間を乗せて遊び回っていた。彼は「遊ぶ金が必要だった」と言い、両替していた金について取り調べで供述した。

恒夫が言うには、その金はずいぶん昔から袋に詰められて、押し入れの奥にあったものだ。三度転居したが、その度に父親が車の助手席に置いて自分で運んだ。

「紙で封がしてあったけど、汚れた金が入っていることは知っていました。母ともその紙袋について話したことはありません。前に一度、紙袋の上に何かが落ちて、封が少しへこんだんです。数日後に父親がそれに気づいて、誰か触ったかと、僕と母は殴られました。父親はしまう場所を何度か変えて、それを見つけたこともあったけど、絶対に触らなかった。使い始めたのは、三カ月前。仲間は自分の金と車をあてにしていた。金はないと言ったら、作れと言われた。詐欺の受け子は前にやって捕まったからもうできないし。渋谷の町角で薬を売ったこともあったけど、面倒になった。そのときにあの紙袋のことを思い出した。それで持ち出したけど、汚くてとても使える感じじゃない。でも雑誌の自販機にあの札を入れたらまっさらの千円札と小銭が出てきて、それで、釣り銭にしてしまうことを思い付いた。銀行での両替は仲間と手分けをしました」

その上で恒夫は父親の殺害を否定した。

森本賢次の妻も似たようなことを言った。

古い紙袋に何が入っていたのかはよく知らない。金じゃないかと思ったこともあるが、夫が見せなかったからわからない。逆らうと殴るのでそのままにしておいた。息子が働かずに、店の金を持ち出すので、仲間と手を切らせるために、金を渡すなと言われた。わたしにも生活費を日払いでしかくれなくなった。夫が帰って来なくなって、生活費に困り、サラ金から借りて生活していた。

捜索願を出さなかった理由については、「工場の事務室に鍵がかかっていたので、出かけたんだと思っていました。日頃から予定を教えてくれる人ではなかったので」。

二人は淡々としており、ともすれば安堵しているようにさえ見えた。

テレビマンの浜口は事件現場が池袋署管内だったことに躍り上がって喜んだ。池袋署内に情報提供者を確保していたのだ。情報を入れているのは妻帯者の警察官で、既婚の女性警察官と不倫をしていて、浜口にその事実を摑まれていた。ただ、そもそも規程遵守の志の低い警察官で、さほどの葛藤もなく浜口からの「小遣い」を受け取っていた。

浜口は次々に更新される情報に歓喜した。犯人は息子か息子の友人、もしくはその両方だ。動機は金。

捜査本部が森本宅への家宅捜索の手続きを踏むと、その情報は裁判所から許可が出る前に浜口のもとにもたらされた。

ただ、件《くだん》の警官は生活安全課の巡査部長で、むやみに捜査には近づけなかった。それは浜口には、まるっきりつてがないより苛立たしかった。

そこで浜口はその警察官に「なにか動きがあったら知らせるように」と要求を変更した。

するとすると昼頃、電話がかかってきたのである。

「なんか進展があったようだよ。午前中に男が呼ばれたんだけど、そのあと、ばたばたと動き出した。検察に車が向かったから、逮捕状関係だと思う」

「逮捕状が出るのか」

「そこまではわからない。わかることだけしかわからないんだから」

浜口は、聞いても無駄だろうと思いながら、聞いた。

「男って、だれ」

「わからない」

「もしかしてまだいるってこと?」

「そう」

「わかった。じゃ、その男が署を出るのはわかりますか」

「あのさ、取調室から遠いのよ」

「じゃ近くをうろうろするっていうのはどうだろう」

「そうだなぁ。やってみてもいいけど」

その日、池袋署の前では朝からマスコミ各社が記者とカメラマンを待機させ、その動きを注視していた。

池袋署に設置された捜査本部に一人の男がやってきたのは、午前十時ごろのことだ。年のころなら三十代前半。ノーネクタイのスーツ姿で、堅実な職業に見えた。パトカーに乗ってやってきたその男が池袋署にいる間、本部はみるみる慌ただしくなっていった。玄関から刑事たちが出てきて車に乗り込み、一台、そのあとを追うようにもう一台と、せわしなく発進した。玄関で待っていた記者たちはその様子を見て、どこかに電話したりして事態を摑もうとしていた。

二時間後、彼らの前でその男は池袋署から出てくると、捜査本部の刑事に丁寧に送り出されて、警察車両に乗り込んだ。

男が乗ったパトカーを追いかけるメディアもあったが、大通りに入ると、一台、また一台と間に入られて、とうとうパトカーを見失った。

パトカーは追跡を振り切って、雑司が谷の駅前で止まった。

男はそこでパトカーを降りてタクシーに乗り替えた。

男が乗ったタクシーがゆっくりと動き出すと、パトカーの後ろを走っていた食品配達の黒いリュックを背負った青年の自転車が、するりと方向転換した。

そして動き出したタクシーの後方に付いて走り出した。

タクシーはしばらく走るとウインカーを出してゆっくりと歩道に寄り、大きな公園が見える道路沿いのビルの前で停車した。

男はそこでタクシーを降りると、横断歩道を渡り、歩き始めた。宅配の自転車は十メートルほど離れて男の後ろに付いていている。

男はしばらく歩くと、カレー屋の横手から一棟のビルの中に、消えていった。

小さな古いビルだ。一階のカレー屋は賑々しい看板を掲げている。黒いスパッツ姿の宅配自転車の青年は、狭い階段を慣れた足どりで上がっていく男の後ろ姿を見届けると、自転車にまたがったままサングラスを頭の上に上げ、階段横にあるビル案内を見た。

健康食品丸美　桐野弁護士事務所　株式会社ブラッジ　NAP株式会社　光本整体
そして男が消えて行った階段を見ながら携帯電話を取り出すと、連絡先から「浜口」を呼び出し電話をかけた。

「風体から考えて、それらしいのがあります。桐野弁護士事務所っていうのがそうじゃないかと」

電話口の向こうで、浜口は即答した。

「らしいじゃわからん。確認してきて」

「はいはい、わかりましたよ」

青年はしばらく考え込んでいたが、やがて「アップル」と二回呟くと、自転車から降りて、階段を上がった。

二階に、桐野弁護士事務所というスチールの看板がかかっているドアがある。ごく機能的で、装飾性はまるでない。ノックすると、大声で名を告げた。

「アップルハウスからお届けに上がりました」

開いたドアの向こうに、さっき車を降りた男が立っていた。ノーネクタイの白いワイシャツを着て、さっきまで着ていたジャケットが椅子にかけてある。二カ月ほど散髪に行ってないような、無造作に伸びた黒い髪が記憶と一致した。

「――あ。もしかしてぼく、間違えたみたいですね」

そういうと、青年は退散した。

自転車のところに戻ると、再び電話をかけた。

「確認しました。警察に呼ばれていたのは桐野弁護士事務所にいる男です」

電話を受けた浜口は、受話器を持ったまま「桐野弁護士事務所」を検索した。ホームページがヒットする。弁護士事務所開設三年目。代表者氏名は桐野真一。プロフィールがあり、写真が一枚載っていた。

「中肉中背、年は三十二歳。おうとつのない、ぬめっとした顔か？」

「中肉中背で年のころも一致しますが、顔はどちらかといえば整ったほうかと」

「よし。取材をしたいと申し入れろ」

「いまですか？」

「そう、いまからおれも行く。明日まで待ったら他社に抜かれるんだぞ。君はおれが行くまで時間を稼いでおいて」

浜口はジャケットを摑むと立ち上がった。そうやって浜口はその日、自ら桐野弁護士事務所に乗り込んだ。


美智子はその翌日、フロンティア編集部にいた。

「人を殺したか、人を殺したか、他に考えられることは、人を殺したことぐらいだ」

真鍋は誰に聞かせるでもなく独りごちながら、快調に書類に判子を押している。

「親父が隠し持っていた金を手に入れたのがその、チンピラのできそこないみたいな恒夫の仲間だとしてだな。恒夫と一緒にそれを両替したとする。父親は、息子の仲間とのトラブルで殺害された、と考えるわな。不良息子の煽りを食ったわけだ。その場合、たとえば、不良グループがこの事件を丸く収めるために、息子を森本賢次殺害の犯人に仕立てたとする。実際息子が関わっていたかどうかはわからないけど。で、」と、書類をまとめて渡しながら、真鍋の軽快な口調がトーンダウンした。「――うちに電話をした、と」

それから真鍋は神妙な顔をする。そこで突然、話が繫がらなくなるからだ。

美智子はぶつぶつ言う真鍋を横目に、「モリモトケンジ」の電話を受けたアルバイトの男子に当時の話を聞いていた。彼はその印象を「柔らかな口調で、どちらかといえば感じがいい」と言い、豪雨災害の編集作業で忙しい時で、困ってフロアを見回したら編集長と目が合って、替わってもらった、と説明した。予想していたことではあるが、真鍋から聞いた以上の話はない。美智子は「どうもありがとう」とアルバイトの青年を解放した。

美智子が、アルバイト青年の取材を特に収穫なく終えたころ、真鍋のデスクでは、若い女性が真鍋に食い下がっていた。

災害報道は被害状況から避難所の現状に取材の主軸を動かしていた。避難所はどこも似たような状況で、だからインパクトはない。だが「これが読者が被害者にどこまで寄り添えるかという最終局面」ということで、真鍋は丁寧に追いかけている。真鍋の前にいる女性はライターで、避難所での性被害について記事を書きたいと真鍋に直談判しているようだった。何度も彼女の申し出をはねつける真鍋と、さっきから押し問答が続いている。

「加害者が同じ避難者なら書いてもいいよ。でもボランティアだって言うんでしょ。それは無理」

若い女性ライターは食い下がった。

「ボランティアだけじゃありません。悪質なのは避難所のリーダーです」

真鍋は首を振った。

「どうやって確認するのさ。加害者と言われた方は、身の潔白を証明する手だてはない。ということは、予想されるトラブルを回避するために、人も、場所も匿名だよな。その上で、ボランティアとか、避難所のリーダーとか、特定されうる人間を加害者にするわけだ」

「被害にあった人間が悪いとおっしゃるんでしょうか」

「そんなことは言っていない。ただ、記事にはできないと言っているの。確かに、誘いを断ったら、翌日から配給が減るという不利益を被るかも知れないから、断れなかったというのは、現場では切実な問題なんだと思う。命に関わることだから」

「ええ、そうです。彼女はシングルで、子供が二人いて、実際、命に関わるんです」

「ね。そこなのよ。男が、その女性が言うように、権力にものを言わせて女性の人権を蹂躙《じゅうりん》したのか、そうだとは思うけど、そうでない要素があったのか」

女性ライターは憤怒に声が大きくなった。

「魅力があり、庇護者がいない女性は、その魅力を己の罪と考えろということでしょうか！」

「わかっているよ、そいつは悪人なんだ。でも登場人物全員が匿名の記事っていうのは無価値なんだよ。事実というのは、いつ、どこで、だれがどうしたかが明確であること。問題は、誰がなにをしたかなんだ。それがないなら記事じゃない。匿名の記事には、記事の向こうに生身の人間がいるっていう緊張感がないんだ。書くなと言っているんじゃない。うちじゃ出さないと言っているんだよ」

「ここで書かせてほしいんです。ここじゃないと、色物記事だと思われて読者に相手にされない」

「弱い女性の庇護者になれてあんたはいい気分かもしれないわな。でも紙の文字っていうのはな、腐らないんだ。何度でも読み返せて、保管できる。もっと怖いことは、紙の文字は読む者を見返してくる。紙に書かれたものは『おれは事実だ』と突っ張ってくるんだ。それが事実であろうとなかろうとな。その強さはネットの中の文字とはケタが違う。世の中には悪意のあるやつがたくさんいるんですよ。あんたは書いたらそれで終わりだけど、あんたのいっときの正義感で紙に残ったものが、なにより被害者を追い詰めることがある。だいたい、その被害者の証言しか取れてないんだろ？ ぼくが言いたいのは、君は、その被害者のために憤っているのか、一般的な弱い立場という括りにして表に出そうとしているのか。あんたが後者の立ち位置でその事例を扱うなら、その女性は必ず傷つくことになる」

美智子は、部屋の端まで響きわたる二人の話を聞きながら、考えていた。もし浜口のいうように、金が、やくざや暴力団の何かなら、金が通し番号であることや、ホルマリンがついていたというのはどう説明するのだ。

——薬物というのはホルマリン。

亜川は、どうしてあれほどすばやく、あの金の情報をつかんでいたのか。

美智子は、ため息をつくと、スマホの連絡先から「東都新聞　亜川」を選び出した。そしてそれを見つめながら廊下に出た。

奥から再び、声が聞こえた。

「編集長は男だから！　だからそんなわかったようなことを言うんですよ！」

それから女性ライターが床を蹴立てるようにして編集部から飛び出して来た。

背の高い女性だった。タイトなジーンズを穿いて、真っ白のワイシャツをジーンズの中に入れて、胸の開いたそのシャツの下にタンクトップを着込んでいる。髪にはゆるくカールがかかり、サラリと流してある。足元はハイヒールだ。かばんは黒のトートバッグ。なんのロゴもないけど、上品な作りから、多分高級品だろう。

絵に描いたような——漫画の中から抜け出したような、魅力的な女性ライターの出で立ちだ。その彼女が憤怒にかられて廊下を闊歩する姿は、まるで映画のワンシーンだ。

その憤怒は、被害女性の現状をどうにもできない悔しさゆえか、それとも自分の思い通りにならない悔しさなのか。

真鍋は、よくも悪くも、女の業を思わせる事件をあたしによく振る。それはあたしがハイヒールをはかないからだろう。朝の時間を髪の手入れのために割いたりもしない。いわば「属性」と距離を置いている。親和性のある記者と取材対象者――男性の目を引く二人の女性では、被害者意識は共通するので自然増幅する。だから、あの女性記者は、自分のことのように憤る。二人は同じカテゴリーに分類される女だからだ。真鍋は下手な理屈を言っていたが、結局はあの嗅覚で、それを嗅ぎつけたのだと思う。

そのとき手にしたスマホが着信を告げた。発信者は「浜口」。

目の前で女性ライターがエレベーターの中に消えて、美智子は電話を取った。

「みっちゃん、あのさ。あの血のついた金のことなんだけどさ。まあ、来てごらんよ。出所がわかったから」

浜口は続けた。

「森本賢次は、殺人犯の上前をはねたの」

浜口の事務所は七階建てのビルの三階分を借りている。三階は古い機材と物が廊下まで積み上がっており、一階は「景気のよかったときについでに借りた」そうで、殺風景だが簡単な応接セットがあり、打ち合わせなどに使っている。二階がメインの編集室だ。

美智子が訪れたとき、浜口は、二階のモニター室に座っていた。

椅子の縁に腰掛け、足は前に投げ出している。もう少し腰を押し出したら床に滑り落ちそうだ。アームに肘を突いていて、手は、額でクシャクシャになった髪を押しのけている。

目の前のモニターでは動画が一時停止マークをつけて静止していた。

映っているのは身なりのいい若い男だ。

「昨日池袋署から出てきた男をうちの若いのが追いかけた。取材を申し込んだらびっくりしていたが、うちが知っているということは、半日もしないうちに他社も知ることになる、つけ回されて、遅かれ早かれどこかに話すことになるって丁寧に説明したら、こんな事件になって自分も困惑していると言ったんだ。この男は雑司が谷に事務所のある弁護士で、森本賢次は八月六日、この弁護士を訪ねたらしい。それで警察が事情を聞いた。ぼくらが追いかけたのはその帰りで、警察に話した話をしてくれた。でも正直、こんなものが取れるとは思わなかった」

そういうと浜口は隣にある椅子の上の毛布をつかんで、椅子の後ろへと落とした。

「金は息子の言う通り、死亡した父親のものだ」

それから再生ボタンを押した。

——ええ。あの金は、森本賢次さんのものですよ。本人がそう言ったんです。

美智子は、浜口が毛布をのけてくれた椅子を引き寄せて座った。

——ひと月半ほど前に突然森本さんが訪ねてきたんです。そして、あの、自販機で両替されていた金は、自分のものだと言ったんです。二十五年前に盗んだと言っていました。盗んだのは八月七日、九州に向かう船の中だそうです。すべて警察にはお話ししましたよ。

「なかなか生々しいよ」浜口が言葉を挟んだ。

——ちょうど仕事に行き詰まっていたとかで。森本さんは下船直前に、紙袋を摑んで車で逃げたそうです。紙袋を持っていたのは若い男だったと言っていました。袋を開けて驚いたそうです。中の札は血に濡れていて、それがその時にはまだ渇ききっていなかったと。全部で五千三百万円あったということです。そのうちの二千万円ほど使って、残っていたのは三千万円ほど。ぼくのところに来たときは、息子さんが持ち出したということについて本人にはまだ確認を取っていない、ということでした。警察に行くように勧めたのですが、首を縦には振らなかったんです。殺人事件に関わりはないが、関わりがあると思われるから、警察には行けない、ということでした。

悩んだり躊躇したりすることがない、淡々とした口調だ。

浜口は、ビデオを止めた。

「当時五千三百万円で、残っているのが三千万円」

――金に困っている自営業者には大金だ。

「この先生は森本賢次とはどういう関係なの」

「彼が言うにはね――」

浜口はずるずると身体を起こすと、遠くに押しやっていた紙カップを引き寄せた。カップの中には真っ黒に濁ったコーヒーが溜まっている。

「商店街のボランティア活動に参加したのがことの始まり。彼の元に相談を持ち込んだのがボランティア仲間の雑貨屋店主。帳簿があわないというので調べたら、横領が発覚して、この桐野弁護士に相談が来た。その店で金をねこばばしていたのが、森本賢次の息子。車で逃げた恒夫だ。雑貨屋の店主は職歴もない三十過ぎの引きこもりの恒夫を雇って、金を盗られても、彼の力になろうとした。そのいざこざの中で、弁護士先生と父親の賢次は顔を合わせた。それで父親が、今回のことを相談に来た――ということだな。死体が森本賢次だと判明して、弁護士先生はびっくりしてこの件を警察に通報した」

「あの金は森本賢次が二十五年前に船の中で盗んだものだというのね」

「うん。簡単にいえば、なんかの事件の金をかすめ取ったというわけ。確かに、警察に『あの金は船の中で盗んだものです』と話しても、信じてもらえなかった可能性は多分にあるな。でも、事件に関わりがあると思われるから警察に行けなかったのか、本当に関わりがあるから警察に行けなかったのか。そこは謎だよな」

浜口はなんだか楽しそうだ。

「それにしても五千三百万円というのは――」と浜口は独りごちた。

どう考えても普通の金ではない。

「息子はなんて言っているの」

「父親の殺害については否認したまま。でも金を使ったことは認めている。森本賢次はこの、弁護士の元を訪れた一カ月あまり後に殺害されたわけだが、警察は、この時森本賢次がまだ息子と話していないと言った点を重視しているらしい」

美智子には、古びた家の中にいた、どこか異世界から来たような女性が頭をよぎった。

「殺された森本賢次はかなり独善的で暴力的な男だったらしい。従業員に取材をかけても良い話はまったく聞かない。力のある者がその力にものをいわせて何が悪いんだと思っている親父っているだろ。そういうタイプだったらしい。ある意味いまどき珍しいタイプ」

浜口は一拍置いた。

「一課はどうやら母親との共犯の可能性を視野に入れているらしい。息子が殺害して、母親が息子に加担したという線だな」

それから浜口は、冷めて真っ黒なコーヒーを飲んだ。

「あまりに降って湧いたような話でさ。おれ、どうとらえたらいいのかいまいちわからないの。とりあえず五分にまとめて今夜の九時のニュースで流す」

浜口は、長い間水をもらっていない植物みたいにけだるそうだ。

「弁護士先生の顔はモザイク、声は加工。それでも間違いなくインパクトはあるよ」

インパクトどころか、棚からぼた餅的なスクープだ。その上、捜査に直結した話なので警察が裏取りしてくれる。浜口がけだるそうなのは、スクープを取った反動なのかもしれない。惜しむらくは、警察が息子に容疑をかけている以上、五千円札の出所は森本賢次殺害の核心部分ではないことだ。加えて、この発言はもう一回り古い時代の別の犯罪を告発している。深追いすると着地点がわからなくなる。

そこらの生鮮食料品店で付け合わせ用の野菜か調理済みのコロッケを買いたかったのに、店頭にあったのが大きな和牛の生肉だった気分。それで宙ぶらりんになって、美智子に見せてくれたのだろう。もう少し消化のいい材料だったらご機嫌だっただろうに。

「この弁護士を取材してもいい？」

浜口の目がちょっと輝いた。

「なんかわかったら知らせてよね」

美智子は画像の男を見つめた。ノーネクタイのスーツ姿で地味にまとめている。欲のなさそうな男だった。学問の府で純粋培養された、無私無欲の人のような——どこか天然水のような。

まだ昼の十二時を回った所だ。美智子は浜口から名刺を借りると、その場で桐野弁護士に電話をした。フロンティアと聞いて先方は驚いたが、一時間ほどならと、その日の取材を了解した。


桐野弁護士事務所は雑司が谷三丁目の雑居ビルの二階にあった。

ドアには素っ気ないプレートがかけてある。

事務所は、最低限の体裁を整えただけのさっぱりとしたものだった。すべてが単色——スチールの色で、コードのたぐいが無造作に床を這っている。部屋の中央には細かな傷の入った木製テーブルが置いてある。壁が薄いのか、ちょうど安アパートで二階の足音や掃除機の音が聞こえるように、階段を歩く音やドアの開閉音が、思い出したように聞こえる。貰い物か何かだろう、傘立てほどの大きさのずいぶん華やかで立派な有田焼の壺が一つあり、それがひどく不釣り合いだった。

桐野真一はまだ青年の臭いの残る男だった。身だしなみにかまう方ではないらしい。幸薄い人はいつも明るく微笑んでいるのだという。そういう区分けでいえば、この学者風情の弁護士は、愛情に恵まれていたのだろう。印象をよくするために表情を作るということがない。

桐野は美智子から受け取った名刺を机の上に置いた。

「で、なにをお聞きになりたいのですか」

警察に、浜口にと話を聞かれてうんざりしていることだろうと覚悟していたが、桐野はそんな様子を見せなかった。自分が巻き込まれてしまった事態に困惑しているというのだろうか。美智子は、浜口の事務所で取材テープを視聴済みであることを前置きした。

「亡くなった森本賢次さんは、あのお金のことを誰にも話していなかったようなんです。息子さんにも、奥さんにも。先生が唯一の証言者になります。それで彼が死亡する前に話したことを確認したいんです」

桐野弁護士は頷いた。

「森本さんは淡々と話しましたが、その話しっぷりは昨日のことのように鮮明でした。汚いなりをした男が抱えていた紙袋に札束が入っているのを見た。資金繰りに困っていたので、とっさにその男からひったくって逃げたが、そんな大金が入っているとは思わなかったと」

そういうと桐野は応接セットの、木製のテーブルに視線を落とした。

「森本さんが警察に行きたがらなかったのは、彼が、その金の出所について、心当たりのようなものがあったからかもしれないです。その金については誰も調べようとはしない、だから黙っていたらうやむやになる。そんなことを言っていました」

「うやむやになる？　金を持っていた男のことを知っていたということですか」

「それは否定していましたね」

「金を持っていた男について桐野さんが聞いた話を詳しく教えていただけますか」

桐野は頷いた。

「南予を出る昼前の船だったといいます」

「南予――」

桐野は頷いた。「ええ、愛媛県南西部の、宇和海に面した一帯のことを指すと思います」

「そこから九州へ渡る船に乗ったんですね」

「ええ。その船内での出来事です。船内には食堂があったそうです。自動販売機が並んでいるだけの簡単なものだったそうですが。森本さんはそこでカップ麺を食べた。その若い男のことは乗ったときから気がついていたが、本当に目についたのはそのときだった。ちょうど持ち上げた箸の向こうにその男が座っているのが見えたそうです。

足元は泥だらけで、顔には細かい傷がたくさんついていた。直感的に、訳ありだと思ったそうです。男は紙袋を膝の上に置いていて、その袋に爪でも立てるように、しっかりとつかんでいた。袋の上には乾いて反り返った白いタオルがかけてあったそうです。タオルには洗濯ばさみで挟んだような跡がついていて、タオルが少し浮いた状態で固まっていた。その隙間から五千円札が覗いているのを見た。男は袋をしっかり握ってたけど、疲れ果てているようだった。下船のアナウンスが流れた時、男がそれに聞き耳を立てたそうです。『白くなっていた指の関節が緩んだ』と、彼は表現しました。その隙を突いて、森本さんは袋をつかむと、あとも見ずに走ったんだそうです。

船というのは曲がり角が多くて通路は狭く、短い階段がやたらとあるそうです。森本さんは男がアナウンスに集中したことから、この船に乗ったことがないのだとあたりをつけた。森本さんはそのまま車のところまで走って飛び乗った。サイドミラーに、血相を変えた男の姿が映っていたそうです。その日は車が二十台ほど乗っていて、それが一斉にエンジンをかけて動き出していた。結局、男を振り切って下船した。森本さんは男の蒼白の顔をいまでも覚えていると言っていました、二十五年前の八月七日のことです」

まるで映画のワンシーンのようだった。白くなった関節が緩む——男の緊張がすぐそこに見えるようだ。

「では、森本賢次さんがその金を手に入れたのは、まったく突発的な出来事だったわけですか」

「ぼくはそのように聞きました」

「その話は嘘で、自分で事件を起こしたのかもしれないとは、考えられませんか」

「そうだったのかもしれない。でもぼくのところに来た時点では、あの血のついた金は、不審な金というだけで、まだ事件ではなかったんです。だから自分が起こした犯罪で手に入れた金なら、残りの金を処分して黙っていればいい訳で、作り話までして弁護士のところに来る理由がわかりません」

「そもそもどうして森本さんは、先生を訪ねてきたんでしょうか」

「他に頼れる専門家がいなかったんでしょう。いえ——」

そう言うと、桐野はため息をついた。

「彼は息子のことでぼくに腹を立てていたようなんです。ぼくのところにきた理由も、息子が家の古い金を持ち出したことについて、ぼくに責任があると思っているようでした」

「あなたに？」

桐野は頷いた。

「ぼくが息子に入れ知恵をしたせいで息子が反抗的になり、隠していた金に手を着けたんだ。だからお前がなんとかしろと」

「入れ知恵をしたというのはどういうことですか」

桐野は少し考えた。それから困ったように言った。

「ぼくだって、森本恒夫さんのことはすっかり忘れていたし、父親の顔を見ても、本人が森本恒夫の父親だと名乗るまで誰だかまるで思い出せなかったんです。事件になっている、血の付いた金を換金しているのは自分の息子だと言われて、つい話を聞いてしまった。森本恒夫さんは、父親から抑圧されて育っていました。三十を過ぎても父親の言いなりでした。ところがベトナム雑貨の店を辞めたあと、自分の意志でボランティアのところに来るようになった。そこで彼は自立のために、人と話したり作業をしたりしていました。そういうことをもって、入れ知恵されたと感じていたのだと思います」

桐野はそこで一息入れた。

「父親は、彼の不良仲間のことを、金を強請《ゆす》り取る人間ととらえていました。部屋に上がり込んで、それに母親がお菓子やジュースを出すものですから、彼らになめられていると怒っていたんです。でもぼくは、恒夫さんにとっては、唯一ともいえる家族以外の人間関係だったんじゃないかと思う。何年にもわたり、家に来て、時間を潰し、そして父親につまみ出されても性懲りもなくやってきたんですから。父親がそれを怒るなら、社会との交流さえ支配していることになります。父親は全体に一般的な社会感覚とずれていました。その彼が家の中では自分が絶対でないと気が済まない。ぼくが人間のあり方とか権利とか一般常識について話すのは、父親にとっては入れ知恵以外の何物でもないわけです」

「では先生から見ると、息子には殺人の動機が考えられるわけですね」

「家庭の中でお父さんが暴君だったのは確かだと思います。森本恒夫さんも、父親に逆らわないと言っても三十半ばの男ですから。カッとなったらどうだかわかりませんね」

それからちょっと考えると、訂正した。

「いや、息子には確かに不満は溜まっていたでしょうね。普通の人より」

約束の一時間が近づいていた。

「先生はなぜ、そのときに血のついた五千円札の事情を知っている男がいると警察に通報しなかったんですか」

「正直に言えば、大変威圧的な人だったんです。ぼくが本人に、警察に行くように言ったとき、森本賢次さんは、お前がなんとかいい方法を考えろと、このテーブルを蹴りました。目の前には、血のついた金が積まれていて」

「金が積まれていた？」

「ええ。森本さんはぼくの目の前で、このテーブルの上に袋の中から金を掴みだしたんです」

「三千万円の金をですか」

「ええ」

「それには血がついていましたか」

「赤黒くなっていました」

「全部がですか？」

そこで少し間が空いた。

「ええ——たぶん」

言葉が途切れた。桐野弁護士は視線を落として、少しその顔を歪めた。彼の頭の中では、血のついた札が、山のようになった札が、テーブルの上に蘇って見えているようだった。しかし、すぐに彼に現れた苦悩は消えた。美智子は、話の脈絡を掴み直した。

「そのあとテーブルを蹴ったんですね」

「ええ。鬼みたいに顔を真っ赤にして」

それから顔を上げると、彼は元の淡々とした物言いを取り戻していた。

「情けないけど、ぼくの方が放心状態でした。森本恒夫さんに連絡をとろうかとも考えましたが、面倒が頭の上を通り過ぎるのを待ってみようと思いなおしたんです。それで、警察の捜査に任せることにした。当時報道されていたのは速度超過という道路交通法違反による事故であり、血のついた金を両替すること自体に違法性はありませんから。まさか殺人事件にまで発展するとは思わなかった。刑事さんにもそのように話しました」

時間が来たとき、桐野真一は思ったより疲れた顔をしていた。

弁護士事務所の階段を降りると、美智子はしばし足を止めた。

血のついた金をテーブルの上に積み上げて、お前が息子に入れ知恵をしたからこういうことになったのだとテーブルを蹴る男が、なぜだか切ないのだ。

古びた家と、感情線がすり切れたような妻。世にパワハラという言葉があることも知らず、女に「ヤラせろ」と言うのが挨拶のようなものだと思っている男。自分が世間からずれていることはどこかで認識できていただろう。でも時代の流れは自分の与《あずか》り知らぬところにあり、ずれているというのなら、それは勝手に変化する「世間」が悪い。彼には、周りのすべてが自分を否定しにかかる敵に思えたのではないかと思う。

もっと言えば、唯一自分の聖域だったはずの家庭にまで流れ込んできた「時代の価値観」に対する自己防衛のようなものかもしれない。そこには、なぜ人は自分を否定するのだという怒りがある。あの弁護士はその本能的な怒りを向けられて恐ろしいと感じたのだろう。

——高校の終わりごろからずっと。だから十五年以上前からじゃないですか？　お父さんが、よく引きずり出してましたよ。息子もその友達も。

確かにそれは家にたむろする悪友を息子もろとも叩き出す古い父親の姿だ。そしてやってくる人間たちは、黒のボックスカーか、車高の低い、ごてごてと飾りたてた車、すなわち安手の車に乗り続けている、金のないヤンキー崩れだ。

行き場のない子供が、いじめっ子といじめられっ子という枠に入り込んで、つるむ。そう考えれば、その関係が持続していたことにも、恒夫が悪友の格好をまねし始めたことにも、納得がいく。フロンティアに電話をしたのは、恒夫を金づるとして利用しようとした悪友たちかもしれないと思っていた。しかしそれも安直かもしれない。

通りは暑かったが、季節は明らかに移り変わりつつあった。

凪は生暖かいが、熱気の中に閉じ込められているような圧は、すでにない。冷えた空気が忍び寄って、ついていきそこねた空気の塊が、取り残されていることに気づかないでうろうろしている。黄色い夕日が夏の熱気に疲れた町を癒すような、優しくもうら寂しい夕暮れ。

あの血糊の元になった、二十五年も前の事件を警察は捜査するだろうか。いわゆる「筋読み」からすれば、あの金に血がついた経緯は、今回の森本賢次殺害とは関係のないところにあるだろう。その金が泥に汚れていようと、血に汚れていようと、毒に汚れていようと、それが両替できる金である限り、森本賢次殺害事件は起きたということだ。捜査が混迷すれば二十五年前の因縁にも着手するだろうが、早期に犯人が割れ、その動機が金に血が付いた理由と関係がなければ、捜査は及ばない。

――中の札は血に濡れていて、それがその時にはまだ渇ききっていなかったと。全部で五千三百万円あったということです。

美智子は桐野弁護士の、嫌悪に歪んだ顔を思い出した。血を吸い、乾いてゆがんだ六千枚の金を思い描こうとしたが、なんにも浮かんで来なかった。

代わりにまた、亜川の電話を思い出していた。

――薬物というのはホルマリン。金は通し番号らしい。

――そう。現金輸送車を襲う的な。

すぐ脇を車が通りすぎて、美智子はふと我に返ると、スマホを取り出して浜口に電話を入れた。

「とくに新しいことはなかった。南予から九州への船だったらしい。金については、森本賢次は出所に心当たりがあったようで、黙っていたらうやむやになる金と言ったそうよ」

浜口は「どっちも聞いてないぞ」と不満げな声を出し、美智子は、それはテレビマンより雑誌の記者の方が信用されるとか、五十絡みの強引そうな男より礼儀正しい女の方が信用されるという、ごくありがちな法則のせいではないかと軽く厭味を言って、電話を切った。

コンビニで緑茶のペットボトルを買うと、駅に向かって歩きだす。

むっとした空気が再び全身を包んだ。


美智子は家に帰ると、コーヒーを淹れてパソコンの前に陣取った。南予から九州に向かう船を調べるためだ。

しかし二十五年前と今とでは、瀬戸内海の船の運航状況は劇的に変わっていた。撤退、事業譲渡して解散、営業譲渡して解散、再編の後解散、再編、吸収、廃止、経営悪化にて閉鎖、自己破産申請ののち航路廃止、採算に乗らず破産――少し調べれば、ネット上に廃止になった航路と倒産した会社、その理由が並んだ。

四国と本州の間に橋ができたことで、百五十本近くあったという瀬戸内の航路は次々と消えていったのだ。かつてあった船会社はほとんどが廃業している。二十五年前の乗船名簿どころか、時刻表すらもうわからないだろう。

過去のうめきが聞こえて来そうだ。

美智子は書棚の奥から紙の地図を引っ張りだした。ネットが普及する前によく使った、ゼンリンの地図だ。

その地図で見る四国西南部一帯は、端から端まで気味が悪いほどのっぺりしていた。線路がない。道が少ない。そして建物や施設などの地図記号がない。五十年前の地図と比べても二つには大きな違いはないだろう。それどころか百年前の地図と重ねても大した違いはないかもしれない。海の他は山であり、平地が極端に少ない。海岸線はジグザグに入り組んで、突き出た半島が多くある。

その一つ、佐田岬《さだみさき》半島の根元に伊方《いかた》原子力発電所を示す記号がある。

四国はかつて、日本から独立しようかという動きがあったと言われる。それほど風土も人の気質も違っていた。明治期でさえ、当時は神とされていた天皇を特に敬うということもなく、敗戦に悔し涙を流すこともなかったと聞いた。

言語学者に言わせれば、近畿に比べて古い言葉が生活の中に残っているという。それも、近代まで本州と繋がるところが一カ所もなかったからだ。

温暖で、海の幸があるから豊かである。山は急峻で、平地がないために山間部で暮らしたが、人々はそれを気にすることもない。ただ、さて近代化という段には、その地形は改革の手に余るものだった。

佐田岬半島は長い間漁業と農業で島の人々を養ってきた。しかし米の消費量は年々減り、農産物は海外の安いものが流通するようになり、魚もまた、好まれなくなっていく。他に雇用もなく、交通の便も悪い。快適さと便利さ、もしくは現金収入を求めて人々は本州へと海を渡った。人口が減り、地域の産業はますます衰えて、やがて伊方町は原子力発電所を受け入れるに至る。

もちろん一筋縄では行かない。

立石一馬のような記者が入り込み、金をばらまく議員がいる。警察もまた「国策である」という認識だったのか、それとも上が金をもらっていたのか、建設反対運動を妨害もしくは封殺するようなこともあったと聞いている。

しかしそれもこれも、伊方町がただ策に嵌まったというわけではない。雇用を作ることがいかに切実な問題であることか。雇用とは過去における農地だ。農地がなければ収穫はない。働き口がないことは、農地がないのと同じ。人々が農地を作るのにどれほどの努力をしたかを考えれば、雇用の創出がどれほど切実な問題かがわかる。

そうやって伊方町に原子力発電所が建てられた。

伊方原子力発電所が作られたのはくねくねと折れ曲がった細い県道から逸れてなお山に入った崖っぷちだった。当時山の中腹にはその崖に張りつくように古い家が数軒建っていた。バスが運行されるようになったのは一九六〇年。それまで陸の孤島だった場所だ。村の中には、車が満足に通れる道はない。

それでもそこは「神の国の風景」と言われる景色を持っていた。日本発祥とともにある朝焼けと夕日、そして青く澄んだ海だ。天頂の部分に立つと、その海が広く見渡せる。

家々は天上の村を思わせるほど山の高いところにある。それはマチュピチュのように突然山の上に現れるのではない。海岸線の少ない平地に建つ家々から順に急な階段を作って上へ上へと伸びるのだ。そうやって山肌には細い段々畑が並んでいる。機械など入りようがない畑だ。

そんな農地で出来る農作物は、その労力に見合う収入にならない。人々が、その地を捨てずに暮らすためには収入源が必要だと思うことは至極もっともだ。

そしてその収入源が、その地域を壊すものかもしれないと言われたとき――原発を抱えるという賭けをしてそこに住むか、理を通して原発を排除して地域を枯渇させるのか。

地域一帯の雇用が作れるのならその土地に原発を作ってもいいと地元政治家が考えたとしても不思議ではない。日本で初めての原子力発電所が稼働して三年後、チェルノブイリの事故が起こる十七年前。原子力発電関係者の中にも、「原発は安全」と本気で信じていた人がいても不思議ではなかった時代のことである。

美智子はもう一度地図に視線を落とし、佐田岬半島にある三崎《みさき》港から大分県佐賀関《さがのせき》へ行く航路を見つめた。

午後八時——時計を見上げて時間を確認すると、美智子は携帯電話をつかんで浜口の連絡先をタップした。はいはいと、浜口のだるそうな声がする。

「森本賢次とその男ね、多分佐田岬半島の突先《とっさき》、三崎港から乗ったんだと思う」

「佐田岬半島……」そうつぶやく浜口の声からは、さっきのけだるさが飛んでいた。

「佐田岬半島から大分県佐賀関って、すごく近いの。ざっと見てその距離三十一キロ。調べたら所要時間は船で七十分。この港への道は古い国道だと思う。国道197号線」

長い無言のわけは、浜口がキーボードを打ち出したからだろう。

「地元の人しか乗らないというのにもぴったりなのよ」

浜口は「あー」と声を漏らした。「古いわ。幕末のころに土佐から伊予へ抜け長州に行く脱藩ルートだったらしい。えらい山中を通ってるんだよ、これは」

グーグルで道を見ているのだろう。「崖を避けながら走れるところをつないだ感じだな。坂本龍馬の脱藩ルートだって——」

このあたりの山の中の道は全部古い。浜口は全然まとはずれなルートを見ているようだったが、面倒だったので強いて否定せず話を進めた。

「二十五年前だと、瀬戸内近辺の航路は百五十もあったけど、いまはほとんどが撤退した。だから今はない航路の可能性もあるけど、航路や船はなくなっても、港はなくならない」

浜口の声が輝いた。

「いいねぇ。わくわくしてきた」

「でもその男は、内陸部からやってきたんじゃないと思うの」

「なんで？」

なぜなら、金に塩とホルマリンが付いていたからだ。

「その若い男は、海沿いのどこかで事件を起こしていると思う」

そこなら、森本賢次の持って逃げた金に塩がついていたことに筋が通る。

「それはどういうことなんだ？」

確たる理由があるわけではなかったが、この件はまだ浜口に教えたくなかった。幸い浜口は深追いしてこなかった。

「そういえばみっちゃんが取材に行った後、桐野弁護士から電話があって、メールを一本送ってくれた。それで、あとで電話をしようと思っていたんだ」

桐野弁護士――アルプスの天然水だ。不純物添加物なしの水を思わせる男だ。浜口は機嫌よく続けた。

「でね。二十五年前の、森本賢次が金を盗んだという八月七日前後の、あの辺りで起きた事件の記事を送ってくれた。現在の愛南町《あいなん》、当時の内海村《うちうみ》というところで、火災が一件あったそうだ。六日深夜のことで、原因は煙草の火の不始末と思われるということ。めぼしいニュースはそれだけで、殺人も強盗も、近隣では発生していない。その火事も佐田岬半島から随分南に下った場所だよ」

森本賢次が帰ったあと調べたという。日付がぴったりだから気になっていたらしいと、浜口は補足した。

「愛南町のどこだって？」
「読み方はわからないな。漢字二文字で油と池。ユチかな」——小さな新聞の記事を添付してくれたから、あとで送っとくよと言い、浜口は「ごめんよ、電話切るよ、時間だから」と電話を切った。

浜口のニュースが流れる時間になっていた。

美智子はそのまま「油池」を検索した。出てきたのは佐田岬界隈よりまだ南に下がった、由良《ゆら》半島という小さな半島だ。探すと、湾沿いに、魚の粗《あら》に白身が張りつくように、ところどころ小さな平地がある。人の住めそうな所はそこしかない。

こんなところに、五千万円もの現金があったというのだろうか。しかも船で盗まれたのは、銀行から出てきたままと思われる、通し番号がついた金だ。

美智子は時計を見上げると、あわててテレビをつけた。

まず豪雨被害の続報が流れてきた。それから一度コマーシャルを挟むと、アナウンサーがちょっと居住まいを正して「さて」と話題を変えた。

「先日、北関東各地で発見されました大量の、血のついた五千円札について、独自取材により新事実が判明しました。関係者がその金の出所について語ったものです。証言者は死亡した森本さんとその息子、両方と交流のあった弁護士です」

桐野弁護士の証言は五分のVTRにまとめられていた。顔にはモザイク、声は加工されて、「盗んだ」という言葉は消され、「二十五年前に船の中で入手したもの」とテロップで補足された。VTRのあとに、事件の概要をまとめて、最後に森本賢次の家庭について近所の評判を流した。不良の仲間の存在と、父子の不仲を証言する声だ。引きこもり、不登校、パワハラぎみの父親と、近所と交流のない母親。

桐野の清廉さは、モザイクや加工を入れてもよく伝わる。彼の存在は、どうしようもない人間たちばかりが出てくるどうしようもない話を、身近なものとして聞かせるのによく機能していた。それが浜口の計算だったか偶然の産物であったのかはわからないが、反響があるだろうと美智子は思った。

その日、遅くに携帯が鳴った。

画面には「東都新聞　亜川」と、名前が浮き上がっていた。

亜川と待ち合わせたのは東京駅の近くの皇居前広場だった。

芝生には座り込む者、寝ころぶ者がいて、みなそれぞれに午後のひとときを楽しんでいた。植わっているのは松の木。そばの道路を人が引きも切らず歩いていく。半分以上が観光客だろう、特に外国人観光客は足どりが軽くて楽しげだ。いまや東京中を、そんな観光客が歩いている。

昔、教師に「日本人は島国に暮らしていて、単一民族だから、内向的でコミュニケーション力が低く自己主張が下手で、自分を売り込むことが出来ない」と教えられた。長い間その必要がなかったことと、評価はおのずと付いてくるという美意識のせいだと言っていた。あれから日本が、売り込み上手になったとは思えない。

外国人観光客を引き込んだのは、観光客のSNSで広がった「日本の日常」だと言われている。観光庁が考えもしなかったところに観光客はいそいそと足を延ばして、日本人が見向きもしなかったものに歓喜した。それは社会の教師の言った、ガラパゴスな日本であり、グローバル化して合理化された世界とは違う、未知の島でもある。学生時代、大きなリュックを背負って世界を旅した友人は、欧米の古い町や農村を賛美して、日本の農村の家を「見すぼらしい」「陰気だ」「因習の臭いがする」と嫌った。美智子は、ヨーロッパの古い町や農村が美しいように、日本の山の中にたたずむ古い農家は愛くるしいと思っていた。山を背に建つ小さな家々は、遠い昔の自然と人の生活のあり方をそのままに伝えている。しかし、そうした風景が世界に好まれるとは思わなかった。

道を、身軽な格好をした観光客たちが行儀よく歩いていく。この人々はいつか目が覚めたように日本に飽きていくことだろう。ひとときの喧騒、そしてそのあとに続く長い平安――。

空は青く、うららかだ。

美智子は、向こうからやってくる背の高い男に気がついた。ラフなジャケットを羽織って、小さなポリ袋をぶら下げている。歩くことを楽しんでいるように、ふらりふらりと進んでいるというのに、みるみる近づいて来るのは歩幅のせいだろうか。

約束の時間までまだ三十分ある。場所は皇居前広場としか決めていない。広場は広いが時間になったら電話をすればいいと思っていた。なぜここにいるとわかったのだろう。

亜川は向こうから、やあと片手を上げた。

「まだちょっと早いでしょ。だから散歩していたんですよ。天気もいいし。そうしたら木部さんがいたものだから」

亜川はまぶしそうに天を仰ぐ。持っていたポリ袋から取り出したのは、缶コーヒーと緑茶のペットボトルだ。

「木部さんは緑茶でしたよね」

なんて古い事を覚えている男だろうと驚いた。確かに、初めて会ったとき――あれは確か、笹本弥生の葬式だったと思う。眼光は鋭いのに、脱力したようにふらりと立っている男だった。そしてあの時も今と同じようにふらりふらりと近づいてきて、自動販売機で飲み物を買ってくれた。

――コーヒーにしますか、それとも緑茶？

あの時も、公園の隅に座って話した。

天気のいい皇居のベンチに座り、プルトップを引くと、亜川は眼前にそびえる丸の内の立派なビル群を見上げながら缶コーヒーを飲んだ。そのつかみ所のない感じもまるっきり変わっていない。確かに呼び出されたはずだが、それが間違いかと思うほどだ。

「亜川さん。立石一馬のパソコンを入手したのは、あなたのところですよね」

亜川はしばらくぽうっと目の前のビルをみつめたままだった。

「どうしてわかりましたか」

美智子もペットボトルを開けた。

「立石一馬が死亡したあと、数人が立石の女に、立石のパソコンを見せろと接触した。女は一番高い金額を提示したところに見せた。ピースの記者も十徳の名前を突き止めていましたが、彼は女から直接聞き出した。証拠を摑まれていないから、上田十徳はピースの取材申し込みをスルーしている。その後、上田十徳の取材をとったのが東都新聞。だから立石のパソコン内の情報を手に入れたのは東都新聞ということになります」

亜川は黙っていた。仕方がない。そこで引導を渡すことにした。

「東都新聞社会部の記者が買い取りを打診したと聞いています。亜川さんの部署ですよね」

亜川は観念したように、大きなため息をついた。

「そう。まったく。出て来たのは小説家の名前。拍子抜けしましたよ」

上田十徳のことだ。

「伊予電力絡みだと思ったんですか」

「ええ。可能性はあると思いました。木部さんもそう考えたんでしょ?」

「業界が長い人間なら、そう考えたいでしょうね。現にフロンティアの編集長も、その線で記事を取れないかと言いましたから」

　ジャーナリストの不審死は神話級に格上げされると真鍋は言った。それは華のなかったジャーナリストには最後の花道かもしれない。立石一馬は花道なんか考えない男だったけど。

「東都新聞のおかげで上田十徳のインタビューをものにしました。それにしても、彼はずいぶん怯えていました。新聞にしゃべったあとでなかったら死んでも話さなかったでしょうね。一体どうやって認めさせたんですか？」

「立石一馬のパソコンを調べたら、上田十徳と会う予定であるという、当日の計画表が出てきた。彼は入念に計画を練っていて、現場の地形はもちろん、地質なども書き込んだ地図を作っていた。上田十徳との行動計画表という、書きかけのプランもあり、そこには、これからの日本の気象変化と災害について一石を投じる――というキャプションがついていた。と、上田十徳に話して、そのコピーを見せたんです」

「それは――逃げられないですね」

「ええ。動かぬ証拠というやつです。取材に応じて貰えないならこれを公表することも考えている、その場合は『上田氏は取材に対して回答を拒否している』と付け加えるつもりです、と迫りました」

　亜川のような男には、目的の前にはコンプライアンスなどという言葉はポーズに過ぎないとはわかっていたつもりだったが、いまどきその手荒さは珍しい。美智子は、動きさえぎこちなかった上田十徳のことを思い出す。まるで生殺与奪の権を握られている小動物のような、あの切羽詰まった様子だ。彼にとっては、やくざに絡まれたようなものだったことだろう。

「実は、その取材メモがパソコンにあったというのは嘘なんです」

　美智子は思わず亜川に見入った。

「立石のパソコンにあったのは簡単な社交辞令のメールだけでした。あとは雨とか洪水とかの情報交換が一つあるだけで、そういう天候に関するメールを交わしていたのは上田十徳だけではなくて。二人は多分、主に携帯でやりとりをしていたのでしょう」

「じゃあなんで会った相手が上田十徳だと思ったんですか?」

「パソコンを見せてくれた女の話からです。どうやら立石は支払いを溜めていたらしい。立石一馬は、もうすぐ大きな金が入りそうだから、待ってくれと言っていたそうです。それでただでさえツケがあるのに、店の女の子と豪勢に飲み歩いたらしい。ところが死んでしまって。女は腹を立てていた。まあ、死人の布団を剝いで持って帰るって、あんな心境でしょうね。うちとしては手に入れたパソコンの中に目ぼしい名前がないもので、立石の女に食い下がった。すると女が、『立石は作家と水を見に行ったはずだ』って言ったんです。それで、そういえば、雨や洪水の情報交換をしていた相手の中に作家が一人いたなと。そこでそれらしく作文したんです。内緒ですよ、これ」

美智子はあきれたが、亜川は機嫌よく話し続けた。

「上田十徳の話にはもう少し作為があるかと思ったのに、まるっきりなくて。彼に殺害の動機がなければ、立石一馬は本当に事故死ということになるわけだけど」

それから一息つくと、言葉を続けた。

「でもやっぱり、あの雨の中を橋まで出向くのは不自然なんですよね」

信号が変わったのか、一群の人々が横を行き過ぎていく。

「タクシーの運転手は、間違いなく誰かと会うつもりでいたと言っていますしね」と亜川は思案げに言い足した。

確かに運転手の証言にはリアリティがあった。

「運転手の話はわたしも聞きました。運転手は、わたしが聞きもしないのに聞かれると思い込んでいるように、ええ、わかっていますよと言わんばかりに、立石一馬の所持品と服装について話してくれました。あれはその前に、しつこくそのことを聞かれていたんですね」

亜川は、うんと頷いた。

「うちの記者がしつこく確認したんですよ」

亜川は笑った。それから言った。

「浜口さん、すごいスクープをとりましたね。昨夜のニュース、血のついた札に関する弁護士の証言のことですよ」それから美智子に視線を向けた。「五分くらいになっていたと思うけど、元のテープ、もしかして見ましたか？」

「わたしが聞いたのは、なにかわかれば知らせますという亜川さんの言葉でしたけど」

「ええ。なんにも入ってこなくて」

亜川がなにかをはぐらかしていることはわかっていた。彼が、どうしてそうまでして立石のパソコンを欲しがったのか——ただ漠然と「伊予電力絡みかも知れない」というだけで、そこまでするとは思えない。そして彼がここで会うことを持ちかけたのだ。そもそもこちらには彼に知らせるような目新しい情報はない。

こうなったら既出の情報を並べるまでだ。

「浜口さんの取材テープは五十三分間ありました。放送されたように、あの金は、死亡した森本賢次が九州に向かう船の中で二十五年前に盗んだもの。若い男から奪って軽トラに乗り込んで逃げたという話です。わたしも取材をかけました」

しかしそのとき、亜川の、缶コーヒーを持つ手がピタリと動きを止めた。彼が何に反応したのかわからない。それでそのまま続けた。

「血も渇ききっていない五千円札で、全部で五千三百万円分。うち二千万ほど使った——浜口さんは、森本賢次は殺人犯の上前をはねたと表現しました」

亜川は耳をそばだてていた。その手は止まったままだ。

「その船というのは、もしかして四国から出る船ですか」

「八月七日、昼前に南予を出て九州に向かった船だということです。でも――」と美智子は続けた。「その日その付近で起こったことといえば、火事が一件あっただけ。多額の新札が血塗られるような事件は把握出来ていません。わたしの方は今のところ、もうほかにネタはありませんよ」

後半の情報は桐野の受け売りで、最後の言葉は厭味だった。しかし亜川はそれに、なんの反応もしなかった。彼が確認したのは「四国から出る船」という言葉だ。それがそんなに大事な情報なのだろうか。

亜川は、緊張を解くまじないでもかけるように、ゆっくりと二度、瞬《まばた》きした。

それからゆっくりと言った。

「そう。二十五年前の八月六日深夜、愛媛県南西に位置する由良岬《ゆらのはな》という小さな岬で、火事が起きたんです。その家は中野と言って、地域の要人、まあ、昔でいう庄屋でした。犠牲になったのはその家の主と、島に来ていた海洋学者です。初めは失火ということでした」

昨日浜口が言っていた事件だ。今朝、愛姫新聞の小さな記事のデータが届いていた。

「ところが検視の結果、中野の主の頭に陥没があった。それで調べると、学者の方にも見つかりました。それで事件になったんです。四日後、犯人は山の中で首を吊って自殺しました。被疑者死亡で送検。それで事件は終わったんです。動機は金でした。事件前日、自殺した犯人は、中野の家に借金を願い出て、断られていた。その恨みだろうということでした。そしてその年に、落選した原発推進派の代議士の秘書が事故で死亡して、宇和島では、県議が自殺しました。『金が来なかった』というのが、事故で死亡した議員秘書が言い残した言葉でした」

その事件なら記憶がある。数名の犠牲者が出たが、それぞれの事件が原発推進派とつながりがあったことが最後まで解明できず、うやむやになった。事件――自殺――借金――いま、突然繰り出される、小さな集落の古い事件の詳細な情報の羅列に、美智子はなにが始まったのかがわからなかった。そして最後に、その話の着地点をおぼろげに理解した。これは小さな集落の事件の話ではない。

「金が来なかった――」

「ええ。推進派に落選が出たのはその年だけでした。多分、来るべき金が来なかったのでしょう」

亜川はまた一息入れると、続けた。

「その中野という家は言ったように、かつての庄屋です。庄屋というのは政府の出先機関のようなもので、役所の役目も仰せつかっていた。そのころ、その権力は地域では絶大で、戦後、その権力の引き剝がしを行政がしたぐらいですから。だから二十五年前ではまだ、よくも悪くも地域のまとめ役でした。ある意味で個人ではないんです」

亜川の言う通り、上意下達の権力の末端は庄屋になる。役所であり銀行であり得る。ある東北の村では、絶対的な土地保有者である地主が農民に土地を貸し、土地代を取っていたという。農機具まで貸して、金を取る。出来上がった農作物を買い取って他所に売って、また儲ける。地主の家は雑貨屋を営み、農民の生活費も懐に入れる、と言われた。農民は地主のために働く家畜のようなものであり、生かすも殺すも地主のさじ加減一つ。そこまで極端なことはまれだが、世襲の庄屋が地域で絶大な力を持っていたことは事実だ。

「ぼくらはブンヤですから、若いのはスクープを狙うんです。今はスクープなんて死語ですがね。それには伊予電力の原子力発電事業はいいターゲットだった。きな臭くて隙がありそうで。議員の秘書の死、県議の自殺、『金が来なかった』というのは、若い新聞記者には蜜の香りのする言葉でした。だからうちの若い記者が首を突っ込んだんです。それでね」

亜川はそこで言葉を切った。

「それで？」

亜川は大きなため息を一つついた。

「四国で、原発推進派がどのようにして地元を取り込んでいったか、知っていますか？」

「金をばらまいたと聞いています」

「そう。封筒に現金を入れて一人一人配ったんです。一万円では受け取りにくい。価値があり、ぎりぎり押し返すのは大人げないというような金額をね」

「七千円ですね」

亜川が驚いた。

田舎は結束が固くて、内輪のことは話さない。美智子は、反対派が怒りに任せて口にしたのを聞いたことがある。――たった七千円ぽっちで魂売りやがって。はした金もろてうれしいか。やけん田舎もんと侮られるんじゃ。情けない。

そんな内輪話を知っているとは思っていなかったのだろう。

「まだ記者をしていた時代に取材をしたことがあるんです。でも当時、ばらまかれた現金のことは記事には出来ませんでした。当時のデスクから、ただの伝聞なら書くなと言われました。そんな事実はないってねじ込まれても対応出来る証拠を揃えてこいって」

亜川はうなずいた。

「そう。金です。うちの若い記者はその現物を見せてもらったことがある。まっさらの、手の切れるような新札だったということです。銀行から出てきたばかりのね」

――現金輸送車を襲う的な。

それは亜川が電話で言った言葉だ。

東都新聞がなぜ立石一馬に興味を持ったのか。亜川がなぜ、五千円札の情報を求めたのか。パズルのピースが少しずつはまり始めていた。

「原発の話と、その由良岬の中野という実力者の事件は、どう関わりがあるんですか」

「火災のあったその家は、原発推進のための裏金を取り仕切っていたと言われていたんです」

美智子はその時まで、「だれかが金を封筒に入れている」という実感がなかった。年金が振込まれるように、金が配られるということを無機質な事実のように思っていたのだ。誰かが現金を広げて、五千円札一枚と千円札を二枚封筒に入れていく――。

美智子は思わず顔をあげた。

亜川は美智子を見詰めて、ゆっくりとうなずいた。

「二十五年前に事件のあった中野の家なら、大量の新札の五千円札があったと考えられる」

時間が止まったような気がした。

二十五年前に、一軒の家で殺人事件が起きて、二人が死亡した。そこに伊予電力の金があったというのか。

「だから立石のパソコンを――」

亜川はうなずいた。

「今度こそ何かつかめると思った。立石は、二十五年前の事件に絡んで殺害されたと思ったんです。だとすれば、立石を始末した犯人は、何かを消去している。その消去したものを探し出せば、当時の何かがわかるかもしれない」

でも森本賢次は、その事件とは関わりがない。彼は偶然船に乗り合わせた男からそれを奪っただけだ。

そして不出来な息子がそれを両替した。警察の車両を一つ潰して、事件になった――その歳月と、古い庄屋と、報道されなかった殺人事件と。その殺人事件が報道されなかったのは、議員の落選と議員秘書の事故死、県議の自殺という三つの事案の関わりが解明されなかったように、何かの力が働いたということなのか。しかしたとえそうだったとしても――。

美智子の口から言葉が滑り出た。

「森本賢次の殺害が二十五年前の伊予電力がらみだったとしたら、一体誰がいまさら事件にしたっていうんですか」

「そうですよ。ぼくだってびっくりです。まさかと思いましたよ。だから、これがラストチャンスなんです」

「なんのですか」

「あの事件の真相を知るラストチャンス」

「あの事件ってなんですか」

「さっき話した若い記者は死んだんです。十二年前に、スクープが取れそうだとぼくに電話をしてきた。そもそも、訳あって彼は宇和島通信部に飛ばされていたんです。本社に戻るために、彼には何か大きな成果が必要だった。そこで彼に、原子力発電所のお膝元なんだから、原発誘致に関することならそこでしか調べられないことがあるんじゃないかって言ったんです。彼をこっちに戻してやりたかった。その彼が、何かを『つかんだ』とぼくに知らせて来ました。深夜の電話でね。張りのある、いい声でした。彼が崖で、車ごと落ちて死んでいるのが発見されたのは、その翌日のことです。

あのあたりは、山肌を削った道なんです。だから落ちたら海までまっさかさまです。浜まで降りる手段がないような場所もある。近くの海から船でしかいけない浜もあるんです。車は社のもので、山肌でバウンドして、浜の手前で木に引っかかっていたそうです。まだ二十六歳でした」

亜川が言葉を切った。

「面倒なことに、彼は社にはその取材について黙っていたから。知っていたのはぼくだけ。だから、その事故に事件の可能性があると判断できるのはぼくだけで、愛媛支局の連中は、ただの死亡事故としか考えなかった。彼の死をぼくに知らせてくれたのはぼくの古い上司で、事故から三日経っていた。ぼくが彼の部屋に行ったときには、どういうわけかパソコンもＵＳＢもすべて持ち去られていたんです。もちろんほかのものも。持ち出したやつは物盗りの仕業に見せかけたかったんだろうけど、辺鄙《へんぴ》な田舎に住んでいた、仕事中毒の若い独身男です。たいしたものなんか置いていない。警察は、泥棒の仕業だ、金目のものがパソコンぐらいしかなかったんだろうって適当なことを言う。でももっと高そうなコンポが残っているんです。時計にも、高級なカフスボタンにも手をつけていない。金目のものを盗みたい泥棒が、鍵がかかった机の中をあさって、ＵＳＢと録音テープを持ち出しますか？」

亜川はまた言葉を切った。次にはその口調は軽やかなものに戻っていた。

「あの事件というのは、小山田《おやまだ》兼人《けんと》という記者が死んだ事件のことなんです」

それから美智子を見た。

「血のついた二十五年前の、まっさらな紙幣と聞いて、思ったんです。もしかしたらって」

美智子には、自分が今、何に巻き込まれているのかわからなかった。

「亜川さん。わたしは実はこの事件を——森本賢次の死亡事件を調べることになっているんです。それはね」

そういって、亜川を見た。

「警察にはまだ知らせてないのですが、フロンティアに電話があったんです。ビルの上から落ちた死体の報道があった翌日に。電話の相手は、もりもとけんじの名前を覚えておくようにと言ったそうです。身元が判明する六日も前のことです」

亜川がじっと聞き耳を立てている。

「亜川さん、誰だか心当たりはありますか」

亜川は思案すると、ゆっくりと缶コーヒーを飲んだ。それから空になった缶をベンチの上に置いた。

「ないです。興味深い話だが、森本賢次の事件は、本筋のところで二十五年前の事件とは関係ないと思う。可能性がゼロとは言いません。あの金を船の中で持っていた男が、自分の人相などから特定されることを恐れて、森本賢次の口を封じたとかね。でもそれなら、死体をあのように目立つように処分しない。あれでは事件として浮上してしまう」

そうなのだ。逆効果なのだ。

「もう一つの可能性は、あの金の存在を消し去ってしまいたい人物や団体の犯行という線ですが、森本賢次の殺害が、金が使われてニュースになってから発生していることから、それもない。金に関わった人間、たとえば金を盗んだ者への警告だとしても、それでこれだけニュースになることの方がはるかにリスクが高い。要は、森本賢次が金の出所を知らなかったのなら、彼を殺害する必要性がないんです」

しかし、だとすると、フロンティアに電話をしてきた男も、二十五年前の事件とはかかわりがないと考えるべきだということになる。ではなんのために、森本賢次の事件に目を向けさせようとしたのか。

「二十五年前の事件、興味があるようなら、あとで資料を送っておきます」

ベンチは午後の明るい日差しを浴びて、白く乾いている。亜川は、そこに一枚のクリアファイルを置いた。

中には、数枚の、写真週刊誌に載っていそうな粒子の粗い写真が入っていた。

どれも同じ若い男と若い女の写真で、服装が同じことから多分同日に撮られたもの。タクシーに乗り込もうとしているものと、通りを歩くところ、ホテルらしき建物に入るところなどだ。

「この写真は、立石一馬のパソコンの削除ファイルを復元したときに出てきたものです。パソコンは三日間の約束で借りたんですが、あれやこれやと理屈をつけて――ありていに言えば車が事故を起して、預かったパソコンを入れていたトランクが開かなくなった、ついては取り出しに一週間ほど時間がかかるって嘘をついて時間を稼ぎ、その間に全力で復元しました。経費でやりましたが、会社の方針ではありません。ぼくの一存です。

でも言ったように記事の原稿なんかはありましたが、めぼしいものはなんにも見つからなくて。全部復元できるわけではないし、考えたらパソコンの寿命は十年程度で、前のパソコンのものは外部保存装置に保管することが多いんですよね。立石のパソコンは十二年目でした。ただ、復元できたものの中にその写真があった。確かに復元力には差がありますが、この写真が粗いのはそういう問題じゃなくて、そもそもが何らかの事情で粗かったようです。画素の悪い盗み撮りとか、遠くからの盗み撮りを拡大したとか」

写真の女は短いスカートを穿いていて、まるでぽっくり下駄のような底の厚い靴を履いている。タクシー横に立つ写真では、運転手に顔を近づけている男の横で、派手な毛皮のショートコートを着て、大きなフレームのサングラスをかけて、片方の手には菓子の箱を、もう片方の手には菓子を持っていて、口をあけて今ちょうど食べようとする一瞬だ。車内のシートに座っている写真もある。どれも白黒写真だが、髪の色が黒でないことはわかる。かなり明るい茶色だろう。運転席の後ろ、シートに座っている一枚では、カメラに目があっているが、女には全く動じる様子がない。無邪気というのか、怖いもの知らずというのか。

男の方は二十代半ば。無表情で暗い印象を受ける。

「これが、立石一馬のパソコンの中で削除済みになっていたということですか」

亜川は頷いた。

「ぼくらは一つの仮説を立てたんです。もし、立石一馬が殺されたのなら、口封じのためでしょう。そして立石は、その、殺されるほど重要な事柄を、おそらくパソコンに保存している。殺害者は、彼のパソコンから、その事項を削除しようとするはずです。犯人は――犯人がいるとすればですが、彼を川に突き落としてから彼のパソコンから何かを削除したか、殺害する前に削除すると推理したわけです。もちろん、削除していない可能性も残されているわけですが。そんなことを考えてパソコンを開いてみると、まとめてデータが削除されていた。我々がどんなに小躍りしたことか。それが、出てきたのはこんなものでね。拍子抜けです。でも、この男、上田十徳だと思いませんか？」

亜川が立石一馬のパソコンを、事故を装ってまで時間を稼いで調べ、あの日の運転手を問い詰めて、服装から持ち物から何もかも聞き出した。彼ははじめから、この事件に――部下だった男の死にとりつかれている。

美智子は、上田十徳の、緊張して、マリオネットのように動きのぎこちない、そしていまにも糸が切れてバラバラになってしまうのではないかと思うようなある意味不穏な様子を思い出していた。彼がおびえていたのは、ただ、社会的に叩かれそうなことをしたからというのではなくて――彼はむしろ周りにそう思われたかったのだろうけど――もしかしたらこの写真にまつわる何かが原因だったのではないか。

たとえば、この写真が露見してしまうのを恐れているというような。

「これ、あげますよ」

美智子は写真から顔を上げて亜川を見た。

「ぼくは上田十徳には興味がないんです。あなたは興味があるかなと思い、呼び出しました。中に、その写真の他に、上田十徳が事件の日に泊まっていたホテルなど調べたことが入っています。USBメモリも入っているので気をつけて」

そういうと、亜川は時計を見た。

「ぼくはもう、そろそろ社に戻らないといけない」

「亜川さん、あの血のついた金が、通し番号で、ホルマリンと塩分がついていたと言いましたよね。それ、確かなんですか」

「ええ。それは確実です。検分のコピーを手に入れましたから」

どうやって手に入れたかまでは聞かないことにした。

「実はホルマリンというのは魚の養殖に使うんです。それで問題になったこともある。フグの養殖のためにホルマリンを乱用していて、同じ地区で養殖していたアコヤガイが大量死したんです。それがちょうど、二十五年前。火事があったあたりは、当時真珠で生活していた地域で、フグ業者と揉めていた。森本賢次の乗ったと言う船が出た港もおそらくそのあたりです。あの当時、フグの業者は他所から来て、港の使用権を借りていたらしい。だから漁協の問題でもあったわけですが、でも業者の方も生活がかかっている。安いフグが大阪あたりで出回り始めていて、その供給を担っていたんでしょうから。契約通り納品出来なければ、違約金を取られたことでしょうからね」

後ろを、拡声器をつけた右翼の街宣車が、何かをがなり立てながらゆっくりと走って行った。彼らの言葉は多分、どこか「てにをは」が狂っているのだろう、何を言っているのかがまるでわからない。

「わたしに電話をくれた時、当たりはついていたんですね」

　亜川はあわててみせた。

「とんでもない。ニュースで見たあの弁護士の話があって初めて繋がったんです。あの時は本当に、何か情報がないかと思って。あなたなら何か知っているかもしれないと思ったんです」

　あたしにそう言えば、何か調べてくるんじゃないかと思った——の間違いじゃないのかと、美智子は思った。

「だけどまるで推理小説みたいでしょ。銀行から出た多額の現金に血とホルマリンがついていて、その金について誰も警察に届け出る者がいなかった。——ぼくはね」

　そう言うと亜川は立ち上がった。

「血のついた五千円札が現れたことと立石一馬が死亡したことに、何かの関係があるんじゃないかと思ったんです」

　それからふうと息を吐いた。

「ところがあっちもこっちも行き詰まりですよ。立石一馬に絡んでいたのは安っぽい作家。金の方は、持ち主がすぐに現れて、事件に関わっていたのは引きこもりの息子だっていう。二つは偶然同時に起きた、無関係な事件ってことです」

　そういうと、亜川は少し疲れた顔をした。

「亜川さん」と美智子は声をかけた。

「あなたは、この、血のついた大量の五千円札の出現が、あなたの部下の死をはじめとする原発誘致を巡る不可解な事件解決の糸口になると考えているのですか」

　亜川はふらりと美智子をみやった。

「まあ、そうであったとしたら、見逃したくないと思っているというべきですね」

それから真顔になると、スマホを取り出した。

「ほら、もう五本も着信がきてる」

亜川は、「これは大変、ほんとに大変」――そうつぶやいてパネルをタッチしながら「まあ、それほど確信があったわけじゃない。でも、立石は何かを知っていたはずなんです」と言った。

亜川の電話口から「出た出た」という若い男の声が聞こえた。丁寧ながら早口で懸命に話しているらしいのがスピーカーから漏れ聞こえてくる。

「とりあえずこのデータはもらっておきます」

美智子は立ち上がった。亜川は聞いていた電話の相手の話を一瞬制止して、言った。

「その弁護士の身元を教えてくれませんか」

亜川が調べるのなら手間が省ける。美智子は「桐野弁護士の情報を送っておきます」と言った。そして「仕事の最中に出てきておいて電話にも出ないなんて、かわいそうじゃありませんか」。そう言い残してその場をあとにした。

亜川はやっとまともに電話の相手をし始めたのか、「はい――はい」という声が背後からおとなしく聞こえてきた。

第二章

1

由良岬は四国の南西部にある豊後水道に長く突き出した岬で、山脈が海から浮かび上がったような山深い土地だ。

歴史は古く、寛治《かんじ》四年には文献に「伊予国内海」と残されている。それによれば内海一帯は現在は下鴨《しもがも》神社と呼ばれる京都賀茂御祖《かもみおや》神社の神領であり、漁業権を寄進していたとされる。

かつて瀬戸内海は、外からの攻撃を防御する海であり、戦地でもあった。日本がまだ統一されていなかったころ、藤原純友《ふじわらのすみとも》が海を制して海上の王国を作ろうとし、陸の者はその兵を海の賊、海賊と呼んだ。海に浮かぶ無数の島々はその海賊の拠点とも言われる。由良岬の先にある日振島《ひぶりじま》では、夜になると松明《たいまつ》を振って、灯台の代わりをしたと伝えられている。

見渡す限りが海と空と雲と山だ。朝には朝日を、夕には夕日を水平線に望むその風景は神の国の風景といわれた。

海賊と名を馳せた内海の民も、太平の世には温暖な気候と魚の獲れる豊かな海で平穏に生活した。千年の時を経て自給自足の生活形態が失われ、道が整備されて車が走り出すと、漁船が停まる港しかない、隣村へも一山越えなければならない半島は、ゆっくりと時代から取り残された。

第一次世界大戦後の日本は、輸出不振から不景気になった。関東大震災により首都は壊滅し、世界恐慌の煽りを受けた昭和恐慌で日本経済は大打撃を受けて、生糸、米、農産物は軒並み暴落した。「日本の農村という農村は、みな青たれてしなびあがり、深いため息をついていた。田には黄金の波が打ちながら、日暮れには、からの鍋をたたいて泣く子供があった」と伝えられる。

我々のとるべき道は資源の豊かな大陸に進出することである——国家主義者や軍国主義者たちは国民の生活苦と政治不信に乗じて政党政治を打破して昭和六年に満州事変を、昭和十二年に日中戦争を引き起し、昭和十六年、日本は太平洋戦争へとなだれ込んだ。戦争は困窮の中にあっては唯一の希望でもあったのだ。

それでも終戦を経て日本が近代化される中でも、愛媛南端の半島は立ち遅れた。伊予《いよ》灘《なだ》側は戦後も車が通れる道さえない集落が多かった。

「急な地肌のやせた耕地に取り組み、骨身を削って見事に築城した段畑」

そう讃えられた段畑は、貧困の象徴でもある。

亜川が送ってくれた資料によれば、事件があった集落は複雑に入り組んだ海岸線の中にあり、住民は五十人にも満たない。新聞や雑誌の切りぬきや、風景や生活をとらえた生写真の資料もあった。国土地理院の古い航空写真では、集落の中を走る道路は、山の端に突き当たってブツリと切れている。そもそもは漁師が住み着いた貧村であったことは一目で窺い知れた。

その宇和海の半島の状況を真珠が一変させた。

真珠はかつて胡椒と同じ希少性の高い高級品だった。ダイヤモンドが最高級の宝石になる前には真珠こそがその王座にいた。宇和島湾、内海、宿毛《すくも》湾に点在する無数の入り江は、その入り組んだ地形から、波が直接入ってこない。そして南国の海は温かい。起伏の激しい、人を寄せつけないその地形がアコヤガイの生育に適していたのだ。

半島の人々は真珠の養殖に活路を見いだし、真珠は島に富をもたらした。

かつては干し網を広げた真砂《まさご》の浜には真珠の作業場が作られた。そして集落には立派な家が立ち並んだ。

そのアコヤガイが突然死滅した。

村の実力者の家で、その家の主が殺害されたのは、そんな年の夏のことだ。

一九九六年八月六日、午後十一時三十七分。消防に一本の電話が入った。

由良岬にある内海村──現在の愛南町油池の中野の家が燃えているという通報だった。

鎮火したのは三時間後。男性二人が死亡した。一人は、油池に来ていた海洋学者で、玄武真《げんぶまこと》三十二歳。もう一人は中野家の当主、中野守男五十四歳だ。

当初、失火による死亡と推定されたが、司法解剖により中野守男の頭部に殴られたあとが認められ、死因は脳内出血によるものと判断されて事件になった。

海洋学者は運ばれた病院で死亡した。彼にも頭部に打撲痕が認められたという。

事件四日後の八月十日早朝、同村で真珠養殖業を営む神崎元春《もとはる》五十一歳が、山の中で首を吊って死亡しているのが発見された。遺書などはない。

神崎元春は、真珠養殖業の不振により多額の借金を抱えており、事件前日の八月五日、死亡した中野守男に借金を申し込み、断られていた。

借金を断られたことを逆恨みして、殺人、放火に至ったと判断、神崎元春を被疑者死亡で送検した。

ちなみに神崎元春が自殺して発見されるまで、事件は玄武真と中野守男のいさかいが元で起こったものではないかという憶測が流れていた。そもそも玄武真は、アコヤガイ死滅という事態を憂慮した漁協が大学に依頼し、その原因を調べるためにやってきた学者である。村の近くに宿泊施設がないために、七歳の息子とともに中野家に滞在していた。

当時、真珠業者は、アコヤガイ斃《へい》死《し》の原因がフグ業者が薬浴のために大量投与しているホルマリンであると学者に証明してもらい、それにより、一気にことを終わらせるつもりだった。ところが当の海洋学者は、「原因は、ホルマリンとは断定できない」と言った。

玄武への依頼費用は、真珠業者が持ち寄ったものだ。彼らには、アコヤガイが壊滅した理由に確信があった。フグは身体にエラ虫が寄生する。それを駆除するのにホルマリンを使う。そのホルマリンは、腐敗を止める。死んだアコヤガイは、浜に揚げても腐敗臭がしなかった。海の水は澄みきって、生物の気配がない。それだけでなく、普段なら網をぶら下げるとどっさりとつく昆布も、まったくつかなくなっていた。

玄武はすれたところのない誠実な学者肌で、時々目の前で起こるフグ業者と真珠業者の暴力沙汰にも、ためらうことなく仲裁に入ったという。息子ともども、島に溶け込んでいた様子がうかがえる——。

これらは小山田記者の死後、亜川をはじめとする東都新聞の記者たちが調べたことだ。緻密な取材とよく整った資料からは執念のようなものが感じられる。美智子はそれを由良岬へと向かう列車内で読んだ。

由良岬までは遠い。岡山で新幹線から在来線に乗り換えた。

松山までは単線の線路が延々と続く。盛り土の上に線路が敷いてあるだけで、フェンスさえない。田んぼの中に近代的な家がぽつぽつと建っていて、遮断機のない小さな踏み切りがいくつも出現しては行き過ぎていく。松山の駅でやっと線路が三本になったが、駅を過ぎるとどこからかまた単線に戻った。

松山から宇和島までは、まるで山に向かって突っ込んでいくようだった。人家は消え、あるのは山すその小さな水田だけだ。水田に囲まれた単線の上を、電車はただひたすら山をかき分けていく。水田の切れた所ではすぐそこが山になり、線路の両側から覆い被さる木々がいまにも車体に接触しそうだ。日本列島の毛細血管へ入り込む感じというのだろうか。山、山、山、時々トンネル。そしてまた山の中である。

ついた日は宇和島で一泊した。ホテルのフロントで油池までの道はひどく渋滞すると聞いて、翌日朝六時にホテルの部屋を出た。

宇和島から油池へ行く道は一本しかない。美智子はタクシーに乗った。バスよりは速いだろうと考えたのだ。だが道は車両で埋まっていて、バスもタクシーも、身動きがとれないのは同じだった。道路は対面通行で、そこへ、脇道から進入しようと、小さな交差点ごとに車が列を作って待っている。その長い停滞の中にあらゆる車がくみ込まれていた。

「この渋滞、どのくらい続くんですか」

「あー。二時間はかからんです」

それからドライバーは、「いつもこんな感じです」と言い足した。

かつては都市部に用事がある者だけが使っていた昔からの道路に、集落のすべてから車が流れ込むのだから、あっというまにキャパシティを超えるのだ。ドライバーは申し訳なさそうに言った。

「夜だと二十分で着くんですが」

やっとたどり着いたT字路の交差点で、タクシーは左に折れた。

曲がった先は舗装された広く真新しい道路で、そこには一台の車も通っていなかった。

その大きな道をしばらく行くと、右に折れて、車は山へと入って行った。

そこは別世界に吸い込まれたかと思うような細い道だった。

道幅は車の一台分だ。それが右へ左へと蛇行して、直線部分がほとんどない。山の中に入ったり崖沿いに走ったりするのだが、見晴らしのいい所では、車窓から見える向こうの山肌にくっきりと道が刻まれているのが見えて、自分の乗っている車もあんな道を走っているのだとわかる。それにしても対向車が来たらどうするのか、見当もつかない。

タクシーは快調に飛ばしていく。気がつくと右側は崖で、眼下に海岸を見下ろしていた。

そこは視界のすべてが海と空で、ごく近景に岩礁があるだけ。海面が生き物のように絶え間なくうごめいて、その度に光が反射する。その光景が水平線まで続いている。

道が下りになると、湾沿いに集落が見えてくる。集落に近づくと網やブイが無造作に置かれ、日の当たる方向は段畑になった。城の石垣のようでもある。丹念に作り上げられた段畑だが、作物が育っている形跡はなく、端では土と石積みの境界線に草が生え、段畑は自然に飲み込まれつつあった。

一つ集落を過ぎると、道は再び山を上り始める。車は山肌沿いを走り、眼下はるかに海を見下ろし、集落の近くで下降することを繰り返した。

人の背丈ほどもある大きな草鞋《わらじ》が木に立てかけてあった。その大草鞋を過ぎてから下降すると、再び海面が近くなり、道は二つに分岐した。

その道をするすると降りると、一つの集落が広がった。そこは海と同じ高さにある。タクシーは馴れた様子でますます細い道を集落の中へと入り込んでいき、海の前で止まった。

道はその先で山に突き当たって終わっている。店が一軒あり、「釣り具」の看板が掲げてある。おそらく日用品、食料品のすべてを取り扱っているのだろう。海側に何かの作業小屋が立ち並び、道を隔てた山側には家屋が、積み木を詰め込んだように並んでいた。

亜川が送ってくれた、若い新聞記者が残した写真の風景によく似ている。

運転手は山の上を指さした。

「中野さんの家はあれです」

運転手の指さす先、集落からわずかに離れた日当たりのいい山の中腹に、ひときわ大きな家が建っていた。本宅は新しく、周りの蔵や倉庫のような建物は、違う時代のものを持ってきたように、くすんで古かった。

「神崎の家は、安治《やすじ》おじいがまだ暮らしとる。家はこの先の突き当たりにあります。古い小汚い家で、それしかあの辺りには建っとらんけん。歩いても五分です」

美智子は礼を言うと、ドライバーに、ここに六時に迎えに来てくれるように念を押した。

ドライバーは笑って、わかりましたと言った。「心配せんでも、ここらの人は親切やから、困ったらどこかの家の玄関叩いたら、なんとでもしてくれます」そう言いながら、折れ曲がった名刺を一枚くれた。

運転手は窪地で器用にUターンして、来た時と同じように荒々しく山へと消えて行った。

眼前には水がひたひたとあるばかりだ。

耳鳴りのような音は、どこから聞こえてくるのだろう。浜は埋め立てられて岸壁があり、あとは彼方まで水が満ちているだけ。そこに砂が流れ落ちるような音がざわめいている気がする。はるか向こうから絶え間なく流れ寄せる水と空気の擦れ合う音だろうか。

美智子はふいに、上田十徳の小説の一節を思い出した。

『住民数が五十人にも満たないその集落は、入り口から五百メートルほど進むと、山の端に突き当たってぶつりと切れる。地図で見るとその面積は広い。しかしそのほとんどが原生林だった。人々は、湾沿いの道に集まって住んでいた。道は二台の車がすれ違えないほどの幅で、その道を隔てて、右手には山がすぐそこにあり、左手には細かな砂の浜がある。家は山の縁にしがみつくように——山に埋め込まれるように建っていた。店は、釣り具と日用品を売る店が一軒あるだけだ。村民が力を合わせてイワシを取り、段々畑にみかんを植える。義務には律儀であり、権利は極力主張しない。日本の集落の美徳のままに暮らしていた』
あれは――
この集落のことじゃないのか。

進藤八重《しんどうやえ》は生まれて八十三年間、岬を出て暮らしたことがない。

終戦の時、七歳だった。だから父親は戦前に大きくなった人だ。

戦前というのは、今と人がまるっきり違う。挨拶はしても、握手なんかしない。テレビで見るような、抱き合って背中をぽんぽんと叩き合うなんてことは金を貰ってもやらない。あのころは、戸籍には誕生日があったが、日本人は一月一日に一斉に歳を取ることになっていたから、誕生日を祝うことはなかった。もちろん、クリスマスもない。父親のころにはまだ夜這いの風習が残っていたそうだ。

八重の父親は雇われの漁師で、暮らしぶりは、いま思えば貧しかったが、周りもみな貧しかったから、八重はなんとも思わなかった。

ただ、父親と母親は、子供たちを食わすのに苦労していた。漁では捨てるような小さな魚を貰ってきては、鉢ですりつぶして味噌を入れて食べた。白い米があれば幸せだという、貧乏人だ。

八重の幼なじみに、元春という男がいた。

元春の家は満州帰りということで、村の中でもことさら貧乏だった。

当時満州帰りの家に村人は冷たかった。たとえ年頃の娘がいても、親戚も近所の者も、誰も嫁入り先を紹介しようとはしなかった。まとまりかけると、「満州帰りはシナかロスケにやられてるにきまっとろう」と相手の親族の誰かが話を潰した。八重は子供心に、そういう大人を陰険だと思った。元春の家は、満州に渡る時、家も毛布も着物も、一切合切を売り払って出たので、帰っても文字通り住むところもなかった。

八重は、元春に、よく弁当を分けてやったのだ。島は小さいので、子供はみんな幼なじみの顔見知りだ。だから元春ともよく遊んだし、家にも遊びに行った。

その元春が、みなが飯を食べている時に芋を食べるのを見て、飯ぐらいやったさ。

そうやって苦労した元春も、二十五年前に自殺した。

その日、すっかり忘れていた元春のことを聞かれた。

八重はいつものように浜沿いの道を散歩していた。すると、「おばあ、ハゲじゃ」と、顔見知りの若い漁師が三人、八重を見つけて防波堤の向こうからバケツを突き出してきた。掌ほどのカワハギが三匹と、雑多な魚や海老がうごめいている。

「こまいのは揚げたらうまいけん」

「けちくさいの。そんなもん、ネコにやらい」

漁師たちが笑った。そこに「こんにちは」と女が声をかけてきた。

ここいらで、二十五年前にあった事件について聞きたいと、その女は言った。東京の雑誌の記者だという。

八重は思った。二十五年前の事件というたらあれしかないやないか。

そもそもここで事件というたら、二十五年前のあれしかない。

年配の漁師が寄ってきて、一通りのことを教えた。

二十五年前の夜、庄屋の中野の家が全焼して、焼け跡から男が二人発見された。それで犯人が首吊って死んだ。犯人は、中野の隠居、与一《よいち》おじいに借金を断られて、首が回らんもんで、自暴自棄というやつで、息子で当主の守男さんを殺して家に火をつけて、自殺。

「首が回らないっていうのはどういうことですか」と、女は名刺を差し出しながら聞いた。

名刺をもらった漁師たちはびっくりしてその名刺に見入っていたから、知っている雑誌だったのだろう。村のもんは「真珠よ。あのころはひどかったけん」と答えた。

女が頷いたところをみると、その意味がわかったのだろう。

「亡くなったもう一人は学者さんですね」と女が言うと、村のもんが、「そうじゃ。ここの水質を調べてもらいに、大学から呼んだんよ」と答えた。

「その学者が、アコヤガイが死ぬのはホルマリンのせいじゃて言わんから、わしらの金で雇われたのに、裏でフグのやつらから金もろうとるんじゃなかかって、元春は怒っとったけん」

漁師の一人が調子に乗って続けた。

「フグのやつらがホルマリンまくけん、アコヤガイが死ぬる。それを学者先生にきちんと証明してもらおうと金払うて呼んどるのに、何にもはっきりさせんと」

今になってもまだ、あの学者のせいにするのかと、八重はその根性に呆れた。

「お金についてなんか聞いていませんか？」

金――。

この女はなんか知っとる。そう、八重は思った。

村人がその話をするわけがないだろう。

人が身内の悪い話をしないように、村人は村の悪い話をよそ者にはしない。村での出来事は、どんな小さなことだって、村の人間には他人事ではない。昔は、家を借りるだけでも寄り合いで許可されないといけなかった。寄り合いで発言できるのは十年住んでから。三代まではよそ者扱いと決まっていた。それほど、内と外を線引きするのが村なのだから。

八重は魚が四分の一ほど入ったバケツを下げて、その場を離れた。

家に帰る道々、元春のことを考えた。

運の悪い人間だった。

そやけどわしら貧乏人は、生まれたときから、半分は運がない。元春は、ただでさえなかったその運を、ほんの十年で使い果たした。

父親の安治が真珠で儲けたほんの十年だけは、元春もいい目をみたことだろう。

家に帰ると、バケツの魚をたらいにあけて、水洗いした。

雑魚をざるに上げて、中ぐらいなのは頭を取り、胆を抜いた。もっと小さいのは、そのままだ。ビニールをかけて、冷蔵庫に入れた。

三匹のハゲをまな板の上に置いて、これは煮つけにしようと考えた。農協に勤めている息子が、ハゲの煮つけが好きだから。帰ったら喜ぶだろうから。

皮をひっぱると、魚とは思えないゴムのような分厚い皮がざっと剝《は》げる。それを醬油と砂糖でいつものように炊いた。

昼御飯を食べてテレビを見て昼寝をして、フラリと外に出た。朝夕は浜の空気を吸うのが日課だ。防波堤沿いに歩いていて、八重はまた、あの女に出会ったのだ。

向かう先で、防波堤に寄りかかり、あの女が海をじっと見つめているのに気がついた。

そのまま歩いていくと、女も八重に気がついた。

すると女は、朝とはまるで違ってにっこりと笑顔を浮かべて八重に会釈した。こざっぱりとした格好をしていて、化粧などほとんどしていないが、それでも都会者だけのことはあると思うのは、どこか垢抜けた感じがするからだ。女は目の前の海を見つめて「きれいな海ですね」とありきたりなことを言ったが、不思議と悪い気はしなかった。

「生まれも育ちもここやけん」

八重がそう言うと、女は感心したように微笑んだ。

それで並んで海を見た。

「来る途中に大きな草鞋が立てかけてあったのですが、あれにはなにか言い伝えがあるのですか？」

「あれはな、トンネルができる前の旧街道沿いにうねの松ちゅう大松があっての、そこにかけとったんや。あれは、この先にはこんな大きな足をした鬼が住んどるんやでっちゅう、脅しよ。災いが入ってこんようにっていう、まじないよ。横手の祠《ほこら》は石造白牛車《はくぎゅうしゃ》観音ちゅうて、もともとは海の神様やけん、魚が少ないときには、女の世話役がもうでたの」

昼間は暑かったが、少し日がかげると、気持ちのよい涼しさがある。

二十五年前の火事のことを聞かれたのはどういう流れだったか、八重は覚えていない。

「中野の家が燃えたときには、この海いっぱいに赤い火が映ってな。空も赤い赤いで、そりゃおっとろしいぜ。火事を見上げる人の顔がてらてらと赤いんやで。煤《すす》が舞って、ふわふわと落ちてきてな。静かに、静かに燃えるのや。父ちゃんは山の上の中野の家まで走った。部落の男はみな走った。消防車が前まで入れんけんな。なんせ、中野の家は部落を見下ろす山の上にあるけん。荷車や小さい車は入れるけど、消防車は入れんの。若い衆は水かぶって、家の中に飛び込んだ。与一さんは、その夜は留守やったけん。顔役が、先に人じゃ、それから書き物を持ち出せって叫ぶんや。次が壺や書。金は最後。

風がごうごうと渦巻いて。来れるとこまで消防車が、次々とやってきて。きんこんかんかんて部落に響きわたった。救急車も入れんけん、村の青年部が右往左往してな。

でもどうにもならん。守男の孫の春馬《はるま》を抱えて若いのが飛び出して。家族はみな、飛び出して。学者の息子は離れにおったけん、無事やった。学者先生は病院で亡くなった。守男さんは家の中で焼け死んでおんなはった」

「与一さんというのは？」

「守男さんのお父さんで、長老よ」

「現場にいたのは、守男さんと、学者さんとその息子、守男さんの孫。ほかには誰かいましたか？」

「守男さんの妹の家族も離れに住んでおんなはった。守男さんのいとこもおったんかいなぁ、とにかく大所帯よ。客人もおんなはる。あの家は倉も離れもいくつもあって、この辺りは宿がないけん、部落に用がある人はみな中野のお屋敷に泊まったんやから。そいで駆けつけた若い衆がいの一番に子供らを助けた」

八十三歳にもなれば、二十五年前のことなど昨日のことだ。

八重は、死んだ元春が不憫でならない。苦労をするために生まれてきたみたいな男で、聞き分けがよかった分、切ない。

「駐在が来て。そのときは、火の不始末ていうことやったんよ。守男さんも煙草を吸いなはるけんな。それが、赤木《あかぎ》っちゅう刑事が、人二人死んどるのやから、ちゃんと検分をせんといかんって言うてな。それで調べたら、守男さんの頭に大きな傷があって。火にびっくりして転んで自分で打ったんやろうというても聞かんかった」

八重は言葉を切った。

「そうしたら、そのあとに、元春が首括った」

そのころ部落では首吊りは珍しくなくなっていた。父親に死なれた家族は家を借金のカタに取られて部落を出て行った。

「火事の前日、元春は与一さんに金を借りに行ったそうや。そこで断られてな。表向きは当主の守男さんに申し込むのやけど、先代で、当時は隠居の与一さんは元春の借金を断ったことがない。それが、あの日、初めて断られたんや」

八重は、本当にあの話をこの女にしていいものか、考えた。これはとても面倒な話だし、村の恥でもある。でも思うのだ。年をとった者の特権は、なにをしゃべっても許されることだ。

「あれはな」

八重は考えた。人が他人に、家の恥を言わないように、村人は村の恥をよそ者には言わない。それでも八重は思う。村の結束なんかとうの昔に廃《すた》れた。だから村がやっていることはただの閉鎖主義だ。

「警察が入ったらいかんかったのよ」

当時の真珠の価値と流れ込む金のタカがどれほどのものだったか、今の人たちにはわからない。あのころは大玉の真珠の首飾りをすることが金持ちの証だった。

「元春んところは満州から引き揚げて苦労ばっかりしとったけん。イワシも昔ほど獲れんようになっとったしな。そいでも元春の父親はやっと、真珠の養殖で波に乗ったのよ」

――真珠で儲けたころは、元春も大きな車を乗り回していた。この半島にぴかぴかした御殿のような家が次々に建って、業者が列を成してものを売りにきた。八重の父親は真珠には手を出さなかったので、指をくわえてみているだけだった。業者は、ダムの建設や、道路建設、宅地開発なんかでがっぽり金が入ったところへ売り込みに行く商人たちで、壺、カーペット、灯籠、大理石、石などをものすごい勢いで売り捌いた。

そんなものでごてごて飾りたてた家を、人は真珠御殿と呼んだ。

「それが、真珠がぱったりといけんようになって」

いつの間にかテトラポッドの上に女と並んで座っていた。目の前には青い海が広がっている。

「安治じいさんは元春には甘かったんや。こまいときに芋ばかり食わせて。学校でも肩身の狭い思いをさせたけんな。真珠で儲かるようになってからは息子と嫁には好きなだけ贅沢をさせた。元春は手伝って真珠を覚えたのよ。それがぷっつり、とれんようになってな」

真珠が取れなくなったのは突然の出来事だった。

真珠養殖業者が病死といった場合、実際はまず自殺だった。樋に縄をかけて首を吊るのだ。村の駐在は四十年もいる村の出の者で、島の事情を知り尽くしている。だから、首の伸びた死体を病死と言っても、いや、首吊りだろうと問い詰めたりしなかった。顔見知りの医者に頼んで病死にしてもらったら、それで済んだ。

山で首を吊る者もいた。なぜだか、とにかく方法は首吊りだった。

「そいでも安治じいさんの家は持ちこたえた。与一さんが金の工面をしてくれるけんな。それが妬ましいもんで『安治は与一に言われたら嫁でも貸すんやろ』って、陰で笑い者にする者もおったがよ」

そう言うと、八重は女の顔をじっと見た。

「元春はな、金は借りれたんよ」

女がじっと八重の目を見据えた。賢そうな目をした女だ。——生きているうちにあの事件のことを話す機会はもう二度とないだろう。だったら話しておきたい。それが元春への供養と言うもの。それで八重の心が決まった。

「火事があった夜のことや。わしは、父ちゃんが、ボートのロープが緩んどった気がするって言うけん、見に行ったがよ。そうしたら元春の息子の勇《いさむ》がな、バケツもって小走りに行きよるの。あれ、いっちゃん、こがいな時間になにしよるのって聞いたの。そうしたら、父ちゃんと釣りやって。こがいな夜にかって聞いたら、ほうよ、父ちゃん、機嫌がええんじゃっていうの。

なんで機嫌がええんじゃって聞いた。そしたらいっちゃんは、内緒やで言うて、わしに顔を近づけた。それで、金は借りれたけん、父ちゃんが酒を飲んで、いまから夜釣りにいくんやってわしに言うた。それからいっちゃんは大急ぎで走ってな。向こうに元春が立っとって、いっちゃんが走ってくるのを見ながら、わしに、ちょっと手を上げた。それからゆっくりと向こうへと歩いていったんや。釣り竿を肩にかけてな。いっちゃんがそれを追いかけた」

八重は、元春の息子、勇が駆けて行った方向を指さした。二十五年前なんか、昨日のこととおんなじや。

女は八重の指さす方を見た。それからぐるりと首を回して山の中にある中野の家を見上げた。

「元春は、願掛けの禁酒をしとったんや。わしは、はて、奇妙じゃって思ったがよ。元春がまた金に行き詰まって、中野の与一さんに借金を頼み込んで、それを、『守男に叱られるけんな、もう神崎には貸せんのよ』と与一さんが、みなの面前で言うたって、聞いたとこやったから。もう首括らんならんけん、これ一回、これっきりですけんて、土間に頭《こうべ》をこすりつけて頼んだんやけん。そいで断られて、頭をたれたままぽろぽろ泣いたって聞いたんやけんな」

女が聞き耳を立てている。

「わしは、元春が山の中で自殺して、元春が事件の犯人じゃってみながいうのを聞いた時、父ちゃんにその話をしたがよ。金は、借りれたのやでって。借金のある家はな、家の中がぴりぴりしとるがよ。元春んちは若い後妻やけん、なおさらや。小学二年のいっちゃんかて、大人の事情はわかる。いっちゃんがそう言うのやけん、元春は金は借りれたんや。そやけんそがいなことする理由がなかって、父ちゃんに言うたがよ。そしたら父ちゃんが、どっちに転んでも仕方がない——と言うてな。それがどういう意味だったんか」

八重には分からなかった。

「中野の家も、守男さんの息子の嫁が死なはって一カ月前に葬式だしたとこやった。嫁さんの具合が悪いからいうて、子供と静養にきとってな。ここは気候がええから、ゆっくりしなはいいうて預かったのが、宇和島の病院で死んでしもて。七歳の孫を預かったままで、中野の家もゴタゴタしてたがよ。そんなこんなで、守男さんも借金を断るように言うたんやろうけど」

記者の女はまた、ぐるりと首を回して、山の中に立つ中野の家の方を思案げにみやった。

「守男さんの息子さんはどういう方なんですか？」

「秀与《ひでよ》いうてな。大阪か神戸の大学で医者しとんなはった。今は開業しとんなはる」

八重はだんだんと口が重くなり、話してよかったのかいけなかったのかわからなくなっていた。

「あの時、火事が殺人事件になって、赤木いう刑事があたりを嗅ぎ回って、そうしたら元春がみんなの前で借金を断られてぽろぽろ泣いたっていう話がすぐに出てきて。それから元春が首吊りした。それで事件が終わった」

八重はそれからしばらく黙っていた。心の中では記者の女が立ち上がって、「さようなら」と挨拶して帰るのを待っていた。

でも女は帰らなかった。隣に座っている。

「犯人は別にいたということですか」

八重は女を見つめた。

「神崎の家には小太郎っちゅう親戚がおったんや。家串《いえくし》の高校を出たあと、大阪に行ってな。それから真珠をしに戻ってきていた。その小太郎が、あの夜からおらんようになった」

「家串というのはどこですか」と女が聞いた。

「ほれ、向こう側に見えるやろ、あの部落や。陸から行ったら三時間かかるけど、船やと十五分や。あっちは部落が大きいけん、郵便局も小学校もあらい」

小太郎がいなくなったことにみなが気がついたのは、ずいぶんあとだった。小太郎は若い独り者で、真珠の仕事は元春としていたし、仕事がないときは村の若い衆と酒を飲むか、一人で過ごしていた。刑事が、「聞き込み」をするのに、元春の仕事仲間の小太郎が家にいない。数日経ってもいない。それでいなくなっていることに気がついた。その時には元春が自殺して事件はほとんど一件落着していて、小太郎がいなくなっていることはあまり問題にされなかった。小太郎は、元春が二人も殺して首を括ったもので、関わりになりたくなかったのかもしれない。もしかしたら、元春が事件を起こす前に逃げていたのかもしれない。

気がつくと、海には夕日が落ちかけていた。

空はオレンジ色になり、大きな太陽がゆっくりと落ちていく。海面がガラスのようにきらきら光っていた。

向こうから制服を来た背の高い痩せた男がやって来た。タクシーのドライバーだ。この女記者を迎えにきたのだと気がついた。女記者はまるで気づかずに海を見ていた。

太陽は海面に当たると、卵の黄身を割ったように、海面に広がっていく。八重には見慣れた光景だ。このあと、割れて広がったような黄身の中に太陽がもぐり込むように消えて、空全体が青紫色に変わる。それから突然暗くなるのだ。八重の子供のころには街灯もなかったが、月明かりさえあれば怖くはなかった。でも都会者の女には怖かろう。

「はよかえらんか。お迎えがまっとんなはるで」

八重がそう言うと、女記者は目が覚めたように立ち上がった。

美智子はタクシーの中で携帯を取り出し、真鍋からの着信があったことに気がついた。

真っ暗な夜道は怖かった。たとえタクシーの中にいても。美智子は電話をかけ直した。

「どんな様子？」

美智子はその声を聞くと、心細さと心強さが同時に募った。人里離れた場所に一人でいるという心細さと、電話の向こうには馴れ親しんだ場所が確かにあるという心強さと。

「いま現地のお年寄りから話が聞けたんですけど、金にまつわることがまだ出てこないんです。当時は主要産業の一つのアコヤガイが斃死したようで、なんというのか」

とても悲惨だ。

「いまタクシーの中なので、ホテルからかけ直します」――宇和島まで戻ってホテルに入るにはまだかかるだろう――「一時間ほどあとになりますけど」

「その時間だったら出られないかもしれない。その場合はこちらからかけるよ」

「ええ、もし行き違いになったら、明日にして下さい。とにかく、」ここで少しまとめておかないと、今夜は電話に出られない気がする――「当時を知っている人が少ないのと、古くて手がかりがない」

「なんだかいつもと様子が違うじゃないか」

「編集長も街灯が一本もない夜の山道を走ってみればわかります」

由良半島の海は写真で見れば抜けるように美しい。その青は海外のリゾート地にある開放的なエメラルドグリーンではなく、藍染めの青を水で溶いたような本物のブルーだ。あるのは水だけ。実際にそこに立ってみると、胸に迫るのはその美しさではない。怖いのだ。ひたひたと忍び寄る生命感というのだろうか。この世のものではないものがそこに広がっているというのか。

大きな目で見下ろされている――そんな気がする。

電話を切ると、車はひたすら暗い道を走り、美智子はただ、その中で右に左に揺られていた。

運転席からふいに声がした。

「わたしも実は真珠をしていたんですよ」

バックミラーに映った運転手は、ただ前を見ていた。行きと違い、ほとんど走っている車はない。無人の細い道路をライトが照らし出しては、消えていく。

「いとこがやっていて、それを手伝っていたんですけどね」

そのときやっと、美智子は運転手の言葉の意味するところをとらえた。目の前の人物が当時の真珠の騒動の裏話を知っているということだ。

「わたしがやっとったんはもうちょっと北ですけどね。あのあたりは北よりずっとあとに養殖を始めたんです。みな、親戚総出でやりますからね。なかなかしゃべらんですよ」

考えるより先に言葉が出ていた。

「二十五年前の中野の家の火事について、あの事件に多額の金が関わっていたんじゃないかって調べているんです」

ドライバーは前を向いたままで、美智子からその表情は読みとれない。

「こんなことはあんまり人には話さんことなんやけど、お宅さんがあんまり苦労しているみたいやから――」

運転手は闇の中を光の弾丸のように車を走らせている。

「あの事件のあと、別の庄屋に出入りする男から聞いた話です。そこに一億円近い金が黒塗りのハイヤーで、運び込まれるようになったというんです。ジュラルミンケースにびっしり詰め込んだ札束だそうです。そのとき、中野があんなことになってもう使えんからって言ったそうです」

――中野があんなことになったから、もう使えんから。

「使えんからというのは、火事になったからですか」

「ええ、たぶん。それで、そういえば毎年、あの時期に黒塗りの車が中野の家に来ておったってだれともなく言いだして。その車が、議員の秘書の車やったという話です」

「その議員は誰ですか」

「人の話では、県議の仙波だって」

——仙波昭。立石一馬を子飼いにしていた議員だ。原発推進派で、彼の闇はどこまで深いか見当もつかない。誰も語ろうとはしない男だ。美智子は慎重にきいた。

「それは選挙で配るお金ですか」

運転手は笑った。

「まあ、そうでしょう。あのころは、ここいらにはわけのわからん金が渦巻いていましたから」

「神崎小太郎っていう人を知りませんか？」

「知っとります」

それからドライバーは言いなおした。

「いや、直接は知らんです」

車は山を抜けて、広い道路に出た。車が一台も通っていない、あの巨大な道路だ。

「真珠をしとった人です。事件の前後に村から消えたという話で。その噂で知っとる」

そう言うと、ぷつと言葉を切った。

美智子は、財布の中から、行きにもらった名刺を探し出した。『本間《ほんま》聡《さとし》』とあり、個人タクシードライバーだ。

「まあええわ。もう古い話やし、古くからおるもんならみんな知っとる噂です。あの日、中野の家で金を数えていた所に、強盗が押し入った。その男は、二人を殺して、金を袋に詰めて逃げた。そのあと火事が起こった。そういう話です」

車は来るときに渋滞した、あの道に入り込んでいた。車は連なっていたが、つつがなく流れている。タクシーは車の光の列に飲み込まれていた。

美智子は、胸のうちが総毛立つような気がした。だったらピースがはまり始める。しかし、それでは――

「それではどうして神崎元春さんは自殺したんですか」

「そうです。だから噂なんです」

その一億の金が、伊予電力が、住民に配っていたという裏金なら。

伊予電力はあの当時、全戸に七千円の入った封筒を配ったという。五千円札が一枚と、千円札が二枚。手の切れる新札だったという。人が二人死亡した事件の現場に、伊予電力の住民買収用のその金が一億円分も散乱していたら、下手をすれば原発事業そのものが頓挫しかねない大事件に発展していたかもしれない。

いや、していただろう。

彼らは、そこに金があった事実をもみ消さなければならなかった。金を持って逃げた人物が確保されて困るのは、公権力だ。

ということは、中野の事件は、国家権力によって隠蔽された事件だったのではないのか。

だから八重の言葉に、父親は「仕方がない」と言った――。

「わたしは、真珠を辞めて、しばらく広島におりました。そやけど結局、馴れた所がええから戻ってタクシーしとります。このあたりでタクシーなんか乗る人はそうおらんけん、昔のつてで仕事回してもろとります。そやけん、昔の業者に顔見知りが多いし、昔の話もそこそこ知っとります。そやけど、そんなに調べても証拠みたいなもんは出て来ませんから」

気がつけばホテルの前に着いていた。

運転手は車を止めると、一息置いた。

「噂やないことを教えてあげます。これはほんまの話です。あの当時のフグの養殖業者がどれほどあこぎやったか。それは、はらわたが煮えくり返りました。誰は殺さんでも、フグ業者なら、わしら夜闇に紛れて殺したかった。

中野の家で火事があって、神崎元春っていうのが首括ったと聞いて、人ごとやなかった。フグの業者さえ入って来なければ、わしらも広島に流れたり、こんな商売もしとらんだろうに。そやけど、いいときにめちゃくちゃ儲けたんも事実やからな。真珠がとれんようになっても、もともと真珠をやっとらん家はどことなく冷ややかでね。いつまでもええことは続かん――みたいなね。そやけどそんな話ももうだれも知らん話になりましたわ」

ホテルの部屋についてからフロンティアに電話をしたが、真鍋はなかなか出なかった。待つ間、美智子はとめどなく考えていた。

仙波たちはどうやって神崎元春を自殺させたのだろうか。彼が自殺を遂げなければ、金を盗んだ男のことも金のことも隠し通すことは不可能だ。赤木という刑事が事故ではなく事件だと気がついたように、事実関係を精査すれば嘘は嘘とばれる。

電話に出たのは中川で、真鍋は席を外しているので話を受けておくと言った。

美智子は中川に話すことで頭の中を整理した。これで正しいのだろうか。何かの思い込みでごく単純なことを見落としているのではないか。

「事実の一つ目、森本賢次は二十五年前の八月七日、南予を出る船の中で汚れた身なりの若い男から金を盗んだ。その金は通し番号で、塩とホルマリンがついていた。事実二つ目、前日夜半、宇和島から車で二時間の場所にある村の、中野という庄屋宅にて放火殺人事件が起きた。事件があったのは海に面した村で、当時村ではフグ養殖にホルマリンが使われて真珠業者の間では問題になっていた。火事になったあと、別の有力者の家に、ジュラルミンケースに詰め込まれた札束が運び込まれるようになった。中野の家が使えなくなったからというのが漏れ聞こえた事情で、その金を持ち込んだのは、原発推進派の仙波県議だと言われている。事実その三。その年、原発推進派の代議士が一人落選し、その議員の秘書が『金が来なかった』と呟いたあと、ひき逃げ事故で死亡して未解決。同時期に県議が原因不明の死を遂げて、自殺と処理された。そこから導き出されること——」

美智子は考え込んで話を切った。すると中川が話を咀嚼した。

「それは、森本賢次の持っていた、塩とホルマリンがついた金は、村の庄屋宅にあったものである可能性が高いということです。そしてその金は、仙波議員が持ち込んだもの」

美智子は電話の向こうの中川を見据えた。

「でも、警察調査によると、その放火殺人には金が絡んでいない。そして容疑者は自殺している」

「自殺したからうやむやになったともいえます」

「一人、事件のあと集落から姿を消した男がいる。神崎小太郎、当時二十五歳。警察はそれを深追いしていない。もう一つ不思議なのは、地方新聞が当時、失火が放火殺人になったとき、記事にしていない。この二つのことはもしかしたら関わりがあるかもしれない」

中川は「怖いことを言わないでください」と言った。

「明日、当時の事情を知っている人を取材するの。今日乗ったタクシーのドライバーが、そのころ真珠の養殖をしていた人で、退職した当時の警察関係者を紹介すると言ってくれた」

本間は、役に立つかどうかわからんがと前置きして、ホテルの前から電話を入れてくれたのだ。

——田舎もんですけど、悪いやつやないです。まあ、聞いてみはりなさい。

中川は一息置いた。「すごいじゃありませんか」

「ええ。でも彼らが何か話してくれるとは思えない。もっと言えば」そういうと、美智子はベッドの端に腰掛けた。

「それが、フロンティアにかかってきた電話とどう係わるんだろ」

「それはやってみないとわかりませんね。ちなみに森本賢次の死亡事件については、事態は硬直したままです」それから中川は少し声をひそめた。

「どこかで二つがクロスするかも」

「上田十徳について進展は何かあった？」

亜川から譲ってもらった十徳と若い女の写真のデータを中川に送っておいたのだ。

「あの写真の女ですが、まるっきりわからないんです。警察は立石の件には事件性を認めていないようです。何か進展がありしだい連絡します」

「油池の事件、立石一馬が記事にしたりしてないわよね」

もし油池の事件が伊予電力がらみなら、当時立石はその辺りの情報を漁っていたはずだから、首を突っ込まないはずがない。仮にそんな記事を書いていれば、立石はずいぶん多額の口止め料をものにしていただろう。亜川の後輩記者の小山田が、もし伊予電力と仙波のつながりに近づき過ぎたために殺害されたのだとすれば、隠すためには殺人をも辞さない案件であったわけだから。

中川は唸った。

「あからさまには書いていないはず。世間に出せば金にならない。だから匂わす程度の記事」

「でもそんなことをしたら殺されるかも知れませんよ」

「彼は嗅覚だけはすばらしくて、だから手加減は心得ていたと思うの。もっといえば、相手が駆け引きなしで大金を積むようなら、一気に記事にしたかも知れない。あの男は——」

もし本当に金が欲しいだけなら、もっと効率的な方法はいくらでもあったと思う。彼がなぜ、泥の中にばかり足を突っ込んで行ったのか。彼には、何かに対する憎しみがあったような気がする。自分なのか、社会なのか、正義という名で呼ばれる虚飾に対してなのか。

立石一馬の生き方をいま、考えるつもりはない。ただ、正義について考えれば考えるほど、それが「空に書いた文字」に過ぎないのではないかと足が止まる。

「立石は、なにを考えているかわからないところがある男だったから」

中川はいつもの口調で、調べてみますと言った。


翌日、また油池に足を運んだ。元春の父親、神崎安治に会うためだ。

朝が早くて本間聡の都合がつかなかったので、ホテルでタクシーを手配してもらった。そうやって、昨日より早く出たが、もう道には車が詰まっていた。そこからスカイウェイを思わせる大きな道路を走り、右に折れて、別世界に吸い込まれるように山の中へと入っていく。右手に見下ろす海はリアス式海岸で、ここは山の頂上部だと実感する。岩礁が突き出ている海岸線は人を寄せつけない。人工物の入りようがないこの風景は、原始のころと何一つ変わらない。太陽と、水と岩の世界だ。

神崎安治は九十七歳になる。

住んでいるのは集落の外れにある小さな家だ。都会の感覚でいってしまえばあばら家だ。裏には小さな畑がある。山裾の土地を山と分け合っているような、小さな畑だ。そこで安治は畑仕事をして暮らしている。

安治の元を訪れるのは、今日で二回目になる。

昨日、漁師から話を聞いたあと、安治の元を訪ねた。安治が、まだ岬に住んでいるただ一人の事件関係者だったからだ。はじめて見る安治の家は、家というより崩れかけた掘っ建て小屋のようだった。安治は不在で、美智子は家の裏の畑に回ってみた。そこは山肌に沿って急勾配に作られた段畑で、道から畑の方向を見上げても、青々した山を視界の端にしながら高く青い空が広がっているだけだった。八重と再度会ったのはその帰りのことだ。

今日も家には誰もいなかった。美智子は畑の方向を見上げて、わずかに葛藤する。耳も遠くなっているだろう老人に「お宅の息子さんが自殺したときのことについて聞かせて下さい」と、耳元で言葉を区切り、繰り返し、懸命に怒鳴る。そんな自分を想像して、なんて残酷で滑稽なんだろうと思う。それでも聞きたいという欲求に抗えない。

記憶は「ありのまま」ではない。事実が写真だとすれば、記憶は絵画だ。そして時間が経つにつれ、記憶の組み立ては物語性を帯びる。しかし、たとえありのままでないにしても、見聞きしたことによって出来た絵画であるという事実は変わらない。その記憶に触れたい。

そのとき背の高い老人が、ゆっくりとした足どりで畑の方から降りてきた。

身体から無駄を削ぎ取ったように痩せた老人だった。

洗いざらした白のシャツは薄くなって破れそうで、ベルトがわりの紐を通してズボンを腰で留めている。痩せた、割り箸をつないだような老人が、まっすぐに足元だけを見ながらゆっくりと降りてくる。

五本の割り箸が器用に繋がって動いている。今にもその繋ぎ目からくずおれてばらばらになりそうな、そんな身体で、しっかりと山の小道を踏みしめて降りてくるのだ。肌は弛んでいたが、黒々と焼けていた。

道は細い。安治は美智子のすぐそばを通り過ぎた。山を降りてくる時と同じで、視線をあげることなくただ足元を見つめていた。まるでそこに美智子などいないような――この大地には自分の他には誰もいないと思っているような足どりだ。

安治は美智子のわきを通り、やがて古い家へと歩いて行った。その後ろ姿は寂しげでもわびしげでもない。ばらばらにならないように肢体を操っているだけだ。

安治の頭の中には、記憶が作り上げた絵画がびっしりと並んでいるのだと思う。写実的な絵画、抽象的な絵画、ドラマチックな絵画——彼は年をとり、そのどれも否定されることのない世界に入り込んだ。彼は今、骨と皮と記憶とだけで生きているのだと思う。美智子は声をかけようと思うのに、その姿を見ると声が出なかった。

2

——田舎もんですけど、悪いやつやないです。まあ、聞いてみはりなさい。

そう言って本間聡が引き合わせてくれたのは、愛南警察署ＯＢの元生活安全課課長だ。

一見して横柄そうな男だった。

「わしは二十五年前は交通課や」

元生活安全課の男は現れるなり机の上に財布を置いたのだが、給料から考えると分不相応なブランドものの財布だ。男は話しながら隙を見て美智子を盗み見る。その度に見る場所が変わる。胸を見て視線を逸らし、腰を見て視線を逸らし、時々チラと目を合わせる——顔を見るわけだ。

顔合わせの席が設けられたのは、宇和島から由良半島の方向に三十分ほど下った海沿いにある、民宿に併設されているような食堂だった。テーブルも椅子も使い込んだ安物で、座敷にある座卓も似たようなものだった。食器も使い古されたもので、出された日本酒もごく安価なものだ。ただ魚は、刺身にしろ煮つけにしろ、東京なら料亭でしか食べられないだろう上物で、それらが近くのスーパーで買ってきたようなもずくやポテトサラダと一緒に無造作に並べられている様子は、一種壮観ですらある。

熱燗は熱すぎた。美智子は冷めるのを待って徳利の首を持ち上げると、かしこまって元警察官の猪口に注いでみせた。

すると元警察官は、実に分かりやすく機嫌をよくした。

「神崎小太郎っていう男の名前、聞かんかったか」と本間が聞いた。

元警察官は日本酒をくいっと飲み干した。美智子はすかさず酒を注いだ。すると喜んでまた飲み干した。それから返事を微妙に外してきた。

「ここいらは事件なんかまるっきりないけんな」

本間のいう田舎者の意味が段々わかってきた。自分のテリトリーに神経質で、そこでは優位を保ちたがる。いわば沽券の世界だ。でも多分、ただそれだけなのだ。言い換えれば、ブタもおだてれば木に登るというやつだ。

だったらおだてて木に登らせたらいいわけだ。

「二十五年前は大変だったのでしょ？」

スナックの見習いが客に媚びを売るがごとく、美智子は酌をしながら聞いた。

「いや、そういうのはこっちまではこんのよ。駐在がやるけんな」

「駐在さんがですか」

「ほうよ。あれじゃろ、真珠の首吊りのことやろ。だいたいが自殺にはせんの。病死。自殺やといろいろ聞かないかんけんな。医者も駐在と相談して、診断書を書いてくれよった。いまの先生はいかんよ。昔の年寄りの先生なら、書いてくれる。フグの業者と揉めても、漁協が間に入って警察沙汰にはせん。そやけど、神崎小太郎というのは、聞いたことがある」

美智子はすかさず徳利を持つと、猪口に酒を流し込み、しとやかに尋ねた。

「というと？」

この男は注がれたら、テーブルに置く前に飲み干すことにしているようだ。注いだ分だけ飲んでしまう。それからまんざらでもない顔をする。酒が回るとどんな女でも美人に見えるようになるに違いない。元警察官は口を開くとさらに偉そうに言った。

「うん。その男はもともと島の人間やが、大阪に出て、料理人の修業をしていたことがある。フグと揉めるんやけど、なまじ大阪で仕事しとるけん、漁協の仲裁なんかきかんがよ。警察署に怒鳴り込んできたことがあって。ほやけん覚えとる」

「火事のあとにいなくなったとか」

「ほうか。それは知らんな」

美智子は拍子抜けした。それはごまかしているとか気をもたせているというふうではなく、まったく興味がないようだったからだ。それから美智子の知らない、ごく身内の話を本間に振った。だれだれはどうしているか、どこの家がいくらで売られたかというような噂話だ。彼らの会話には「真珠御殿」という言葉が頻繁に出てきた。

本間はわざとらしく腕時計を見て、「ほじゃ、わしはこれで」と腰を上げた。

それから元警察官に、「知っとることがあったら教えてあげなはい。東京の記者さんと話すことなんか、二度とないけん」と言い残した。

本間がいなくなると、元警察官は俄然親切になった。自分がいない方が口が軽くなるから、頃合いを見て退席すると言われていたのだが、その本間の予想通りだった。

美智子は燗酒を追加注文した。それから東京での自分の仕事を誇張して話してやった。元警察官はやがて手酌になり、顔は赤く、目はとろんと下がり、美智子の話に子供のように聞き入った。

「フロンティアいうのはわしでも知っとるけん。こげなお嬢さんがやっとんなはるとはな」

お嬢さんに格上げされたようだ。しかしこの男の情報はここが限界だろうと思った。

この取材でわかったことは、二十五年前の正確な情報を集めることなどほぼ不可能だということだ。思い込みと噂話が漆喰《しっくい》のように塗り込められている。

そのとき、警察の交通課なら小山田記者が死亡した十二年前の交通事故についての情報が取れるかもしれないと、思いついた。

この男は、やってきた部外者にいいところを見せたくてうずうずしているのだから。

「このあたりで十年ほど前に新聞記者の交通事故があったのを知りませんか。崖から車ごと落ちていたのを、早朝発見されたというものなんですが」

「うん。それやったらもしかしたらわかるやつがおる」

そう言うと、元警官は携帯をつかんで外に出た。

どれぐらい待っただろうか、元警官は若い男を連れて戻ってきた。

男は美智子に名刺を出すとひどくかしこまった。若い男の名刺には「宇和島署庶務課」との肩書がある。小山田が事故を起こしたのも宇和島署管内のはずだ。

瓢簞《ひょうたん》から駒《こま》とはこのことかもしれない。

元警官は、「大丈夫や、口の固い記者さんやけん」と、無責任なことを言うと、調理場に、「大事な話をしよるけん、よらんといて」と声をかけた。奥からは「ビール運ぶだけやないか」と亭主の憎まれ口が返ってきた。

新しい刺身に、天ぷらがどっさりと来た。加えて冷えたビールとコップが三つだ。

「あれは、事故です」若い宇和島署庶務課の警官はきっぱりとした口調でそう言った。事故後、東都新聞の記者がいかに嗅ぎ回ったかがわかる発言でもある。

生活安全課の元警官が顔色を変えた。

「わしの顔を潰す気か」

若い警官は先輩の言葉を小気味いいほどあっさりと聞き流した。

「十二年前、藪区元原で、午前六時半、通行する車から通報がありました。それによると、木が折れていて、それが不自然であるから、車を止めて覗き込むと、白いワゴン車が木に引っかかっている、とのことでした。検分は本官がいたしました。事故時間は不明です。中には東都新聞の記者が乗っていました。氏名は小山田兼人、二十六歳。運転席で、シートベルトをして、逆さまにひっくり返った状態でした。頭部および胸部強打で、すでに死亡していました。普通は怪我で済むような事故で、運がない人だと思いました」

小山田兼人の事故を検分した――

「彼は携帯電話を所持していましたか?」

「記憶にありません」

現役の警察官がそう簡単に話すはずがない。美智子がそう思ったとき、若い庶務課は言った。

「所持品の記録はまだ残っているかもしれません」

「お前、それを持ってこい」

若い男は美智子に対して答えた。

「持ってはこれませんが、もし残っていれば電話かメールでお知らせすることはできます」

彼が美智子に協力的なのは、ひとえに隣に座る横柄な「元警察官」を立てるためだろう。元警官は、横暴に見えて美智子の役に立とうとしているように、若い警察官にも親切なのかもしれない。そしてここではコンプライアンスなんかより個人の関係性の方が重要なのだ。こうなったら言ったもの勝ち――美智子はダメもとで聞いてみた。

「ではもう一つ、頼まれてくれませんか。二十五年前の内海村油池地区での、中野家の殺人放火事件について、内部文書がほしいんです」

「申し訳ありません。本職は宇和島署勤務ですから、愛南町の事件について情報がありません」

美智子は若い庶務課の男のコップに、ビールをなみなみと注いだ。

「あの事件について、知っている人をご紹介いただけませんか？」

「お前、紹介してやれ」

「あれは本部の事件ですけん」

しかし若い庶務課は一気にビールを飲み干すと、意を決したようにくいと顔を上げた。

「一人、知っています」

明日になったら、この男は美智子の調査に協力することに二の足を踏むだろう。だから今日中に話を詰めておかなければならない。

「それはどういう方ですか――」そう言いながらまたコップにビールを満たした。

「被害者が運び込まれた病院の、看護師です」

「その看護師が、事件を知っているんですか？」

「口止めされたっちゅうのを聞いています」

「ほんまか」

「ほんまです。赤木っちゅう刑事が、入院しとった学者先生に張りついて、それを駐在が止めたんや。駐在は最後まで、失火による火事にしようとしとった。学者先生は火に気がついて、びっくりして転んだっちゅうのを調書に書くことになっとったんです。それを赤木刑事が、これは殺人じゃ、検視をせいと談じ込んだ。赤木は本部の刑事やけんな、駐在もどうも出来ん。で、検視をして、被害者二人の事件になったんです」

「お前がなんでそがいなことを知っとるんや」

「みな知っとる。赤木っちゅう刑事は犯人が自殺したあとも納得せんかった。あれは、上が、打ち方やめっちゅうたんや。署内では語り草です」

美智子は「上というと？」と、そっと言葉を挟んだ。

「本部のトップです」

それから若い庶務課は、美智子に向き直った。

「そやけど、紹介したところで看護師はしゃべらんと思います。里が伊方町で、そやけん」

「里が伊方町だからしゃべれないと？」

若い警官は頷いた。しかしそれ以上言わない。

「自殺者が出て、事件は落着したわけですよね」

また、若い警官は頷いた。

「自殺した神崎元春は、あの日みんなの前で、もう金は貸せんと言われた。その恨みです」

「新聞には火事の記事は載りましたが、殺人事件になったことは掲載されませんでしたね。それも上の？」

「そうだと思います」

それ以上は言わなかった。もしかしたら彼は彼なりにぎりぎりまで話しているのかもしれない。看護師が伊方町の出身だから喋らないというのは、原発に関わることだという暗示だ。そして殺人事件に発展したことを警察の「上」の判断で、新聞が載せなかったということは、新聞社の上と警察の上のきわめて密接な関係を示す。その「上」というのは、警察署や、新聞社の「支店」レベルの上ではなく、もっと上に連なっていたのだろう。しかし彼はそれに関しては与り知らぬことというスタンスを取っている。おそらく若い警官は、ただ話せることを並べている。結果的に事件の背景の不気味さが十分に浮き上がっているが、それはたぶん、本人の意図するところではないのだ。

「なぜ駐在は事件を失火にしようとしたのですか」

「ぜんぜんわかりません」

若い庶務課は続けた。

「駐在は越智政一《おちせいいち》いうて、あの辺りでは夫婦喧嘩の仲裁から子供の名付けまでやっとりました。給食費が払えん子がおれば、こっそり払ってやったそうです。地域の守り神みたいなもんで、庄屋の中野家とはあうんの仲だったそうです。昔は駐在は、法律より情ですけん。駐在は特例の再雇用で六十を超えとりました。実際、なんで最後まで失火にしようとしたのか、わかりません」

美智子はそっと切り出した。

「現場に大金があったって話を聞いたことはありませんか」

若い警官は笑った。彼が表情を緩ませたのは、初めてだ。

「都市伝説ってあるでしょ、あれと同じじゃないですか。あとからそんな話が湧いてくるんです」

知らないのか、守りに入ったのか、美智子には判断がつかない。

「ある人物から、神崎元春は、金を借りることが出来ていたという話を聞いたのですが」

彼はまじめな顔になった。

「神崎元春の検視は、それはそれは丁寧にやったと聞いています。わざわざ八幡浜の病院でやらせたそうですから。死んでから吊ったのと、吊ってから死んだのでは、検視の結果が違うんです。神崎元春は、吊ってから死んだっていうことです。借りられていたなら、死なんでしょう」

「神崎小太郎という名前を聞いた覚えはありませんか？」

するとしばらく考えた。美智子はたたみかけた。

「神崎元春の親戚で、当時二十五歳。大阪で働いたあと、戻ってきて、神崎元春と一緒に真珠の養殖をしていたそうですが、事件後いなくなったようなんです」

若い警官は考え込んだ。

「全然知らないです。犯人が自殺したら、あとは調べんのと違いますか。あの当時は夜逃げや倒産は珍しいことではなかったですから」

若い記者は死んだんです——亜川がそう告げた時の、木部美智子のうすぼんやりとした顔が蘇った。

——おれはただ、スクープがやってくるのを待っていたような気がする。

——あの時、あいつに、気をつけるようにいっただろうか。

亜川はベッドサイドの電気をつけた。小さな灯が淡く広がって、小山田から電話を受けた十二年前を思い出す。彼の躍動する声を。あれはちょうど夏の終わりの、こんな時間だった。

小山田の訃報がもたらされた翌日、亜川は宇和島まで飛んで、小山田記者の部屋に残されたものに、手がかりがないかを調べた。しかし死後四日の空白は大きかった。小山田の部屋に侵入した何者かは、取材活動と関係のありそうなものを根こそぎ盗んでいた。

血のついた五千円札と森本賢次の死が、小山田の死とかかわりがある可能性は低かった。それでも、ほんの半歩でも、あの時の彼に近づいてやりたい。

そうか、お前はこれをやっていたんだなと、あいつに呼びかけてやりたい。

小山田が死んだのは十二年前だ。森本賢次が金を盗んでから、十三年もあとのことだ。

亜川は、十二年前から、あの四国の、リアス式海岸が続く一角に、休みを取るたびに通った。木部美智子がいる油池は、そこからかなり南に下った場所だ。

時間も場所も違う。

それでも——。

白いワイシャツの似合う、生真面目な男だった。上手を言うのが下手で、かわいげがないと思われて、仕事の出来ない上司に疎まれた。世の中にはみっともない男がいて、そういうのに限って、派閥の闘争を利用してのし上がる。仕事が出来ない自覚があり、それを見透かされたくないと思っている。敵と味方を分けて、あからさまな忠誠を示す者をあからさまに優遇した。その男が亜川の上司を憎んでいて、だからその派閥の一員である亜川を毛嫌いしていた。小山田が冷遇されたのは、ただ亜川と仲がよかったからという、彼自身にはどうしようもないことに端を発していたと亜川は思っていた。そんな最低な上司を野放しにしている会社だって悪い。でも、組織というのは往々にしてレベルの低い陰湿さを持つことがある。小山田はその洗礼を受けたのであり、四国の支局に飛ばされたことは不運ではあるが、乗り越えるしかないことだった。

小山田の左遷は、時が解決するはずだったのだ。

亜川は小山田を元気づけようと思った。

それで原子力発電を記事にしてみたらどうだと言った。

小山田がいい記事を書くことは、小山田を冷遇した無能上司への当てつけでもある。

だがそれは、自分のせいで左遷の憂き目にあった小山田を、それでも懲りずに利用しようとしたということではないのか。

そして、そうだとすれば、亜川に対し上司の緒方《おがた》がしたことと同じなのではないのか。

よい仕事は、社会のためにしているのではなく、組織における自分たちの地位のためにしているのだとつくづく思う。そして自分がいま小山田の軌跡を追うのは、懺悔のためであり、免罪符を求めた行動であると亜川は思う。

彼を死に追いやったのは自分だというほど、亜川は感傷的な人間ではない。しかし彼がなぜ死んでしまうようなことになったのかについて、できる限り近づく責務はあると思う。

亜川が心底腹立たしかったのは、小山田の死を知ったときの、小山田の無能上司の姿だった。彼は狼狽《ろうばい》したのだ。

そう――彼は自責の念にかられたのである。

その人間らしい反応が、ひどく亜川の心を逆撫でした。彼の反応は、結局小山田の死を、亜川の元へと振り戻した。その原因を――その責任の所在を。

小山田の死はつまるところ、緒方とその一派の社内権力闘争の副産物だと見せつけた。そしてあの無能上司さえ、「我も権力闘争の犠牲者である」といってみせたのだ。

小山田は救われない。

まだ二十六歳だったというのに。

小山田の上司は、結局、小山田の左遷についての責任を、遅ればせながら取らされた。彼は閑職に追いやられた。それについて今でも亜川のことを憎んでいるらしい。亜川の告げ口で、緒方が自分を閑職に追い込んだと信じているという。

その時、テーブルに伏せていた電話が光った。四角いスマホが光の輪を発している。

亜川はスマホを手に取った。

光の中に名前が浮かんでいた。

木部美智子

――血のついた新札が発見されたと聞いたとき、そしてそれに塩とホルマリンがついていると知ったとき、亜川は思ったのだ。彼女なら黙って肩を貸してくれるのではないかと。

亜川はその名前を見つめた。

ほんの半歩でも、あの日の小山田に近づきたい。

スクープが取れそうです――張りのある声で電話をしてきた彼に。

そして崖の途中で、全身を打撲して息絶えていた彼に。

通話をタップした。

「はい」

木部美智子の落ち着いた声が聞こえた。

「亜川さんの言ったことが、ほとんどあたっていました」

彼女は、いま電話大丈夫ですかなんて無駄なことを言わないから好きだ。

「火事のあった中野の家は、原発推進のための金を封筒に入れる作業を担っていたようです。あの火事の日、中野の家には、その金があったと思われるんです。だとすれば、彼らの身近にあった海水の塩分や調査を依頼された玄武真が試料として中野家に持ち込んだホルマリンがついても不思議ではない。そして自殺した犯人は冤罪の可能性が高い。その男が犯人なら、その金が二十五年たったいま、この世に再び現れたことに辻褄が合わないからです」

——そう。その通りなんだ。

「事件当夜、集落から姿を消した男がいるようです。神崎小太郎という当時二十五歳の男で、真珠の養殖をしていたということです」

「神崎小太郎?」

「聞いたことありますか」

「いや、ないです」

「そのまま村に戻っていません。村人は、その神崎小太郎という男が、そこにあった金を持って逃げたと思っているような節があるんです」

「でもそれなら、当然警察だって摑んでいるでしょう」

「ええ。摑んでいたでしょうね」

「じゃ――」

亜川は目の前に電話の向こうの木部美智子を見ていた。

気の強い、冷静で、なにものにも流されない女だ。鋼《はがね》のような女。

「警察が自殺した村人に濡れ衣を着せたというんですか」

その男は、事件の四日後、首を吊って死んだはずだ。

「ええ。これは進藤八重という八十三歳の老女の話なので、証拠能力には疑問がありますが、犯人とされた元春という男性について、事件の夜、海べりを機嫌よく歩く姿を目撃しているんです。証言者は当時五十代。その時代の記憶は安定していると思うんです」

亜川はぼんやりと暗闇を見つめた。

「他に犯人がいるというんですか」

「ええ。神崎小太郎です」

原発推進のための金は、伊予電力が用意したものではない。多分に政治的なもので、用意したのはおそらく国家中枢の権力者だ。

国なのだ。

国をあげての賄賂だ。

その金は、その事実を証明する唯一の物証になり得たのかもしれない。

国家的汚職の物的証拠だ。

「神崎小太郎が、金を盗んだというんですね」と亜川は言った。

「その通りです。それでなんらかの事情で、元春という男に罪をかぶせた。それにより、その場に金があった事実はきれいに消された」電話の向こうで美智子がそう答えた。それから美智子は続けた。

「その事件を、若い記者が調べた形跡はありませんから、小山田記者が直接その事件に係わっていたとは思わないのですが」

美智子が言葉を切った。

「ええ、それで?」と亜川は促した。

「金に係わっていたのは仙波議員です。亜川さん、知っていましたよね」

亜川はベッドから立ち上がると、部屋の電気をつけながら、答えた。

「ええ。手を下しているのは仙波。何かあれば仙波を切ることで、その上までは手が届かないようになっていたはずです。確証はありませんが」

「二十五年前なら、その事件を、立石一馬が知らないはずがないんです。彼は一度は書いて、そして口止め料をもらってその記事を破棄したんじゃないでしょうか。それが立石のやり方ですから」

「それは――」亜川は言葉が喉に引っ掛かった。ジャーナリストがつかんだ真実を金とひきかえに闇に葬る――そうあからさまに言われて、背筋がぞくっとしたのだ――「だったら随分な金をもらっていますよ」

木部美智子は淡々と続けた。

「立石一馬と伊予電力および仙波昭とのつながりが強くなったのは、その事件を機にしていた可能性がある。いま、フロンティアの中川くんに調べてもらっています。立石一馬の記事を全部調べれば、いつごろから、どのような傾向の記事を書いていたかがわかります。一九九六年がなにかのポイントになっていれば、仮に、そこから書いた記事の数が減っているというようなことであったとしても、ひとつの推論は成り立ちます。つまり記事を書いて金を稼ぐ必要がなくなったというようなことです」

木部美智子が頭の中を巡るものを追いかけている。彼女は続けた。

「実は、立石一馬が四国から離れたのが、十二年前。そして二十五年前からその頃まで、彼は宇和島にある、あるホテルの常連だった。払いは仙波議員です」

「どうやってそれを調べたんですか」

「運がよかったんです。ちょうど乗り合わせた個人営業のタクシーが二十五年前にあのあたりで真珠の養殖をしていた人で、顔が広い。ホテル関係者もその交友関係の一人です」

亜川は思い出す。愛媛支局の記者が、現地の集落の人間から話を聞き出すのは無理だと言ったことを。温和で親切な人たちだが、地元とそれ以外には明確な一線を引いている。その線は超えられない——そう言った。

「現地の新聞記者さえ聞き出せなかったことです」と亜川は呟いていた。

「あたしがしたように、小山田という記者も何かを聞き出したんですよ、たぶん」

それは、小山田の死を、事件だと木部美智子が考えているということでもあった。

「とりあえず明日、一度東京に帰る予定です。その前にもう一度、進藤八重という女性の所に行きます。神崎元春の冤罪の可能性を証言してくれた人で、当時のことを話してくれる唯一の証言者です。村の人々には、二十五年経ったいまだから言えることがある」

美智子はそこで一息入れた。

「彼らは当時村に入って来たフグの業者を、いまでもひどく憎んでいます。そして神崎小太郎もフグの業者のために事業がたちゆかなくなった同じ犠牲者。神崎小太郎が村人に後追いされなかったのは、そういう事情があったからじゃないでしょうか」

そして、夜分に失礼したと電話は切れた。

亜川は、神崎小太郎という名前になんの覚えもなかった。もしかしたら持ち去られた小山田の資料にその名前があったのかも知れないと思う。——消えかかった線を、木部美智子が懸命につなごうとしている。亜川は思うのだ。おれはそこに小山田の死という核があるからできる。あの女はその向こうになにを見ているのだろう。

美智子は翌日、暗いうちからタクシーに乗り込んだ。車の中から昇る朝日を見た。太陽が水平線を赤く焼いて、ゆっくりと姿を現す。闇の中から島の姿、鳥の姿が浮かび上がり、そこが無ではないことがわかる。見えなくてもあるものはあると見せつける壮大な光景だ。

進藤八重の家は古い平屋だった。屋根が低く壁板は乾燥して足元が一部めくれている。家の周りには城壁を思わせる粗い石で石垣が組んであり、すきまから草が生えていた。日がさんさんとあたっている。この日差しは午後になると暖かなオレンジ色になる。それは雲の隙間から漏れる、絵画でいう「天使の梯子」で、その日を浴びると石積みや山の中の小さな古い家々が、緑深い山さえも、現実離れして見える。柔らかな光の中に浮かぶ満ち足りた世界だ。

八重は、まぶしそうな顔をして朝の日差しの中に現れた。手拭いを頭に巻いて、ゆったりとしたモンペ姿だ。顔は日に焼けて、目の上にかざした手はグローブみたいだ。

美智子は八重と並んで防波堤の上に腰掛けた。

「そんな古い話、村のもんでも興味がないというのに」

美智子が、元春の妻の話を聞きたいと言うと、八重はふうと重たい息を吐いた。視線は遠く、海の方に投げられていた。それからぽつぽつと話しだした。嫌がるというのでもない。しかし昔話をする無邪気さでもない。責任というのだろうか。善意というのだろうか。

——元春は、初めの嫁に死なれて、後妻をもろた。大洲《おおず》のスナックにおった芳江《よしえ》いう女で、父親の安治さんは、腹ん中では不満やったかもしれんが、息子には長い間肩身の狭い思いをさしとったけん、なんも言わん。別嬪でもなかったけんど、しゃれ者で。首飾りや指輪をつけての。髪にはパーマをあてて、紅さしての。元春よりは十七歳下やけどおなごとしてはとうがたっとらい。ほやけど、働きものやった。いっちゃんとも仲ようて。ほやけど、アコヤガイが死んだろう。元春は借金漬けや。元春が自殺して、しばらくしていっちゃんと嫁はおらんようになったがよ。

思いつくことを順に話すその口調は、静かで少しもの悲しかった。

「芳江さんの消息を聞いている人はないですか」

うんと、八重は頷いた。

「まあ、あんまり言いたくはないけど、村では有名なことやけん」と呟いた。「芳江は、家串に若い男がおったのよ。高橋《たかはし》っちゅう一回りも若い漁師でな。芳江といっちゃんが出て行ったら、しばらくしてその若いのもおらんようになった。約束しておったのがやろ。二人して神戸に行ったという話や」

事件当時、元春は五十一歳、芳江は三十四歳だ。不倫相手が一回り若いということは、相手はまだ二十二歳。夫とは親子ほど年が違っていたわけだ。

「元春さんは気がついていたんですか？」

「多分な。けんど、もう嫁の浮気どころやなかったんやろ。息子と舅の世話と家のことをしてくれたら、あとはどうでもよかったんやないか」

外では金策に追われて、内では妻が自分の目を盗んで若い男に会いに行く。それでも老いた父親と幼い息子を抱えて、元春にはもう嫉妬や憎しみに使う気力がなかった――そういうことだ。

しかし息子とともに夜釣りに行ったという話に家庭崩壊の感じはない。もしかしたら浮気を黙認することで妻を引き止めることが出来るなら、それでよかったのかもしれない。それは愛情だろうか。それとも妻は家政婦のようなものだったのだろうか。

「しばらくしてというのは、どれぐらいですか?」

「さあ。二カ月ぐらいやなかろか」

「お金はどうしたんですか」

「さあ。どないしたんやろ」そういうと八重は考え込んだ。

「小金はもっとったんかもしれんな。元が水商売の女やけん。もしかしたら安治じいさんがなんとかしたのかもしれん」

「息子を見捨てて若い男と出て行った嫁に、お金を渡したんですか」

「そりゃあんた。安治じいさんじゃ、七歳の子供なんかよう育てよらんとよ。あんときにはもう七十歳を過ぎとるんやけんな」

それから美智子に顔を向けた。

「あんた、安治じいさんに話を聞いたんか?」

「いいえ。見かけたことがあるだけです」

八重は頷いた。

「九州への内地入植から戻った時に建てた古い家に住んでおってな。真珠で建てた大けな家は借金のカタに取られたけんど、小屋みたいなその家は金にならんけん。そこから畑に行って、野菜を植えて、自分で飯を炊いて。自分で洗濯して、箒で家の中も掃くんやそうや。ゴミの日も間違えん。今でも便所の肥《こえ》を使って畑をしとる。近所の嫁さん連中が食いもんやらなんやら交代で差し入れて、面倒見とるんで、安治じいさんは、野菜ができたら玄関前においていくんやけんど、安治じいさんの野菜はうまいんやて。スーパーで売っとるようなものとはまるっきり違うんぜ」

美智子は頷いてみせた。すると八重は言葉に力を込めた。

「安治じいさんはな、畑や田んぼのことをよう知っとんなはるんよ。ほんまにこつこつ仕事しなはる人でな。親は漁師やったが、安治じいさんは、上の学校にいきたかったんよ。それがほれ、戦争じゃろ」

「進学したかったんですか」

「ほうよ。頭のええ人やったという話や。中野の与一さんと仲がようての。そいで満州に引かれていってしもうたんや」

「引かれたとは？」

「与一さんがの、お国のためじゃっちゅうて、村ん人を満州にやるじゃろ。そいなら自分が行かんと理屈があわんちゅうて、満州に行く言いなはったのよ。そいで、与一さんは安治じいさんを誘うわけやが、与一さんの父親が、安治じいさんの父親に、うちのせがれだけやと心細いから、安治も行かせてくれっちゅうて頼んだっちゅう話や。ここいらで中野の家に逆らえるもんはおらんじゃろ」

「強制ですか」

八重は重たく首を振った。

「古い話やけん。そいでもそういう経緯のせいで、中野は神崎に恩義が出来た。金も貸したし面倒も見た。神崎はそうやって中野にようしてもらうけん、中野の言うなりになった。当時のことを知らん人間は、神崎がなんぼでも金貸してもらえるけん、妬んでの。まあ、そういう中での、あの火事やったのよ」

目の前にはテトラポッドが絡まるように積み上げられている。八重はそこにあった小石を摑むと、ポーンと海へと投げた。

「わしはな、与一さんは金貸したと思う。金貸さんなんちゃあ、村のもんの手前だけや。そりゃ、恩義やなんやあるのは与一さんと安治じいさんの代の話や。そやけど安治じいさんは与一さんの息子の守男をわが子みたいに可愛がっとったし。守男と元春も、兄弟みたいに仲良しやった。ある金なら貸したいんよ。ただ、示しがつかんけん、人の前では断った。あとから与一さんが使いを走らせて、『貸す』いうたんやと思うとる」

「じゃ、元春さんはなんで自殺したんですか」

八重はまた、じっと海を見つめた。

「安治じいさんは、事件があったあの時から、いっぺんも事件のことを話したことはない。ただのいっぺんもや。どんな陰口きかれても、言い返したこともない。睨んだりしたこともない。その様子がなんや怖いようで、誰もじいさんの前では事件の話をせんようになった」

「いなくなった嫁の芳江さんに対する文句も愚痴もなかったんですか？」

八重は思い出すようにぼんやりと言った。

「――なかったなぁ」

吐息のような声だった。不思議そうな声でもある。

「八重さん。現場に多額の金があったというのを聞いたことはありませんか？」

八重は黙った。美智子は言葉を足した。

「あの日、中野の家に、たくさんの札束があったんだって。それは電力会社の金だって。そんな話、聞きませんでしたか」

八重は海を見つめたままだった。

「聞いた聞いた。いろいろ聞いた。元春は嫁と間男に殺されたんじゃとか。金に目が眩んだ学者先生が殺したんじゃとかな。いや、犯人は先生を殺しに行った真珠の業者で、守男は巻き添えをくらったとかな。フグのホルマリンでアコヤガイが死ぬんじゃゃって書かん先生も恨みを買っとった。赤木っちゅう刑事が聞き回るから、部落は大騒ぎじゃった。終いには元春は与一のタネじゃ、ほやけん中野は神崎に金貸すんじゃとか。満州から引き揚げるとき、安治の嫁さんだけが先に帰って来たもんで、安治は満州で人を殺して逃げまわっとったんじゃとかな。人は陰で言いたい放題、どんなことでも言うたわい」

村の人間はたぶん、事件のことをひとときも忘れたりしていない。

そんな村に一人残る安治は、じっと自分の足元を見つめるしか、生きる道はなかったのかもしれない。

美智子は、亜川に送ってもらった、村の風景や生活を写した写真を八重に見せた。八重は手にとると、懐かしそうにながめた。

「この写真は、焼ける前の中野の家に似とらい。ほれ、段違いの飾り棚があらい？　ほれ、ここ、壺飾ってあらい？」

八重が言っているのは、室内を写した白黒写真で、古いもののようだった。

「この辺の庄屋にはこんな飾り台がようあっての。焼けた中野は立派なお茶碗やの壺やの掛け軸やの、こんな風にいっぱい飾ってたな。中野はこの飾り台が花梨やったんやで」

古ぼけた白黒写真からは、その美しさは伝わってこない。高さのある台の上に、美しい形の大きな壺がのっているのがわかるだけだ。

八重は一時感慨にふけると、思い出したように眉根を寄せた。

「フグの連中は外から来た業者で、そりゃあ悪どかった。ガラの悪い、やくざみたいなやつらよ。一斗缶を海にぶちまけよる。その缶を海の中で洗いよるんよ。真珠の養殖のもんが走って行っても間に合わん。いまホルマリンなげこんだがやろがっと怒鳴っても、いま放り込んだのがホルマリンっちゅう証拠がどこにあるがかって、開き直りよる。若いもんが摑みかかるのを、ほかのもんがよう止めた。わしらの村の漁師はおとなしいのよ。争いごとなんかできんのよ。わしらに学がないけん、なぶりものにしよるって、ほんまに悔しがった」

「神崎小太郎も摑みかかった一人ですね」

「ほうよ。あれは火事の前日のことやった。学者先生が、息子と浜で話しておんなはった。そしたら向こうでフグと喧嘩が始まって。学者先生は、そこにポンと袋を置いたまま走っていきなはった。必死で小太郎をとめておったな。喧嘩してもなんにもならんってな」

それから八重はぼんやりと言った。「あのころの小太郎は目が血走るようやった。小太郎は先生と、まるで喧嘩しとるみたいに揉みあっとった。そいで小太郎が先生を振り払って、フグのやつらを睨んで、向こうに行ったがよ。その翌日の夜中やった。火が出たのは」

八重はポツンと言った。

「――あんとき、いっちゃんをここから連れ出してくれた芳江さんに、安治じいさんは感謝しとんなはったんやないやろか」

3

東京は相変わらず暑かった。美智子は東京駅で新幹線を降りると、荷物をコインロッカーに入れ、丸ノ内線から副都心線を乗り継いで雑司が谷で降りた。

駅前を西に抜ける。

商店街は古く、全体に軒が低く、頭上にはびっしりと電線が張り巡らされている。昭和の時代の気配が色濃く残り、それが古さというより魅力になっていた。東急東横線が乗り入れてから渋谷へも横浜へもいけるようになり、再開発されることなく活性化した貴重な街だ。

しばらく行くと派手な幟《のぼり》が三本立っているカレー屋がある。そのカレー屋の横から雑居ビルへと階段を上がった。

狭くて奥行きがない階段で、注意しないと突っかかって転びそうだ。

東京駅に着いたとき、桐野に電話を入れた。浜口経由で桐野からもらった新聞記事のコピーの礼をまだ言ってなかったからだ。当時の内海村、現在の愛南町で火災が一件あったという、愛姫新聞の幅五センチの小さな記事だ。

美智子は宇和島のホテルにいる間、それを取り出してはよく眺めた。この記事が出た時には、事件は過去のものでなく、神崎元春はこの日、まだ、容疑者ではなかった。もしかしたら玄武真はまだ生存していたかもしれない。神崎小太郎はもう岬から逐電しており、この四日後に神崎元春は山の中で首を吊って自殺した。

古い新聞記事は読んだ人を当時に引き戻す。畳の下に敷かれた昔の新聞を見つけると、その紙面にひととき思いを馳せるのは、「過去」が、自分がもう過去になっているとも知らずに、あるがままのその時をそこに見せつけるからだろう。桐野のくれた新聞記事には、そんな古新聞の気配があった。

そのスキャンされたコピーには、かすかに折り跡が写っていた。実は少し、それが気になっていた。

東京駅についたとき、美智子はあとの予定を立てていなかった。桐野に電話口で、いま愛媛県から帰って来たところですと言うと、「そうですか、ごくろうさまです」と言われた。そのさっぱりした物言いが好ましくて、ああ、東京に戻って来たんだと安堵した。で、何か収穫はありましたかと聞かれた。

それで「このあと予定を入れていないので、いまから行ってもいいですか」と聞くと、「ええ、どうぞ」と言われたのだ。

スチール製の薄いグレーのドアに、縦五十センチ横五センチほどの細長い窓があり、そこに磨りガラスが入っている。ノックすると、桐野はドアを開けて迎え入れてくれた。

それから桐野は、簡素なカップにペットボトルの緑茶を注いだ。

美智子は情報提供の礼を言った。すると桐野は生真面目な顔で頷いた。

「森本さんが帰ったあと、あの金のことが気になって、図書館で調べたんです。森本賢次さんは日付だけははっきりと言いましたからね。でも、愛媛県全域を調べても目ぼしい事件はその火事だけなんです。それで浜口さんに知らせました。その事件のことを木部記者に話していいかと訊かれたので、好きに使ってくださいって言ったんです」

美智子は頷くと、言った。

「実はあの事件は、ただの失火ではなかったんです」

桐野が顔を上げた。

「失火ではなく放火殺人だったんです。二人死亡して、犯人は四日後に自殺しています」

桐野弁護士は美智子の前に座り直した。

「そんな記事はありませんでしたが」

「その火事には、電力会社の金が関わっていたんじゃないかという話があるんです」

「電力会社？」

「ここだけの話ですが、伊予電力は伊方原発の稼働をつつがなく続けるために、資金を使っていたと言われています。いろんなところに、住民にもくまなく。封筒に入れて一人七千円配っていたと聞いたこともあります。そういうことがいつ始まっていつまで続いたのか、わかりません」

桐野はうすぼんやりと美智子を見つめた。

「森本賢次さんがあの日盗んだ金は、もしかしたらそれだったのかもしれない」と美智子は言った。

「それはどういうことですか」

美智子は頷いた。

「集落から神崎小太郎という、当時二十五歳の男が失踪しています。神崎元春の親戚で、元春と一緒に真珠養殖をしていた男で、話せば長いのですが」

桐野の視線が話を催促していた。

「一帯は真珠養殖で栄えた所で、自殺した神崎元春も真珠養殖業者でした。その真珠がとれなくなった。神崎元春も、借金を断られて犯行に及んだと言われています。そして真珠業者の間では、養殖が不調になった原因はフグの養殖で使うホルマリンだと思われていたようなんです。小太郎もそれで腹をたてていたらしいのです」

神崎元春と一緒に仕事をしていたのは、父親の安治、当時七十二歳と、甥の小太郎二十五歳。神崎小太郎は事件後所在不明——と、美智子はかい摘んで説明した。

「憶測ですが、あの日、その中野の家には、銀行から直行した金があったのではないか。そしてそれを小太郎が摑んで逃げた。事件を起こしたあと、最寄りのバス停まで歩いて、始発のバスに乗れば、昼前には三崎港から出るフェリーに乗れたのではないでしょうか」

桐野はしばらく考え込んだ。

「ではなぜ神崎元春という男は自殺したんですか」

「その事情を聞けるのは、いまとなっては自殺した神崎元春の妻だけだろうと思います」

安治の痩せた姿が思い浮かんだ。彼は何も語らないだろう。仮に語ったとしても、九十七歳の証言にどれほどの信憑性があるだろうか。そう考えれば、当時のことについて証言できるのは、妻の芳江だけだ。しかし芳江もおいそれと話すとは思えないし、彼女が真実を話すという確証はない。

「とりあえず岬を出たあとの神崎芳江の行方を調べてみようと思います。七歳の子供を連れて出て行ったわけで、どうやって暮らしを立てたのか、その資金が気になるんです」

テーブルの上に置いていたスマホにメールが着信した。スマホ上部の細いバーに、中川という文字と、『経費の精算に』という文言が三秒ほど現れて、消えた。中川に東京駅の到着時刻を知らせていたことを思い出した。

「なにかお手伝いできることはありますか」と桐野が聞いた。

美智子は顔を上げた。

桐野が少し、ため息をついた。「ぼくは、森本さんが来たとき、警察に知らせるべきだったと思います。責任を感じているといえば大げさかもしれませんが、ぼくは事件について全くの部外者でもない」

弁護士は普通の人にない権限を持っている。彼らは職務上、他人の戸籍謄本《とうほん》の交付を請求できるのだ。そこには転居記録が記載された附票というものが載っていて、それがあれば人一人の足跡が追える。

「それでは一つ頼まれて頂けますか」

「ええ。ぼくに出来ることなら」

「いま言った、神崎元春の妻の芳江の消息を知りたいんです」

しかしその弁護士の職権は、あくまで受任した案件についてであり、神崎芳江の戸籍謄本を取ることは厳密に言えば違法行為になる。もちろん、ほとんど危険はないが、弁護士に違法行為を促すことである。しかし桐野に、特に逡巡はなかった。

「現住所はわからないわけですね」

「ええ」

「離婚はしていませんね」

「ええ、そう聞いています」

「二十五年前の神崎元春の住所がわかれば、そこからたどれると思います。七歳の子供を連れていたなら、転居届は出しているでしょうから」

再び机の上で、スマホの一ミリほどの通知バーにグリーンの光が点滅した。さっきから着信済のメールがあることを知らせている。

「そのメール、確認しなくていいんですか」

桐野に言われて美智子はメールを開いた。

『経費の精算に寄りますか？　報告がありますが、来るようならその時に』

中川は手を抜ける所は全部抜く。出入りのライターの評判は「合理的で冷たい」。だがいかに冷たくても編集長の信頼が厚く仕事が出来るから中川がそれを直すことはないし、美智子にとっては最小限のカロリーでことが進むわけで、不満はない。美智子は「寄ります」と返信した。スマホをしまおうと鞄を開けたとき、桐野が言った。

「神崎元春の父親はまだご存命ですよね」

その瞬間、美智子の手が止まった。日差しの中でゆっくりと歩いて畑を下っていく安治の姿が鮮やかに脳裏に蘇る。

「ええ」

それから美智子はゆっくりと言い足した。

「――まだ畑仕事をしているようです」

桐野が何かを思い出すような、遠い目をした。美智子はそれを凝視した。

目の前で桐野がメモ用紙を机の上に置いた。

「その人から話は聞いたんですか」

「いえ。――お年の人に息子が自殺したときの事情を教えてほしいと言い出せなくて。九十七歳の証言には信憑性に難もありますから」

桐野は頷いた。

美智子は手帳を広げると、桐野が置いた紙に、手帳にある神崎元春の住所と生年月日を書き写した。手帳にメモしてある住所は「南宇和郡内海村油池　３の８」だ。

美智子はそれを横目に、手を止めることなく、番地を「13の５」と書いた。


外に出るとすっかり夜になっていた。フロンティアへ向かうのに、地下鉄に乗った。

電車の音と人の靴音と人々の息づかいが渾然となって空間に満ちている。

水だけを満々とたたえた凪いだ油池の海は、記憶の中で重さを増している気がした。重さとは抽象ではなくて、水の重量。深く平たく途切れることなくどこまでも続く水の重量だ。そしてそこにはその重さをもってしても割れることのない海の底がある。

――神崎元春の父親はまだご存命ですよね。

涼やかで善良な桐野の声が耳から離れない。

フロンティアにはいつもの、何かが室内をかき混ぜているような騒がしさがなかった。真鍋が不在なのだ。

「どうでしたか」と中川が聞くので、「まあ」と答えた。それから聞いた。「で、そっちは収穫があったんですね」

「それが、収穫がなかったという報告なんです」

中川が言うには、立石一馬の過去の記事を洗ったが、油池の事件を匂わせるものにしろ、誰かが危機感を覚えるようなものにしろ、それらしいものは出てこなかったという。

「だからって、誰かが立石の存在に危機感を覚えた可能性が消えたわけではありません。立石は記事を書くぞと誰かを脅していたかもしれない。けど考えれば、そんな品のない記事はそもそも巷に溢れているわけで……」

真偽不確かなニュースが溢れる昨今では、何を書かれても少々のことでは致命傷にはならない。その上、立石が相手にしていたのは大企業なわけで、だから相手側は多少の問題が起きても命懸けで首を取りには——立石一馬を殺害するところまでは——行かないだろうと、中川は考えた。

「それで、立石の女の所に行ったんです。そしたらもう、けんもほろろで」

季節外れの暑い日に千葉県まで足を延ばして、三日月レナのマンションまで行ったのだという。だというのに、不機嫌な顔をされて、フロンティアの名刺を出してもまるで不審者がやってきたような扱いだったと、中川は愚痴を言った。

そりゃメディアの神通力は効かない。相手は同業者とつきあっていたんだもの。

——中川は持参して行った週刊ピースの記事を見せた。レナは玄関の内側に半分身体を残したまま、珍しそうにその記事を読んだが、だからなんだという顔で突き返してきた。「これ、ピースの今井って記者が書いた記事です。今井昌彦」と畳みかけたがやっぱり反応がない。そこで登録してある今井の記者証の写真を見せたが、女は見覚えがないというように奇妙な顔をしただけだ。そこで中川が「じゃ、新聞社にパソコンを渡したのは事実なんですね」と確認したところ、悪びれることもなく、「だって、あいつはまるでツケを払わなかったんだから」と言い、返してもらえなかった金の代わりに遺品を好きにさせてもらって何が悪いと開き直ったということだ。

「接触してきたのは新聞社だけなのかと念を押したら、そうだと答えたんです。隠し事をしているような様子ではありませんでした」

憮然とはしていたが、とくに下品な感じはなかったという。嘘をついて煙に巻くつもりのようでもなかったと中川は言い、続けた。

「記事を書いたのは今井さん。でも女の言い分では、今井って記者はデータを入手していない。一貫して立石に興味を持っているのは東都新聞で、立石のパソコンを手に入れたのも東都。だから摑んでいたのは東都新聞社会部のはずですよね」

そういうことだ。

「十二年前に亡くなった東都の小山田という記者ですが、ピースの今井昌彦と仕事をしたことがあるんです。駆け出しの小山田記者はその英語力を買われてニューヨークの特派員記者に随行していたことがあり、その特派員と組んでいたのが、当時新聞記者だった今井さんだったそうです。もしかしたら東都の亜川デスクも今井さんと知り合いなんじゃないですか。東都の亜川記者って、かつては政治部の花形記者だったみたいです」

花形記者とは古い言葉を聞いた。新聞記者が独自にスクープを狙っていたのは古い時代の話だ。そう考えたら、亜川はそういう華やかなる記者の最後の世代かもしれない。人が真実に近づくには新聞に頼るしかなく、真実を突き止めて公にする記者がヒーローだった時代。ペンによる正義がかっこいいと思われた時代。新聞記者に、真実を伝えるという自負があった時代。

そういえば今井記者だって時代に乗り遅れた――もしくは時代に流されるのをよしとしなかった記者だ。すり減った靴を履き、銀座の古くからある店の、古くからいるホステスをつれてカラオケで唸る。あの日の、まるで同窓会のように盛り上がっていた三人の姿は、華やかなりし時代を思い出して懐かしむようだった。

そう考えると亜川と今井は「かつての時代の残像」を抱えているんだと美智子は思う。

今から帰るんですが、よかったら経費で飯食って帰りますかと誘われて、近くにある馴染みの中華料理屋に入った。

ビールと餃子と、あとはメニューを見ながら中川が何か頼んだ。台湾人の家族経営の店で、ここに店を開いた時から全然日本語がうまくならない娘が、愛想よく受け、注文を奥に伝えながら去っていく。声の張り、中国語の発音、厨房へ行くその歩き方まで、異国感が充溢していて、明るくて景気がいい。

彼女が歌うように注文を復唱しながら去ると、お手拭きで手を拭きながら、中川はため息をついた。曰く、雨と土砂と傾いた家の写真ばかり眺めていると、恐れは感じても興味が湧かなくなるのだそうだ。この世の終わりみたいな目にあっている人がいて、自分たちみたいになんの変化もない日常を送る人間がいて、「そういうのって、本当に、被害を受けた人の痛みってわかるものでしょうか」と言った。

「わかるはずないじゃない」

「ですよね。それで、疑似共感に飽きてきました」

「でも誰かが伝えないと、被害を受けた人たちには訴えるすべがないわけだから」

「なんか木部さんっぽくないセリフですね」

生ビール二つが先にやって来て、お互い、半分ほどを一気に飲み干した。

「そういう、良識的なことは言わない人なんですよね、本来は。いま、適当に返事をしたとぼくは確信しています」

適当に決まっているじゃないか。いくら嘆いても時間を巻き戻すことは出来ない。流れてしまった家を、浸水して茶色く変色した部屋を、元に戻すことは出来ないのだから。真鍋は、買い手がつくものを作っているのであり、被害を訴える人たちに寄り添う気持ちなんかで作っているわけではない。

しかし買う側は、災害にあった人たちの様子を野次馬根性で眺めたいから買うのではない。自然災害の報道が売れるのは、その脅威を見て、恐れ、我が身に降りかからなかったことに安堵すると同時に、降りかかった人たちの心中を思いやる人たちがいるからだ。被害にあった人たちの痛みを分かち合いたいと思っている人たちがたくさんいるということだ。そこまで言えば、中川は、よりあたしらしくないと思うだろう。しかし続きがあって、現実に痛みがないのに、痛みがあった人の気持ちを推察し、痛みに共感するには限界がある。それでも共感しようと「疑似共感」を突きつめていくと、突然馬鹿馬鹿しくなる。人の心は振り子のように、慈悲と無慈悲の間を行ったり来たりしている。

「で、四国は収穫ありましたか」と中川が聞いた。

「それがね」と美智子は慎重に言った。

「四国でなくて、収穫はこちらにあったのよ。――多分」

中川が怪訝な顔をした。

奥の厨房と中国語でぶっきらぼうな言葉をやりとりしながらやって来た台湾人娘は、テーブルに来るとスイッチが入ったようににこやかになり、二人分の餃子と野菜炒めと、他のいろいろな料理をドンと力強く置いた。

翌日、美智子は今井を呼びだした。

前に会ったときと同じ、コーヒーショップである。

彼は底のすり減った靴を履いて、機嫌よくやってきた。

「立石一馬の記事を載せたのは、新聞社に頼まれたからね」

今井は悪びれる様子もなかった。

「なんだい。どこから聞いたの」

「頼んだのは東都の亜川デスクね」

くたびれた服を着て、機嫌よくアイスコーヒーを飲んでいる。

「あなたは亜川さんから情報をもらっただけ。公共性が低いから東都新聞では記事に出来ない。だからピースにリークした。しらばっくれても無駄よ。立石の女は、今井さんの名前を聞いても、そんな男は知らないって言ったわよ」

今井は氷の入ったコーヒーをストローでザクザク突き刺した。氷がジャリジャリと音を立てる。

「金で動いたんじゃないよ」

「死んだ小山田記者を知っていたからね」

「あんたはなんでも調べるんだねぇ」

「ええ。手を突っ込んだところは、指が届く限り掘り進めるのが主義なの。洗いざらい話してくれないかしら」

「そんな義理はないよ」

美智子はぐっと顔を近づけた。

「あのカラオケ代を経費で落とすために、あたしも苦労したのよ」

今井は上目遣いに美智子をチラリと見た。

「わかったよ」

美智子は、今井が食べかけていたドーナッツを食べ終わるのを待った。今井は指についた砂糖を、トレイに敷かれた紙ナプキンになすり付けた。それからようやく口を開いた。

「小山田は、骨身を惜しまず仕事をする記者だった。でも立ち回りは下手。亜川記者に憧れていた。亜川はスターだったんだ。だから自分の上司に利用されたわけだけど。あんたがフリーになって、社会情勢なんかに背を向けていたころ、我々は我々の世界で番を張りあっていたのさ。

小山田が死んだのは知っていた。南予の藪区ってところだ。あのあたりは山肌を削った道で、ガードレールの向こうは崖、その下は海。小山田記者が落ちたのはそんなところだった。葬式に行ったんだけど、親御さんが憔悴してさ。思い出したくないね。亜川記者の上司の緒方っていうのが、亜川に言ったんだ。この事件には手を出すなって。緒方さんっていうのは、東都で取締役までいって、内部闘争で降格された男だよ。あのころの東都はそういうのがすごかったから。緒方取締役がなんでそう言ったのかは知らない。

それで立石一馬が死んだとき、ピースで記事を書いてくれないかって言われて、おれはピンときたさ。亜川が絡む気なんだってね。直接話を持ってきたのは東都の社会部の矢部《やべ》って男だった。上田十徳の名前も矢部記者から聞いた」

「あたしがあなたに連絡したときも、それをその記者に教えたのね」

今井は頷いた。「動きがあれば知らせて下さいと言われていたからね」

それからぐんと顔を近づけた。

「いいのよ、おれ。餌になるのでいいんだ。十二年も前の後輩の死を、忘れることなく悼んでいる記者に、男気を感じたのさ。いまどき天然記念物級じゃないか。いまやブンヤなんて、ネット記事に押されてさ。もう末期なんだ。だから餌でもいいのさ。情熱のある所に触れたかったの」

それから顔を離すと、また、大きなプラスチックのカップを摑んだ。

「これで全部だよ。また、カラオケ一晩奢ってくれないかね」

「あたしが今井さんに、誰か聞きに来たら知らせて下さいとお願いしたわけだけど、それもその矢部って記者に伝えたわけね」

だれかが引っ掛かるのを期待して東都が垂らした餌に、浜口と真鍋が行き来したあと、あたしががっつりと引っ掛かったというわけだ。

「小山田記者の事故はあの五千円札の束と関係があるのは確実なんですか」

「詳しいことは知らない。でも二十五年前に原発推進派の中で騒動が起きていて、関係者が二人死んで、しかしその真相はいまだに明らかになっていない。そこへ二十五年前の血のついた大量の札が出てきて、その出所が愛媛県の南予なんだから。同時に、仙波の腰巾着だった立石が不慮の死を遂げた。繋げて考えたくなるのが人情だろ」

美智子は、亜川からもらった上田十徳の写真を今井の前に突き出した。女と写っている、画質の粗い写真だ。

「これ、誰だかわかる？」

亜川から見せられていなかったのだろう、今井は手に取ると、しばらく見つめた。それから机の上に戻した。

「わからん」

「立石一馬のパソコンから出てきたのよ。削除されていたらしい」

今井はもう一度手に取った。美智子は言った。

「上田十徳じゃないかって話があるの」

「上田十徳は独身。だからこんなパーのねーちゃんと遊んでも問題ないよ」

「このパーのねーちゃんを探し出す手段、何か思い付かない？」

今井は写真から美智子へと視線を上げた。

「立石一馬の女だけどね、立石とのつきあいは長いはずなのよ。ギリ、彼女だね。知っているとすれば」

立石の女は中川があたって撃沈した——美智子は今井を見つめた。

「あたってくれない？　カラオケ一晩で手を打つわ」

「手がかりをつかんだら、」そういうと、今井は身を乗り出した。「フロンティアに記事を書かせて」

美智子は今井としばし見合った。

「今井さんの手がかりで何かが摑めたら、フロンティアにつなぐわ。たとえば立石の女に、『立石一馬は上田十徳を強請《ゆす》っていなかったか』って聞いてみて」

今井はあきらめたように身体を離した。

「知らないって言われるのがオチだな」

「この写真の女の手がかり。それがなきゃ、フロンティアの記事は諦めるのね」

「聞くけどさ、なんで自分で調べないのさ」

美智子は伝票を摑んだ。

「忙しいからよ」

今井は笑った。

「いいねぇ。今どき、忙しがる人間はいるけど、忙しい人間はいないからねぇ」


美智子はその足で浜口の事務所を訪れた。

「うまいうどん食ってきた？」

「それは香川。あたしの行ったのは愛媛」

雑然とした部屋はいつもと変わらない。ブレのない散らかし方と汚し方に安定感がある。

「あの金の出所、池袋署は捜査員を派遣しているのかしら」

すると浜口は、考え込んでから、聞いてないと答えた。

「捜査が始まっていれば、いくらおれんちの内通者がポンコツでも耳に入ると思うよ」

「そもそも木更津署は調べていたのよ。だから自動販売機の前で張っていたんだから」

「それは生活安全課の仕事としてだろ？　池袋署でも、森本賢次死亡の手がかりになるようなら調べるだろうけど、警察としては容疑者のめどはついているだろうし。そもそも血だけじゃ、どこの管轄になるのさ。だって死体がないんだよ」

それから浜口は思い出したように続けた。

「いつだったか、泥水に浸かったような、明らかに訳ありの札束が大量に、寄付ということで役所に送りつけられたことがあったけど、だれも問題にしなかったもんな」

「泥じゃなくて血なの」

大量の人間の血である。池袋署が真っ当な感覚を持っていたなら放ってはおけない。愛媛県警に捜査協力を要請するか、人員を派遣するだろう。しかし浜口のいうようにその捜査を秘密にする必要はないわけで、そんな動きがあればポンコツ警察官の耳にも入るはずだ。

「もしかしたら、池袋署はもう調べたんじゃないかしら。森本賢次の事件の一環として」

浜口はひょいと美智子を見た。

「でも早々に行き詰まった。宇和島署が二十五年前に力でもみ消した事件だもの」

「確かに、警察が上層部からの命令で捜査打ち切りにした事件なら、少なくとも内部資料にはその事実は残されているはずだ。池袋署が調べればわかるな。二十五年前なら当時の責任者はもういないだろうし。だとすればだれに遠慮もいらないんだから」

浜口の言う通り、もしなんらかの事情で捜査打ち切りにしたとしたら、その事情は警察内部では認識しているはずだ。もしかして池袋署は、調べないのではなく、内部事情により調べることをやめたのではないのか。

「でも怖いことを考えるね、木部さんは。おれなんか、誰かが金もらって握りつぶす的なのを考えていたよ。二十五年前の事件が警察お墨付きのもみ消しだったとしたら、それ、金もらったもみ消しなんかよりずっと恐ろしいことだよ。それだけじゃない。それやられたら絶対に真相はわからない。それは犯罪ではなく判断だから」

一部の人間が金をもらって握りつぶした事件なら、死んだ小山田記者の部屋から、証拠になるものがすべて持ち去られていたり、なおかつそれを警察が「こそ泥の犯行だ」と一蹴したりはしない。地方紙が黙していることにしろ、隠蔽のやり方が組織的なのだ。

「十二年前の東都の記者の事故だけどね、あったよ。氏名は小山田兼人、二十六歳。七月十二日早朝、崖下途中に転落している車両があるとの通報があり、中で死亡が確認された。それがなかなかのエリートだよ。もともとは政治部記者。海外支局でも仕事をしている。とても四国の通信部にいるような経歴じゃないのよ」

そういうと、机の上にクリアファイルに挟んだ資料を置いた。

美智子は、浜口の顔を見つめた。

黙々と足で情報を稼ぐ者がいる。一方で、この浜口のように、見返りを期待するでもなく情報を提供して、それにより結局更なる新しい情報を得る者もいる。浜口には損得勘定がない。現にいまも、頼まれてもいないことを調べて、惜しげもなく教えてくれる。美智子は、今渡している以上のことは浜口には黙っておこうと思っていたのだ。しかし浜口があまりにあっけらかんと協力してくれるから、黙っていられなくなってしまった。

「中野の火事なんだけど、金があるとすれば、仙波昭が関わっている。中野が火事になったあと、別の大きな家にジュラルミンケースに詰まった札束が届くようになった。その時の出入りの人間の話では、『中野が使えなくなったから』」

浜口は息を止めて聞いている。

「その後の選挙で原発推進派の代議士が一人落選して、その秘書が事故死をし、県会議員が自殺している」

浜口はやっと口を開いた。

「聞いたことがある。そうだよ、それ、おれが駆け出しのころだ」

それからしばし考えて、それから「あれかぁ」と唸った。「あんなものがいまごろ——まるで亡霊だよ」

それから美智子に向き直った。

「でもそれ、県議が死んだり秘書が事故死したりしたのは事実だけど、みっちゃん、調べても確証は取れないと思うよ。あの時そうだったんだよ。自殺にしてもひき逃げ事故にしても、他殺の可能性は払拭されないまま。出口がないというか。手がかりが見つかったと思ったら、証人にしても証拠にしても、次にはそれが溶けてなくなっているというか。ほんと。『白い巨塔』って小説みたいにさ、我々一介の人間には触れられない領域があるんだなってあんとき思った」

それからはっとした。

「東都の記者、それを調べていたのか」

「たぶん」

浜口は呆然としている。多分、警察ぐるみの捜査打ち切りと隠蔽の可能性を考えているのだろう。美智子は言った。

「それで、小山田記者は事故死じゃなかったんじゃないかって東都があきらめきれずにいる」

「東都の亜川さんが立石の事件に首を突っ込んだのは、そのことと関係があるんだな」

美智子は頷いた。

「ピースの今井さんも、東都から情報をもらって書いたの。立石のパソコンを暴いたのは今井さんじゃない。東都の連中。矢部っていう記者の名前も出たからチームで動いている」

浜口は美智子を見つめた。

「――そうだろうな。なんたって白い巨塔なんだ。切り込む方だって一人じゃ無理なんだよ。当時の東都なら、権力闘争に明け暮れていたころだから、政治部記者ならチームで動いていただろう。でも亜川さんがなんでまたそこまで」

「原発のことを調べてみたらってアドバイスしたのが亜川さんで、事故の前夜に、スクープを摑んだって小山田記者から電話があった。その数時間後、事故で死亡したのよ」

浜口は一息置くと、切なそうな顔をした。

「みっちゃん。俺たちはそろそろ時代遅れなんだよ。でも、俺、そういうアナログな感情で動いていた俺たちの時代に、なんというのかな――ちゃんとした人間関係があるというのか。合理的の一言で片づけないというのかなぁ。十二年も前の話なんだよ。忘れたって誰も責めないんだよ。それをさぁ。俺たちの時代にはまだ、志っていうのがあって。損得じゃない。俺、なんて言えばいいのかわからないけど。かっこつけて煙草吸ってさ。女の子にモテたくて背伸びしていい車買ってさ。今みたいに合理的で無菌じゃなくてさ。そういう時代に生きたということにさぁ」

浜口は柄にもなく、口ごもった。

「誇りを持っているんだよ。すくなくとも俺はさぁ」

――いいのよ、おれ。餌になるのでいいんだ。十二年も前の後輩の死を、忘れることなく悼んでいる記者に、男気を感じたのさ――だから餌でもいいのさ。情熱のある所に触れたかったの。

そう、今井は言った。

十二年前の若い記者の死に、亜川のチームが執拗に食い下がっている。多分それは、いま浜口が言ったようなきれいで分かりやすい話ではないと思う。整理できるならとっくの昔にしていると思うからだ。若い記者の死という事実が身にねじ込まれ、もがいてもとれないというちょっとしたホラーだ。死んだ記者は時間とともに骨だけになり、その骨も砕けるのだけど、その死を身にねじ込まれた側は、砕けた骨が身のどこかにあたってきしむように疼くのだ。我が身の一部になり、取り出して楽になることは出来ない。

それを、人は悔いとか苦悩という。

スマホにメールが着信した。中川だと思ったが、通知の文字は「中」から始まっていなかった。桐野だ。彼の、生真面目で面白みのない顔が目に浮かんで、美智子はメールを開けた。

宛先は美智子のスマホとパソコンの両方になっていた。

――昨日はお寄りくださり、ありがとうございました。早速ですが、神崎芳江の戸籍がとれましたので、添付いたします。

美智子は身じろぎもせずに、その文面を見つめた。

添付ファイルを開けると、そこには入力された住所録が現れた。

南宇和郡内海村油池3―8
兵庫県尼崎市開明町3コーポ下芝205
兵庫県尼崎市開明町1六甲ハイツ203
兵庫県尼崎市神田北通4エルス307
兵庫県西宮市山口町下山口8
兵庫県西宮市山口町下山口16
兵庫県三田市富士が丘3―3アミル602
広島県広島市中区江波南5―8エリオ808
広島県広島市西区福島町2鳥羽ハイツ203

広島県広島市西区古江西町3西川ビル204
愛媛県大洲市平野町野田2—6

「なに」と浜口が聞いた。美智子は、その添付データから目を離すことが出来ずに、スマホを見つめたまま答えていた。

「神崎元春の妻の転居履歴。桐野弁護士が調べてくれたの」

「それがそんなに不思議なのかい?」

「どうして?」

「スクープ写真でも見つめているような顔をしているからさ」

一瞬言葉に詰まって、顔を上げた。

「あんまり転居が多いもので驚いたのよ」

浜口はふーんという顔をした。

「で、どうするのさ」

「自殺した神崎元春の妻、芳江っていうんだけど、彼女のことを調べてみようと思う」

浜口はぼんやりした。

「なんで」

「あの当時の内情を知っている人物がいるとすれば、彼女だと思うから。七歳の時の記憶は当てにならないし、九十七歳の証言も正しいとはいえない」

また、桐野の言葉を思い出した。——神崎元春の父親はまだご存命ですよね。

あれは指の間から砂が零れ落ちるように、するりと出た言葉だった。

「二十五年前の事件を本気で調べるのか」と浜口は言った。「いま自分で言ったろ、あるのは記憶だけ。頼りない、二十五年前の記憶だけさ。手応えのあるものが出てくると思っているの？」

――それから改めて「ね、一体なにを調べるのさ」と不思議そうに聞き直した。

浜口に、フロンティアにかかった電話のことを言ったらなんというだろう。

その人間の思惑に近付くのに的確で最短な方法があるものなら知りたい。求めるなら手に触れた所から伝い登っていくしか方法はない。

亜川に電話をした。

「桐野弁護士のこと、何かわかりましたか」

亜川は驚いたようだったが、すぐに話し出した。

「それがね、事務所を開いたのは三年前。その費用をたった二年半で完済していて。そんなに繁盛している風でもない。で、裏でもあるかとちょっと調べたんですが、なんのことはない、祖父が半年前に亡くなって、その遺産が入ったらしい。里は宝塚の方で。星野弁護士を覚えていますか？　彼がちょっと調べてくれましたよ」

星野弁護士――布袋《ほてい》のようななりをして、豪快に飲み食いする男だ。司法試験の苦労を昨日のように話した。ぼけても六法全書の文言をソラで言うだろうと言ったセリフが強烈だった。

「祖父が亡くなっても遺産は入らないでしょ？」

「それが子供のころに両親をあいついで亡くしていて、親が一人っ子だったもので、相続権は桐野さんと、おばあさんの二人。おばあさんは施設に入っていて、自分の相続分も孫の桐野真一に都合してやったらしい。で、全額返済。星野弁護士が東京の弁護士会の知り合いにもあたってくれたのですが、良い噂も悪い噂も聞かない。金に執着もないようです。見たまんまのボンボンですね」

それからちょっと口調を変えた。

「どうかしましたか？」

美智子は浜口のところでプリントアウトした、神崎芳江の附票を見つめた。

「なぜですか？」

「木部さんから電話があるなんて珍しいから」

引き続き、何かわかったら教えて欲しいと伝えると、承知しましたと亜川が応じた。

電話を切ると考えた。幼くして両親をあいついで亡くして、財産を総取りした、商売気のない弁護士。

美智子は、中川にメールを入れた。

『明日から取材に出ます。尼崎から広島方面です。詳細はあとで連絡します』

4

八重の言っていた「高橋」という男は高橋洋一《よういち》といい、当時二十二歳で、芳江が油池を出た二カ月後に家串を出たという。桐野の資料では、芳江がまず住んだのは尼崎だ。二人で神戸で暮らしたというのは、正確には尼崎なのだろう。

尼崎の駅前は自転車がずいぶん駐まっていた。阪神地区は、南に海、北に山が迫る、東西に細長い地形だ。山には古くからある高級住宅街、浜の方には後に開発された区画の狭い住宅街がある。駅から十五分ほど歩くと道は迷路のように細く入り組んだ。芳江が岬を出てすぐに住んだコーポ下芝は二階建てで、年金生活者の老人か、金のない学生が住むようなアパートだった。

彼女が息子とここに住んだのは二十五年前だ。だれか覚えているだろうか。

美智子は一軒一軒たずねた。ドアベルを鳴らして出てくる者のほとんどは高齢の男だった。

一人の男が二十五年前、芳江と息子、勇の隣に住んでいたと言った。

「若いおねぇちゃんやったな。子連れやし、そこへ若い男が転がり込んできてな」

うれしそうでもあるし、懐かしそうでもある。

「こんなつまらんとこ。おもろいことなんかなんもないんや。隣にきれいな子連れのねぇちゃんが越してくるなんて、盆と正月が一緒に来たみたいなんやから、よう覚えとるわ。挨拶の出来る奥さんでなぁ、わしらにもおはようございますっていうんやから。わし、あの甘ったるい、気持ちがもやもやっとする声をもう一回聞きたいわ」

その男の記憶では、若い男は芳江がきて二カ月後にやってきて、半年ほどいたが、出て行った。

「ようもてるねぇちゃんでな。午前中だけスーパーでパートしてたわ。わし、そのスーパーによう行った。制服のエプロン着て、レジ打っててんねん」

男が言うには、高橋洋一が出て行ったあと、芳江は再び若い男とつきあったようだ。「ここの壁、薄いねん」と笑った。

「若い兄ちゃん、二人ほど入れ代わったんやで。息子と三人で遊びにいくこともあったけど、息子がおる時は部屋に上げんかったな」

耳を壁につけて聞いていたのだろうかと考えると、恐ろしいような気もした。

コーポ下芝に住んだのは一年。次に住んだ六甲ハイツは、そこから歩いて五分の位置にある。その次に転居したエルスというマンションは、やや三宮寄りにある。美智子は尼崎の転居先を三軒回り、そこから西宮市まで移動したときには三時を回っていた。そこは賃貸マンションで、二十年以上前のことを知っている近隣者はいなかった。

西宮市山口町からは、新幹線が停車する新神戸駅まで小一時間でいく。ただ本数がすくなく、さびれた駅で電車を待った。

駅舎は山中に建っていて、その様子はどこかの大きな駅一式を移動させて来たようだ。そこにはそれを活気づけるだけの人はいない。すぐ背後は山で、古い工場や、派手なネオンのパチンコ店、広い駐車場を抱えた大型リサイクル店がぽつぽつとある。

新幹線に乗ると、雨が降り出した。

芳江親子が広島で借りていたエリオというマンションは、基本的には分譲マンションだった。入居者はあまり入れ替わらないということだ。そこに住んだのは一年弱だったが、芳江は下の階の住人と問題を起こしていた。

階下に居住する主婦は、美智子が身分を明かして取材の趣旨を伝えると、無表情に語りだした。入居して数カ月で若い男が出入りして、そのうちに住み込んだ。まだ中学生の息子がいるというのに、その神経に驚いた。その男が無教養で、苦情を言ったら怒鳴り込んできた——そう言い、芳江への嫌悪を隠さなかった。

「足音がうるさくて。あと、真夜中に洗濯機を回すんです。夜中の一時ですよ。それだけじゃないんです」エレベーターを降りる時にあとの人のために「開」を押さないとか、床においてある人の荷物をまたいで通ったとか、そんなことを夫人は話した。息子のことは「おとなしい子」としか言わなかった。すぐに芳江の話に戻るのだ。そして「上の奥さんには、当たり前の常識がなかったんです」と締めくくった。

芳江の家に出入りしていた若い男は、駅前にある寿司屋の職人ということだ。

その店を訪ねると、仕込み中の初老の主人が対応してくれた。若い男のことをアッシと呼び、奥から出てきた妻が住所を教えてくれた。

「多分まだそこに住んどるよ。うちを辞めたあとも暮れには歳暮を送ってくれてな。礼状を出すんやが、宛て先不明で戻ってきたことはないから」

　年上の女性とおつきあいをしていたとか――と美智子が聞くと、妻は苦笑した。

「別嬪というほどではなかったけど。でも後家さんやからね。別嬪やのうても男が寄ってくるの。アッシのアパートで、三人で暮らしてたんや。アッシのやつは、その後家さんが店を持たしてくれんかなって思っとったんよ。もともとうちの客で、うちの魚がうまい言うて、息子とよう食べにきてくれたのよ」

　芳江とつきあっていたアッシという広島の男は、現在四十七歳で芳江より一回り下だった。住んでいたのは古いアパートで、外付け階段はかんかんと靴音が響く。すぐ前の広場に車が並んでいた。ドアをノックすると男はとくに警戒するでもなくドアを開けた。美智子は神崎芳江のことを聞きたいと言ったが、事情を詮索する様子もなかった。

「古い話やな」

　そう言っただけだ。

「明るい、気のいい人だったよ。俺、結婚するからって言って、別れてもらいました。もう十五年も前の話やで。近くに住んでいたから、顔をあわすこともあったし。そのあと俺、結婚して、離婚して。そんなこんなで、会えば立ち話もしました。電球の交換と、テレビの配線で二回電話で呼びつけられたんやで。帰りにおかずを包んでくれたわ。それが、別れて三年目かな。もっと経っていたかな、突然やってきて」

　夏の暑い日に、アッパッパみたいなワンピースを一枚着た芳江が、アパートの下に立っていたのだという。

　――日傘をさして、手には箱を抱えていた。

　芳江ははにかんで笑っていて、なんかいいことがあったんだと、男は思った。

でもいいことなんかなくて、ただ「あたし、里に帰ることにした」と言った。

それから、芳江は箱を男に突き出した。

風呂敷できれいに包んだ箱だった。なんのことだかわからなかったが、言われるままに受け取ると、芳江はくるりと傘の柄を回して「じゃあ」。

そういうと、来た道を帰って行った。

むっちりした尻が一回だけふるっと揺れた。

箱は、お中元の売れ残りみたいなハムの詰め合わせだった——。

「びっくりしたけど、俺への挨拶のためにデパートの特売場に行って選んだのかなって思うとね。なんか憎めないんだよね」

そう言うと男は美智子を中に導き入れた。

キッチンには古いテーブルと古い椅子があり、小さな冷蔵庫と小さな流し台がある。高度成長期のころに流行った団地の形態だ。

「息子と血のつながりがないことは隠してなかったよ。夫とは死別だって本人は言ったけど、事件を起こして自殺したんだろ?」

前のマンションでも感じたことだが、こういう狭い空間で母親と知らない男の三人で暮らすのは、中学生の男子には苦痛だろう。男は椅子に座ると、タバコに火をつけた。

「はじめは俺がよしちゃんのマンションに転がり込んだの。そのあと、俺が下の階ともめて。もういいやって俺がマンションを出たの。そしたら結局二人ともこっちにきたんや」

エリオの下の階の女性の話と一致している。

「ここの日にやけた汚い畳を見て、よしちゃんはすごくうれしそうだった。あたしは南予の山猿やけん、こういうのがええんやって。あんな底意地の悪い夫婦と、エレベーターで顔合わすたびに挨拶せんなんのも癪に障るけん、あそこを出てせいせいしたってな。俺、挨拶なんかせんでええって言うたんやけど、それでは子供の教育に悪いってさぁ、真面目っていうか、間抜けっていうか、へんな女だった。息子は中学に入ったところでさ。いっちゃんいっちゃんって、大事にしていたよ。塾にも行かせて。この近所で塾に通ってたのは、あの子ぐらいやないか？　六時からで、夕飯が間に合わないんやけど、いっちゃん用ににぎり飯と玉子焼きを作ってた。砂糖がようけ入った甘い玉子焼きや」

　神崎芳江が元春の息子を大事にしていたというのが予想外だった。そういえば尼崎でも、隣の男は「息子がいるときは男を部屋に上げなかった」と言っていた。

　芳江が近場で転居を繰り返したのは、もしかしたら、勇を転校させないためだったのかもしれないと、ふと思った。

「一度聞いたのは、いっちゃんのじいちゃんがちゃんとした人やけん、恥ずかしいことにしたらいかんってな。どんなふうにちゃんとした人なんやって聞いたのよ。よしちゃんは昔のことはしゃべらんのやけん、珍しいから。そしたら、よく勉強して、村でも優秀で、漁師の小倅やなかったら大学にもいっとったかもしれんって、珍しく自慢しよった」

　安治のことだ。

　美智子は、痩せた身体で、土の精か山の精のように歩く安治の姿を思い出した。

　しかし芳江は、岬と神崎の家を振り捨てて、出て行ったのではなかったのか。懸命に子供を育てたのが、「恥ずかしいことにしたらいかん」からだというのはどういうことだろう。

「息子は素直な子やったよ。母親の男癖が悪いんで、それは嫌がっていたけど、だからって大して反抗もせずにね。東京の大学に行ったんや。よしちゃんと別れたころは高校生だったけど、大学はちゃんとした私立に行ったらしい。合格したあと、報告に来てくれて。男好きの母親でしょう、ほかに頼りになる大人もおらんやろうから、困ったことがあったら連絡しろって言ったけど、連絡はないからまあそれなりにやっているんだろうな。その時に、母親は元気かって聞いたら、うんって言ったから。よしちゃんも元気なんでしょ」

東京の私立大学だと、生活費も含めるとかなりの仕送りになる。前に住んでいたマンションといい、塾といい、費用はそれなりに大きい。

しかし男は、金については困ったことはなかったと言った。

「金は死んだ旦那の保険金が毎月振り込まれるって言ってた。俺、実は店を出したかったんだよ、寿司屋を。それで金貸してくれって言ったけど、息子の学費を計算して、金は出してくれなかったね。脇の甘い女だからチョロイと思っていたんだけど当てがはずれたよ」

息子が父親のことを話すことはなかったそうだ。

「子供ながらに気を遣っていたんやないかな。海のきれいな所に住んでいたって言ったな。俺、もしかしたらいっちゃんは、父親が死んだことがいまいちわかってないんやないかと思ったね。――とりあえずおとなしくしていないといけないと思っているというのかな。借りてきた猫みたいやった。とにかく親も子も、昔の話を一切せんのやもん」

男は、芳江は昔のことを話そうとはしなかったと言った。

「にこってするだけで、はぐらかしていた。なんにも話さんの。秘密って笑うだけ」

勇の父親が事件を起こして自殺したという話も、芳江自身から聞いたのではなかった。

「愛媛県に大洲ってとこがあって、若い時に働いていたんだって、『あけみ』ってスナックに連れていかれたことがある。結婚前のことはしゃべりよるんよ。ママと懐かしそうに話していたんだけど、そこのママが、旦那が事件を起こして自殺したんだって俺に言ったんだ」

芳江はなぜこんなに転居を繰り返したのかと聞くと、男は「さぁ」と考える素振りになった。

それからそういえば――と思い出した。

「夜中に、飛び起きよるんよ。ごめんやでってうなされるん。そいで俺、どげな悪さをしたんかって聞いたことがあるくらい。人でも殺して来たんかって聞いたことがある」

「――芳江さんはなんて答えましたか」

男はじっと美智子を見た。

「なんも。俺も冗談に聞こえるようにいうたのに、なんや聞いた俺が気味悪かった。脂汗かいた顔でじっと俺の顔を見てな」――男はその様子を目の中に見ているようだった。

「――それから立ち上がって、台所に水を飲みにいったんや」


大洲は、伊予の小京都と呼ばれた城下町だ。いまでは人口減少に悩む町で、地方はどこも同じ、どことなくさびれて見える。

大洲のスナック「あけみ」は、路地の奥にあった。

ドアを開けると、厚化粧をした年寄りの女が、驚いたように振り返った。

ママは七十九歳で、その年齢を売りにしていた。「年寄りの女に客なんかつかないと思っているやろ。それは間違い。家賃ぐらいは出るの」そう、甲高い声で笑った。

壁には、カレーと焼きそばの値段が貼ってある。常連が時々腹をすかせて来るので、レトルトカレーと、インスタント焼きそばを常備しているのだと言った。

「野菜は、乾燥野菜。肉は魚肉ソーセージ。いつ注文されるかわからへんのに、生のキャベツなんか用意できるかいな」

ママは人懐こく開けっ広げだった。そして神崎元春の妻・芳江のことをよく覚えていた。

「行き遅れて結婚なんか出来ると思ってなかった。それがあの元春さんが引き取ってくれてさ。

神崎さんはよく飲みに来たの。口数の少ない男でさ。家が、同じ満州帰りでさ。ぽつぽつと、二人でさ。そんな話をしたわけさ」

そういうと煙草に火をつけた。

「神崎さんが芳江さんとですか？」

「なんで芳江なもんかい、年を考えなはい」そういうと、ママは大げさに手を振って否定してみせた。「あたしよ、あたし。あたしと神崎さんが満州の話をしたの」

それから美智子の顔を少し眺めて「あんた、昼、食べたかい？」そう言うと、もうフライパンを取り出していた。

暇をもてあましていたのだろう。美智子の訪問を珍しがっているようでもある。焼きそばを作りながら話し始めた。

ママは美智子に、話は長いよと脅したが、長くはなかった。ママが満州から帰ったのはまだ三歳の時で、記憶なんかなかったからだ。神崎元春も、終戦の年に生まれたということで、直接の記憶はない。それでも二人でいると話が尽きなかったという。

「あんたは知らないだろうけど、着の身着のまま帰ったあと、里には耕地はないし家もないし。元春さんと話したのは、その、戦後の苦労たい。あたしはもともとが九州。九州は、満州にたくさん送られて、まあ、ほんと」

帰ったあと、食べるものもない。戦後開拓と言って、行き場のない引揚者は国内の荒れ地に投入された。

「なんとか満州から生きて帰ったというのに、結局内地入植で、父親は食いもんがなくて栄養失調で死んだ。満州帰りって後ろ指さされてさ。学校でものがなくなったら、満州帰りがやったんだって言われてさ。畑の野菜が盗まれてもいの一番に疑われるのさ。そりゃ、悔しかったよ。そうしたら、元春の親は、引き揚げたあと、愛媛から乳飲み子の元春を抱えて九州に入植していたって話でさ。背中に元春をくくりつけて仕事して、そんなんだから、流産したり生まれた赤ん坊も死んだりしたって。それがあんた、愛媛に戻ったあと真珠があたって。いい車に乗って来るんだもの。あたしの親は栄養失調で死んだから、人の運命はそれぞれなんだねぇってあたしは言ったの。それで、親を大事にしなってね。あたしなんか、大事にしたくてもいないんだから。元春も、母親は早く亡くなっていたね。そうこうするうち、うちに勤めていた芳江と結婚するってさ、びっくりしたけど、芳江は働き者だったからね。このあたりの貧乏人の子は、みな働き者なのさ」

二十一世紀に入って満州帰りという言葉を聞くとは思ってもみなかった。しかし大洲の町には、そういうものが古い新聞紙の切れ端のように、あちこちに吹き溜まっているような気がする——大洲の古さはそういう古さだ。単に古いとかさびれているのではなく、ここがまだ過去にあるような気がする。岡山から乗った列車は、前方に山を見ながら自然林の緑をかき分けかき分け、ただひたすら山の中を走り続けた。あれはもしかしたら時空を渡る鉄道で、その先にあるこの町々は、美智子が暮らす時間や空間とずれているのではないか。満州ということばがサラリと出るのを聞いて、そんな気さえした。

「神崎さんの家はまだまし。あたしらは分村いうて、やっかい払いされたんやから。それは畑が足らんから食い扶持減らしに満州へ出て行けってことやから。それが帰って来たんやから。苦労したなって言うてもろたのはずっとあとのこと。食い詰めの貧乏人が一旗揚げようと行ったんやから、自業自得って言われたものや」

美智子は分村という言葉を書き留めた。ママはそれを珍しそうに覗き込んだ。

「元春さんが自殺した当時のこと、なにか御存知ないですか」

するとママは暗い顔になり、首を振った。

「もうあのころは、うちにくる余裕なんかなかった」

「芳江さんが浮気をしていたという話なんですが」

ママは顔を曇らせた。

「悪い子やない。働き者なんも事実や。そやけどなんというか。結婚してまだ三年ぐらいやったんや。きままな夜の生活やった子が、知らん家族の中に入って、早ように起きて、ご飯作って掃除して、祖父さんから子供までおるから、献立も大変やって、笑ろとったんよ。ほんとは借金漬けで、息が詰まっとったんと違うやろか」

ママは焼きそばのあとに残った乾燥野菜を箸で突ついた。

「お嬢ちゃんは知らないだろうけど、このあたりの真珠がダメになったときの衝撃は、そりゃもう。潰れるものは潰れるだけ。誰も助けてはくれんの。そもそもがものを知らん漁師なんや。みかんを作る。イワシを獲る。それと同じように真珠を養殖した。でも、真珠は金がかかる。それがわかってなかった。借金てもんがどういうものかをさ。九州でも、真珠がうまいことといってるときは金が湧いて来た。嫁に出した娘にものを送るたび、箱の底に百万円を入れたんや。道から村中の女が消えた。みな、作業場に働きに行くんや。貝の中に小さな玉を入れるのは女たちの手仕事なんだから。中学生まで根こそぎや」

ママは棚に並んだ焼酎の瓶の中から一本を持ってくると、グラスを二つ置き、氷の上に注いだ。マドラーでかき混ぜると、氷がカラリと高い音を出し、見る間に焼酎に氷が解けだして、濃度の違う液流が小さく渦を巻いた。それを見つめてつぶやいた。

「元春の家は大丈夫なはずやったんや——」

そのときドアが開き、男が三人、大声でしゃべりながらなだれ込んできた。狭い店内がいっぺんにいっぱいになり、ママの注意は男たちに向けられた。

大洲の商店街は、地方の商店街の例に漏れず半分が廃業している。靴屋、布団屋、おもちゃ屋、雑貨屋、精肉店、青果店、鮮魚店、和菓子屋などが開いていたが、人はいない。道幅が広くて、日が差し、明るくて開放的だった。それでかえって、閑散としているのが目立つのだった。

その中で惣菜店の前だけ人の出入りがある。

惣菜屋は、ガラスケースを置き、その前に、ラップで包装した惣菜を並べてある。赤い文字で値段を書いた薄い木札が立っていて、道行く人が足を止めると、中から白いエプロンをかけた女が顔を出す。ふたこと三言言葉を交わすと、客から惣菜を受け取り、手ぎわよく新聞紙に包んで、金と引き換えに渡すのだ。その動きがリズミカルでかいがいしく表情も明るくて、客の滞在時間は短いのだが、惣菜屋の前だけ活気がある。

美智子は客が切れるのを待って、店に近づいた。

並んだ惣菜は、量が多くて種類も豊富だった。

「ホテルのお客さん?」

女が屈託なく声をかけてきた。

商店街の正面にはホテルがそびえている。駅前にある中核ホテルだ。美智子が地元の人間でないのはひと目でわかるのだろう。そしてそこのホテルに泊まる客が酒のツマミなんかで惣菜を買っていくこともよくあるのだろう。美智子はタコの天ぷらを手にとった。

「ええ。あそこのホテルに宿泊しています」と美智子は、すぐそこに建つホテルを指さした。そして選んだ商品を渡しながら聞いた。

「神崎芳江さんですね」

女はびっくりしたが、美智子を警戒する様子はない。——いや、警戒する暇もなかったのかもしれない。プラスチック容器を新聞で包みながら、顔だけ美智子に上げて、ほぼ反射的に「はい」と答えが返ってきた。

美智子は代金と一緒に名刺を差し出した。『フロンティア記者　木部美智子』と書かれた名刺だ。

「東京から来ました。亡くなった神崎元春さんのことで少しお話を聞かせていただけないですか」

神崎芳江はぽかんと口を開けたまま、商品を包む手をピタリと止めていた。

午後の日が差し込んで、車の通行音が静かに聞こえるだけだ。遠くから障害者用の信号のメロディーが聞こえてきた。芳江の無造作に束ねた髪が額にハラリと落ちて、まるで静止画を見ているようだった。

店が終わったあと、芳江は約束通り、ホテルの喫茶室に現れた。

昼間とは打って変わって、青ざめていた。それでも来るのだから、誠実といえるだろう。

神崎芳江は水商売をしていただけのことはある、かわいらしい顔だちの、表情の無邪気な女だった。人におもねるわけではないが、子猫の持つ愛嬌のようなものを持ち合わせていた。健気で、芯が強く、そしてどこか情動的な危うさがある。警戒して美智子を睨んでいるのだが、その視線にさえどこか気持ちをくすぐるものがあるような気がする。

真夏のある日、日傘をさして、売れ残りのハムの詰め合わせを持って挨拶に来たという芳江の、色気と素朴さが混在するエピソードが、違和感なく腹に収まる。借金に追われた夫を尻目に近所の若い男と関係を持っても、それはそれと言わせそうな女だった。

二十五年前の火事のことを調べていると切り出した。神崎元春が自死したのは不幸なことだと続けた。ついては、気になることがあり、調べていると告げた。どこまで話すかは極めて微妙なさじ加減が必要で、相手を警戒させたり不快にしたら証言は引っ込んでしまう。悪夢にうなされて飛び起きるという彼女には、何か地雷があるのは確かだが、それがどこにあるのか美智子にはあまりに情報がなかった。

美智子の説明を、芳江はまっすぐに美智子を見つめたまま聞いていた。目つきから、挑むような獰猛さは消えて、知らない道を聞かれたような困惑だけが残っている。

「勇さんはお元気ですか？」

「はい。東京で働いています」

もう三十二歳になるはずだ。

「いまでも連絡を？」

「連絡はそんなにはないですが、最近はときどき戻ってきてくれて、一緒にご飯を食べます」

おっとりとした口調は、長年の客商売で身につけたものかもしれない。

「その息子さんが、あの火事の夜、お父さんの元春さんの金の工面がついたと、近所の人に言ったんです」

美智子はその瞬間、彼女の顔からすっと血の気が引くのを見た。

「だれがそんなことを言うとるんですか」

その口調は、さっきとは打って変わって気色ばんでいる。

「元春さんの幼なじみの女性です」

すると芳江は「ああ」と、つぶやいた。「――ヤエばあちゃん」

「火事が起きた日の夜、釣り竿を肩にかけた元春さんを見ていて、そのときに、願掛けの禁酒を解いて父ちゃんは酒を飲んで機嫌がいいと、一緒にいた勇さんから聞いたんです」

「そしたらなんでその話を警察に言わんかったんかね」

その口調は怒りとも苛立ちとも取れる強いもので、その一瞬空気が凍りつくようだった。美智子はひるまず続けた。

「だけど、身に覚えがあるから自殺なさったんですよね」

「記者さん」と、芳江は高ぶった、そのままの口調で言った。

「わたしは、ええ嫁ではありませんでした。元春さんは優しい働き者やった。元春さんのお父さんの安治じいさんは元春さんに輪をかけた働き者で、優しいおじいでした。わたしは家事は苦手で、なんにもできんけん、力仕事はよう手伝いました。トロ箱を運ぶんです。ほんとに二人とも、働き者でした。それでもどうにもならんこともある。こんなによう働くのに、なんでこんなことになるんやって」そして芳江は言葉を切って、うつむいた。

「賢いおじいさんだそうですね」

芳江ははっとして顔を上げると、美智子を見つめた。そして少し落ち着きを取り戻した。

芳江には、安治と元春は心のよりどころなのだ――。

美智子は、彼女が転居を繰り返したのは罪悪感からではないかと思う。古くて小さな部屋を喜び、日にやけた畳を懐かしんだ。それは、小さな岬に嫌気がさして逃げ出した者の感情ではない。大洲に帰るとき、日傘をさして男に挨拶に行った。男の話すその時の芳江の様子には、解放感と幸せがあると美智子は思う。だから芳江は、尼崎や広島の生活を楽しんではいなかったと思う。

芳江は、母として、妻として、勇を岬から連れ出したのだ。

そして勇が手を離れたとき、この地に戻ってきた。

しかし――だとすれば芳江の生活費は、どこから工面したものなのか。アツシという男は、死んだ夫の生命保険金を受け取っていたと言っていたが、そもそも生命保険に入っていたなら、それを解約すれば、ある程度の金になる。元春は泣いて頭を下げることはなかっただろう。だから生命保険というのは芳江の作り話だと美智子は思う。

芳江は話し続けていた。

「ヤエばあさんは、元春の死んだ嫁さんと仲良しで。それでいっちゃんも、ヤエばあさんにはようなついておって。わたしより、ヤエばあさんになついていたかもしれん。わたしのおらん時に、風呂もらいに行ったり、饅頭を作ってもろたりしていました」

そのぽつぽつとした話しぶりに、神崎芳江には何か話したいことがあるのだと思う。だからやってきた。その何かを遠巻きにしながら、踏み切れないでいる。

美智子はそのとき、唐突に「どっちに転んでも仕方がない」という、八重の父親の言葉を思い出した。

「ヤエさんが警察に言っていたら、事態は変わったんでしょうか」

すると芳江は、何かに吸い込まれるように一瞬、黙り込んだ。

「変わらんですよ。酒は飲みたかったから飲んだだけだと言われるだけです」

それは吐き捨てるようでもある。

「神崎の家は中野から、特別扱いを受けていたと聞きました。それが事件と関係があるんですか」

芳江がぐっと息を飲んだ。

「神崎はそれで陰口をきかれました。神崎には金を貸してくれる。それで元春のことを、本当は与一のタネやとまで言われました。そんな話は安治じいさんの耳にも入っていました。わたしには、本当のところ二人の関係はわかりません。あんたはなにをしにここにきたのですか」

神崎芳江は何かの真実を知っている。そして話したいという衝動にかられている。——多分ずっと抱えていた思いだ。話してはいけないと刷り込まれた者の、それから解放されたいという願望だ。

「事件はもう二十五年も前のことで、だからいまさら誰にも迷惑はかからない。知っていることを聞かせて下さい。元春さんは、あの日、中野守男と海洋学者の二人を殺害したのですか」

「わたしはその日――」

芳江はぐっと言葉を飲み込んだ。そして絞り出した。

「家にはおらんかったんです。帰ったのはもう朝方でした」

「いなかった――」

「火事を見たのは向かいの湾の、家串からです。窓から見える空が真っ赤になって」

美智子は気がついた。彼女は若い男に会うために、家を空けていたんだ。彼女の脳裏に焼きついているのは、家串の若い男の家で見た、空の焼ける風景だ。彼女は、神崎の家の運命を変えたその日のことを知らない。

「ご主人の元春さんは、お金の工面には苦労されていたんでしょうね」

芳江は打ちのめされたようにうつむいたままだ。

「入れられるものはすべて抵当に入れました。学資保険は最後まで持っていました。元春は、できることなら中野と縁を切りたかった。村で陰口をきかれるのに疲れていました。中野は、守男さんに代替わりしたといっても、実権はまだまだ与一じいさんでした。そうは言っても、じきに本当に代替わりする。守男さんがもう神崎に金を貸すなというのは、筋の通った話です。そいでも守男さんは、与一さんが金を渡すのをずっと見て見ぬ振りをしました。いつまでも中野のそんな情にすがっては続かん。それは元春もわかっていた。だけど、人間、死なんならんかもしれなくなったら、背に腹は替えられません。元春は、父親と息子とあたしの三人を背負っていた。沈む泥船には、誰も関わり合いになりとうないんです」

「それで借りに行って、断られたんですね」

芳江は黙った。感情の消えた顔をしていた。いま、あの日々の真っ只中に戻ったように。

「それで学資保険は」

「解約しましたよ。そんな金、焼け石に水です。そやけど、律儀な人らでしたから、手に金にぎったまま、金貸してくれとはいえん。あたしらは、やれることはやったんです」

――やっぱり生命保険金なんかなかったんだ。

芳江は放心したように続けた。

「当時、中野の家は息子さんの嫁さんがつい一カ月前に亡くなって、それやこれやで本当は神崎の金のことなんかどうでもよかったんやと思う。あれきり――」芳江はぷつんと言葉を切る。

「中野の家は、守男さんが死んで、与一さんが死んで。いまは分家が預かっています。あれほど血の大事な家やったのに」

それから呟いた。

「――因果なことや」

魂がぬけたようだった。――あれきりって、なんのことだろう。血の大事な家だったのに、あれきり分家に引き継がれたということなのだろうか。気にはなったが、美智子には聞くべきもっと大事なことがあった。

「元春さんはなぜ、自殺したのでしょうか」

答えが聞けるとは思っていない。美智子はもう一度芳江の感情をかき回したかった。

腹を立てさせて、慰めて、もう一度腹の立つようなことを言い、そうやって感情をかき混ぜるうち、抱えていたもの、言うまいと抱えていたことが腹の底から泡のように沸き上がる。押さえ込んでいる恨みや怒りが喉の奥から飛び出してくる。腹の底の泡は、死者の体内にたまる腐敗ガスと同じで、一度沸き上がると押し戻すことはできない。残酷ではある。が、そうやって彼女から聞き出すしか、いまはもう真実の壺の中に手を突っ込む手段がないのだ。

しかし芳江はじっとうつむいたままだった。

それは不思議なことだった。

——元春のことを、本当は与一じいさんのタネやとまで言われました。元春は、できることなら中野と縁を切りたかった。村で陰口をきかれるのに疲れていました——。

両家には積もり積もったわだかまりがあるはずではないか。

「もう二十五年も前の話なんですよ」

芳江はそれでも黙っていた。子供のような意地を含んだ頑固さでもある。美智子は質問を変えた。

「安治さんはどんな人でしたか」

芳江はそのとき、吐き捨てるように言った。

「あんたたちにはわからんですよ。あの事件は終わっています。いまさらなんの不満があるんですか」

突破口が開いた気がした。

「血のついた五千円札が大量に発見されたというニュースを御存知ですか」

芳江がふわりと顔を上げた。それは、なんの話が始まるのだろうという素直な反応だった。

その反応は予想外のものだった。それは、芳江が二十五年前の火災と、発見された二百万円にのぼる血のついた札との間に、思うものがないということだからだ。

「その金は、二十五年前の八月七日の昼前、九州に渡る船の中で盗まれた紙袋に入っていたものなんです。その十二時間ほど前に中野家で殺人放火事件が起こっています。船の中で金を盗んだ男は殺害されました。あの金はなんの事件に遭遇したのか。わたしは二つの事件の関連を調べて、ここまでたどりついたんです」

芳江はびくりとした。そして美智子を見つめた。

美智子は、自分の言葉の何が芳江に響いたのかわからなかった。

芳江はぼんやりと美智子を見た。美智子の瞳の向こう側に何かを見ようとしているようだ。それから「金?」と聞き返した。

「あの事件に、金が?」

「そうです。あの火事に、多額の金が絡んでいたと聞いたことはありませんか」

「ほんまにあそこに金があったんですか?」

芳江はそう聞き返した。その顔は思い詰めて、今にも泣きだしそうだ。

それから芳江は美智子から視線を外すと、息を整えた。目はどこか彼方を見つめている。

「なぜ与一さんは、神崎の家に金を渡し続けたのですか? 進藤八重さんは、神崎安治さんを満州へ連れて行った罪滅ぼしだと言いましたが、それがその後五十年も続くものでしょうか。他になにか事情があったのではないかと思うのです。何か聞いていませんか?」

芳江はそれには答えなかった。コーヒーカップを摑むと、まるでコップの底に残っていた酒でも飲み干すように冷めたコーヒーを喉に流し込んだ。それからのろりと立ち上がると、身体を引きずるようにして喫茶室を出て行った。

美智子は人気のないホテルの喫茶室にひとり取り残された。心を鬼にして懸命に仕掛けたのに、何一つ得られなかったという敗北感があった。芳江が身の内に抱えたものの強さにたじろぎもした。その強さを以て彼女が腹に抱え守っているものはなんなのだろうか。美智子は、昼間の、明るく軽やかな彼女を思い出すのだ。

身のうちにどうしようもない苦悩を抱えた人は一見明るい。それはたぶん、自分のつらさと向き合っていつも自分を鼓舞しているからだ。がんばれ、負けるなと自分を励まし続けている。

芳江は、神崎元春が自殺したあと不倫相手と示し合わせて岬をあとにした。真鍋がきけば、

「ただの尻軽女じゃないか」と言うだろう。でも彼女が本当に「ただの尻軽女」なら、子供なんか連れていかなかったはずだと美智子は思う。どんなに意地悪をされても、「子供の教育のために」、エレベーターで会うと挨拶をして、それが耐えられなくてマンションを出ていった神崎芳江。どこから考えても合理的でなく、矛盾と矛盾がからまり合ったまま突き進んでいる。

夏の暑い日に、三年も前に別れた男のところに、デパートの売れ残りのハムの詰め合わせを持って、別れの挨拶に来た神崎芳江は、アッパッパを着ていたという。「今日は暑いから」と、簡易な服装で出かけたのだろうが、どれ一つ取ってもなにかしらちぐはぐだ。合理的でないのだ。彼女にあるのは、情と本音だと思う。

――彼女の生活費は一体どこから出たものなんだろう。神崎の家にはもう何も残っていなかったはずだというのに。

ぼんやりとうちひしがれて、会計を済ませて部屋に上がるエレベーターに乗った。出張中のサラリーマンだろう、酔った中年の男が走り込んできて、美智子に気づくとあわてて端に寄った。人気のない廊下を部屋まで戻った。ベッドには、漂白剤の匂いがしそうなほど殺菌されたペラペラの白いシーツがかけてあり、向かいには縁取りの分厚い十九インチのテレビがある。よく知っている殺風景なビジネスホテルの一室で、いわば自分のテリトリーであるはずだった。でもテレビをつけてみても鬱々としたものがベールのように巻きついて離れない。ベッドに大の字に倒れ込んでみた。シーツはひんやりとして気持ちいい。それでもなんら気が晴れない。

――ほんまにあそこに金があったんですか？

美智子は山の中を突き進んだ電車を思う。どんどんと突き進んでいくが、景色はまるで変わらない。あとからあとから山が湧いてくるだけ。

十九インチの古いテレビではＢＳで古いドキュメンタリーが流れていた。キューバ危機と戦後政治におけるアメリカ大統領の決断について、西洋人の学者らしき人物が画面の右側に置かれた椅子にゆったりと腰かけて解説していた。西洋人は本当に、リラックスしてカメラに対峙する。国民性の違いだろうか文化の違いだろうか——俺はすべてを知っているんだよと暗示をかけてくる。あんたたちは知らないだろうが、俺のいうことが正しいんだよ——古い映像と訳知り顔の学者や評論家の顔が交互に現れる。美智子はくるくると場面転換するテレビの画像をぼんやり見ていた。

フロントからの電話が鳴ったのは、深夜二時のことだ。

神崎芳江という女性が面会を求めていると告げられた。

再び人気のない廊下を渡り、エレベーターに乗る。フロントに芳江が立っていた。

ひどくさっぱりとした表情だった。ホテルの玄関前にはタクシーが一台、ハザードを点滅させながら停まっていた。

芳江は小さな紙袋を差し出した。

中には油紙に丁寧にくるまれたノートが入っていた。

古いノートだ。角は朽ちて、油がしみたような古い染みがいくつかある。

「安治じいさんの満州の日記です。亡くなった信子《のぶこ》ばあさんの着物の間に挟んでありました。多分、ばあさんが入れたんでしょう。日本が戦争に負けてから、中野与一さんを探し回ったことが書いてあります。あほみたいに真面目なだけの日記です」

そういうと、美智子の言葉も待たずに芳江は踵を返した。

ノートには硬くて小さい字が、鉛筆でぎっちりと書き込まれていた。その様は地面を埋めつくす小石のようだ。冒頭に「一九四五年　奉天《ほうてん》」とある。文字の筆圧のせいだろう、一枚一枚が膨らんで、ノートは一旦濡れたあと乾いた新聞紙を重ねたように厚みをもっていた。

奉天――満州の日記。

遠くでバタンと音がして、顔を上げると、さっきまでハザードを点滅させていたタクシーが、ゆっくりと出て行った。

美智子はノートを抱えて部屋へと上がった。

部屋に入ると、ベッドの端に腰掛け、読書灯をつけた。

日記は、ところどころ日付が抜けているところもあるようだった。安治が日記の書き出しに書いた奉天とは、現在の瀋陽《しんよう》だ。

終戦を迎えて関東軍が南方へと後退したあと、満州では、日本に帰るには南下して、当時のコロ島から船に乗るしか方法がなくなっていた。巨大な大陸に対して、移動手段は南満州鉄道しかない。大陸は進軍してきたソ連軍と、敵対する共産党軍と国民党軍の三者が入れ代わり立ち代わり占領した――初めのページにある「八路軍《はちろ》」は、当時農民たちを味方にした中国共産党の軍隊だ。そんな中で、頼みの綱の満鉄も日本の管轄から離れていた。八月十五日の時点で大陸に残った日本人たちは、唯一船が出る南まで、歩いて移動するしかなかった。国境の北の端に入植していた開拓民たちは、南へと一斉に移動を始めた。日本人たちの記録に残っている地名は、満鉄周辺の都市、もしくは満鉄の駅名だ。広大な満州は、山野のある砂漠のようなもので、満鉄の線路なしには、どこにいるのかもわからなかっただろう。

引き揚げ時の記録や証言によく出てくる地名はほとんどが当時の南満州鉄道の駅名で、北の端、ジャムスから、方正《ほうまさ》、ハルビン、新京《しんきょう》、撫順《ぶじゅん》、通化《つうか》、奉天と並んでいた。

美智子は、息を詰めて読んだ。初めは地名をメモして調べ、地図を作りながら読んだが、途中からそれもやめていた。

ノートから、過去からの手が伸びてきて、美智子の顔面をがっちりとつかんでいるようだった。

第三章

1

一九四五年　奉天

八月十六日

昨日まで人間爆弾になる練習をしていた。壕に身をひそめ、敵戦車が近づいたら爆弾を抱えて体当たりして、戦車を爆破するのだ。無駄死にではみっともないし、爆薬がもったいないので、毎日練習をしていた。目視にて敵戦車が二十メートルまで近づいたら、飛び出して体当たり。それを繰り返す。敵はたぶんソ連だが、もしかしたら八路軍かもしれない。昨日から今朝までに人間爆弾になる予定だった。ところが昨夜、市内から火の手が上がった。最近ではどこで誰と誰がやり合っているのかまるでわからない。満州国軍が反乱を起こしたり、匪賊《ひぞく》と言われた反乱軍があちこちで戦闘まがいのことをしたりと、関東軍が兵力を南方に移してから、なんでもありの状況だった。

そして今日、落ちていた中国語の壁新聞で敗戦を知った。「日本が無条件降伏をし、十五日正午、天皇の大詔《たいしょう》がラジオで放送された」と書いてあった。

もしかして命拾いをしたのだろうか。

八月十九日
ソ連軍より武装解除を受けるという話だ。営門には日本兵ではなく、ソ連兵が銃を持って立つことになる。日本兵は丸腰になり、殴られても殺されても、どうにもならないということだ。日本兵はシベリアに送られると噂が流れた。すると早朝に、小隊長から内々の達しがあった。「十五日に日本は降伏した。明日二十日にソ連軍が関東軍の武装解除をするので、この部隊は明朝解散する。階級章、奉公袋、襟章などは夜のうちに処分すること。明朝六時に汽車が来るから、背嚢《はいのう》に二日分の食料を詰めて帰宅せよ。途中、中国人に対しては絶対に抵抗しないように」と言われた。

みな、港のある、南のコロ島に向かうと言った。北の開拓団に戻るというと驚かれた。ここへは一カ月前に召集されたばかりだ。青々とした麦の穂も、よく実ったじゃがいもの葉も、見渡す限りの長い長い畑の畝も恋しい。部隊が解散したら開拓団に戻ると決めていた。

北へと向かう線路わきには、黒いものが、大きな犬の糞みたいに点々と転がっていた。それが全部人間の死体だった。死体は裸で、ほとんどが野犬に食われていた。途中満州人部落を見つけたので、着ていた軍服と満人の服一式を交換した。靴はサイズが合わずに交換できなかった。ソ連兵は日本人だけでなく満州人からも略奪したし、満州人は日本兵が丸腰で無力なことも知っている。だから満人は、相手が日本兵でも損をしないなら気にしない。開拓団にいたとき日雇いの現地人に接していたから、満州語でも中国語でも簡単な話なら出来る。服を着替えて麦わら帽子をかぶると、よく似合うと満人が笑った。手荷物を布切れに包んで腰にぶら下げた。

どこへいくのだと聞かれたので、北だと答えた。すると、北はやめろと首を振られた。黒河《こくが》省に仲間がいると言うと、年寄りの満人の農夫は、気の毒そうな顔をして水筒に水を入れてくれた。そして、「南にいく列車はカラ。でも北に行く列車は物と人でいっぱい。いまなら旅順《りょじゅん》から日本に帰る船に乗れる。北には殺し合いがあるだけ」と言った。

八月二十日

昨日の満人が言った意味が今朝わかった。ソ連兵は、強奪したあらゆる物と人を列車に積み込んで、シベリアへと輸送していた。戦車、野砲、みたこともない大型のトラック、線路のレール、枕木、銅像――なにもかも山盛りに積んだ列車が北へとつき進んでいた。

駅に潜んで、北に向かう列車にもぐり込もうと思ったが、列車は、北満には停車せず、シベリアまで走ってしまうんだと気がついた。

別の方法でハルビンを目指すことにする。

満州北東部の三江省《さんこう》とその西の北安省《ほくあん》あたりには、開拓団が多く入った。都市部の日本人が、奥地とか北部開拓団とか言うのは、そのあたりのことだ。東部奥地ではハルビン北東のジャムスが満鉄の一番端の駅だった。

あのあたりは肥沃な河のほとりで、優良な耕作地だ。漢族、満州族の原住民がいて日本人を敵視していた。でも愛媛村がある北部は手つかずの、本当の広野だ。入ったときは広い野っ原に二棟の建物が突っ立っていただけだった。そこに倉庫を建て、醸造所を建てた。森林まで泊まり掛けで薪を取りに行き、野菜の栽培をした。あたりは狼の巣で、夜には狼が遠吠えした。

日本が負けたなら、恐ろしいのはソ連軍ではない。自分たちが追い出した原住民だ。

新聞を拾った前日、八月十五日、奉天の市内の公園で膨大な数の民衆を見た。

彼らは手に中国の赤い旗を持って塀の上に立ち、道を行く日本兵を見下ろして、喚声を上げて旗を打ち鳴らしていた。膨大な人々が動く影絵のように見えた。

公園には日本人武将の像が立っていた。馬に乗り、刀を高く掲げ、雄々しい顔を空に向けた像だった。戦車に飛び込む訓練をしていたときに、おれたちは、あんな像の将軍を、立派な将軍のままにしておくために、爆弾を抱えてソ連の戦車に飛び込むのだなと、そんなことを考えながら見ていたものだった。その時には、自分たちが戦車に飛び込むことで日本の顔が守られるのであれば、それは飛び込むしかないのだと思っていた。その公園に地元民がどこからともなく集まってきて、群衆の中の一人が、十メートルもあるその銅像に命懸けではい登り、鋸《のこぎり》で引いて首を切った。群衆の雄叫びのような声が練習場まで聞こえた。像は首なしになり、ただ刀だけがすっくと空に向いていた。首は地べたに転がっていた。口を下にして、まるで土を食うようだった。

その群衆の熱気は恐ろしいものだった。それを思い出した。

そもそも三百人の開拓団が三千人の現地人を雇っていた。食料や防寒具は支給し賃金を支払ったが、危ないことや大変なことは現地人労務者に丸投げした。井戸掘りなど、地下から水が噴き出したら井戸の中で水死する作業だ。彼らがにこにこと仕えていたからといって、不満がなかったとはいえない。口答えしたらただでは済まないのだから。相手の命を楯にして「仲よくしている」と考えていた日本人は、呑気だった。

政府は開拓団に、現地民は無能でものぐさだと刷り込んだ。家畜を扱うように扱え、同等に扱うと増長して手に負えなくなると言った。ぎゅうぎゅう詰めの汽車の中でも、日本人は二つ分の席を使って寝ころんだ。生まれたばかりの赤ん坊を抱いた満人女を押し退けて日本人の男が列車に乗るのを見たことがある。女は列車に乗ろうとしたが、なんども押し返されてステップを上がることができないでいた。そばにいた日本人が見かねて女性を車内に引き込んだ。そうやってやっと乗り込んだその女の肩を、あとから来た別の日本人の男が背後から掴んで押し退けた。女性は赤ん坊を抱いたまま、頭からホームへと落ちて行った。あの若い女性は死んだかもしれない。

日本人が路上で小犬を気まぐれに短剣で刺し殺すのも見たことがある。犬は悲しげに鳴いて、満人たちはその日本人を、凍りつくような冷たい目で見た。

日本本土で小さくなって生きていた学のない者が、満州では虎の威を借る狐になった。農業もよく知らず満州を楽園だと思ってやってきた開拓団は、現地民に対して王のように振る舞った。

あの日、あの高い塀の上に立った人々の地鳴りのような喚声を聞いて、彼らにも同じだけの理性と感情があるということを知った。愛媛の開拓団が現地民と仲良くするように心がけていたといっても、関東軍と日本国の威を借りていたのは同じだ。満人の子供に石を投げなかったから。満人の家の豚を面白半分で殺さなかったから。小間使いのように雑用をさせなかったから。盗みの疑いをかけて半殺しにしたりしなかったから。売りにきた玉葱の代金を払ったから。そんなことで善良な隣人とは言えない。王にしては慈悲深いだろうといい気になっていただけだ。

開拓団に戻らなくてはならない。与一を助けてやらないといけない。仲間だし親友だし、なにより油池の庄屋の跡取りだ。与一の助けになるために、こんな土地まで来たのだから。

ズボンのポケットには方位磁石が入っている。油池からもってきたものだ。開拓団にいたとき、薪を伐っていた小興安嶺《しょうこうあんれい》付近は北の果ての森林で、匪賊が出没したし道もわからなくて、そういうときこの磁石を頼りに歩いた。夜になると狼が遠吠えした。寒くて団員は抱き合って寝た。そんなことを思い出す磁石だ。それを見ながら線路沿いに北に向かって歩いた。

遠くで黒い煙がもうもうと上がるのを何度か見た。どこかの開拓団が何かを燃やしているのだと思う。頭上を、爆撃機が飛んだ。悠然と飛び去るのは、ソ連の爆撃機だった。

そう言えば満州国軍の姿もぷっつりと見ない。

八月二十一日

働きながら北に向かった。中国人は働けば対価をくれた。金の時もあれば、軍票の時もある。八路軍は働けば灰色の軍票をたくさんくれた。それがどこの軍票なのかわからなかったが、惜しみなくくれるところを見ると、じきに使えなくなるものかもしれない。ポケットいっぱいに詰め込んだ。中国人商店では用心棒として雇ってくれた。日本人街でも、家具一切合切を駅まで運ぶのを護衛してくれと言われた。

南へ走る列車には、人が溢れるように乗っていた。デッキにぶら下がる人、屋根の上でしがみついている人、機関車の前にさえ人がぶら下がっていた。

みな、命懸けで南へと逃げていた。

北には殺し合いがあるだけという老人の言葉を思い出した。そのうちすべての大陸の日本人が港を目指して南下することになる。

ソ連軍はすぐに銀行と線路を押さえるだろう。すると鉄道はいまのように運行されなくなる。物資もない。関東軍でさえ、靴も武器もなくて、家に武器がある者は、取りにかえってもいいとさえ言われたのだから。刀、槍、斧——武器になるものならなんでもいいと言われた。銃は三人に一つしかなく、その銃も半分は木銃で、弾は撃てない。関東軍が持っていた膨大な物資はすべてソ連軍に接収されたんだろう。ということは開拓民避難のためのトラック輸送なども、ない。

では北にいる開拓民はどうやって南下するのか。

男はほとんど徴用されているから、逃げる開拓民は女と子供と老人だ。小さな子供たちは荷物みたいに背負ったり抱いたりして運ばなくてはならない。食料を携帯する余裕はないはずだ。食べる物も寝るところもなく避難する女子供は、現地住民に襲われたらひとたまりもない。

点々と線路沿いに転がった人の死骸を思い出し、ぞっとした。

南下せずに開拓団に居残ればどうだろうか。その場合、ソ連の戦車が乗り込んで来る前に、現地の反日抗日勢力が開拓団を襲うだろう。現地民の襲撃ならやり過ごせるだろうか。

匪賊は命知らずで、狩をする狼みたいなやつらだ。人を殺すのも物を盗むのも躊躇がない。物が目的なら、盗めばひきあげるが、日本が負けた今、開拓団を襲えば好き放題に暴れるだろう。

やっぱり開拓民は開拓地を放棄して南に逃げるしかないのだ。

八月二十九日
いま、通化にいる。北に向かっていたはずなのに、列車を乗り間違えたらしい。大勢の人の波にのまれるように、通化まで来て、降ろされた。

通化はものすごい人だった。

通化の駅では利に聡い中国人がその混乱を見越して食べ物を売っていた。飴、果物、饅頭、パン、タバコなど、あらゆるものが、首からぶら下げた板の上に載っていた。十歳ほどの男の子が大きな声で饅頭を売っていた。少年は大人の物売りに小突かれ、肘鉄を食らって、後ろへ後ろへと送られたが、果敢にまた頭から前へと割り込んで、誰彼かまわずそでを摑んでは饅頭を買えと叫んでいた。ポケットから灰色の軍票を摑むと、それを突き出して、台の饅頭を三つ摑んだ。

少年はニヤリと笑った。それからちょっと顔が曇って、意を決したように軍票を数えると、五枚をこちらへ突き出した。

ポケットに詰めた軍票が使えるのだということを実感した。少年が勘定できることにも、ちゃんと釣りをくれることにも驚いた。

八月三十一日
北の開拓団はソ連に攻め込まれて、南下しているらしい。関東軍は主力が南方に行ってしまい、残った軍が開拓団を守って玉砕している。いくつかの開拓団が集団自決したと聞いた。ハタホでは団長が女子供を介錯して、建物に火を放ったと生き残りの開拓団員から聞いた。子供は母親が井戸に投げ、家畜を現地人にやって、門を閉めて、自爆したという話だ。来民《くたみ》の開拓団は全員が服毒自殺したらしいと満鉄の職員が教えてくれた。その男は、「満州に最後まで残る」と言った。「わしらがおらんと、列車が動かんからな。わしらを殺したら列車が動かんようになるから、ソ連も八路もわしらには手をださん。列車を運行しとると、どこの話でも入ってくる」

その満鉄の鉄道員は、ソ連がここまで下りてくるのは時間の問題で、この辺りの南部の主要都市はすぐに難民で溢れる、と言った。ここで待っていたら、探している開拓団の方からやってくる、だから下手に動くな、とも言った。「うろうろしたらソ連に引っ張られるだけや。ここがいくら物騒でも、北の匪賊よりはましや。ここいらでは命までとらん」。仲間が困っとるから北へ行きたいと頼んだら、愛媛の人間は頑固じゃとあきれていたが、明日の朝六時に来たら、好きな列車に乗せてやると言ってくれた。

九月一日

朝六時、駅に行くと、約束通り職員が見て見ぬ振りをしてくれたので、石炭の中に埋もれるようにして、ハルビンに向かう汽車に乗り込んだ。昼過ぎに、汽車が止まった振動で揺り起こされて、銃を持った二人組の男に首根っこを摑まれて引きずり出された。ソ連兵ではない。何者かはわからなかったが、殺されずにすんだのは煤に汚れて真っ黒になっていたせいで、現地民に間違われたからだと思う。駅には白菜が山のように積み上げられていた。コーリャンやじゃがいもが入った麻袋もまた、人の背丈の二倍ぐらいまで積み上がっている。

通りでは八路軍が銃を持ってうろうろしていた。服はぼろぼろで鍋釜を背負い、裸足の者も多い。顔は生気がなく、だらしない動きだ。訓練を受けた連中ではない。積み上がった物資に暴徒が群がって、八路軍の兵隊が連中を蹴ったり叩いたりするが、民衆は無視する。空に向けて威嚇射撃をすると蜘蛛の子を散らすように逃げるが、すぐに戻ってくる。物資の紐を千切る者、足をかけて登ろうとする者、そんな暴徒が広場を埋めつくしていた。日本人だとばれれば拉致されて仕事に駆り出される。あわてて、目についた停車中の貨車に隠れると、その列車が動き出した。

九月二日
昨日は列車をやみくもに乗り継いで、撫順に辿り着いた。

店は大戸をしめて、家々は戸に鍵をかけ、板を打ちつけていた。ソ連兵を初めて見た。ぼろぼろの軍服を着て、靴下も履いていない。ただ時計をじゃらじゃらと手首に巻き付けていた。彼らは路上で銃を撃ち、通行人をつかまえては持ち物を奪い、ドアを叩き、開かなければ銃で撃ち、足で蹴破って侵入した。町のあちこちで、獣が鳴くような細く鋭い悲鳴がした。時々発砲音がして、ジープが走った。ジープの中では獣かと思う毛深い男たちが、だれきった様子でタバコを吸っていた。

解散の命を受けるために隊列を組んで奉天に向かった日本兵たちは、奉天で解散を告げられるとそのまま汽車に乗せられたと聞いた。コロ島に向かっているのかと思ったら北に向かっていたので、汽車から飛び下りて逃げたという兵士がいて、話してくれた。そうやってだまし討ちみたいにして、日本兵を牛や馬のようにぎゅうぎゅう詰めにした列車が、何両も連なって北へ走っていった。

うちの部隊もそうだが、関東軍は兵隊を逃がすために現地解散した。それでソ連軍は捕虜の数が計算とあわなくなって、都市部の四つ辻に立ち、男とみれば誰でも捕まえてシベリアに送っているという話だ。そういうふうに捕まえられるのは、開拓団で召集された兵隊だ。ソ連兵たちはうさぎを撃つみたいに人を殺せるごろつきで、そんな兵士に、トラックや汽車に放り込まれている。道で開拓民が拉致されるのを見ても、日本人住民たちはかわいそうだとは思っていない。彼ら都市居住民にとって、開拓団は、本土で食えなくなった有象無象であり、荒れ地を開拓に来たのではなく、現地農民の搾取に来た者だと思っているからだ。

撫順では、政府の役人や満鉄幹部は終戦前に特別列車を仕立てて町を抜け出していた。そして、ソ連兵がやってくる前に警察署や市役所の役人は雲隠れし、無政府、無警察状態になった。しかし日本人住民はやみくもには逃げなかった。

「難民は奉天を目指してどんどん南下している。奉天に着いたあとも南下を続ける。財産を持たない難民が命懸けで、民族大移動のように南下する。いまその隊列に飲み込まれたら死ぬだけだ」と言っていた。撫順の日本人住民は話し合いの末、撫順にとどまると決めた。何かあれば家族とともに自決する覚悟だそうだ。

たぶん賢明な判断だ。街を出れば持ち物は初めの半日で強奪されるだろう。そのあとは泊まる所にも食べるものにもこと欠くことになる。そのうえあと二カ月もすれば冬だ。氷点下三十度の世界になる。撫順にとどまる場合、生命を脅かすのは暴徒と異国の軍だが、都市部に住む満州人はむやみに暴力を振るわない。そして進駐してくる軍とは話し合う窓口がある。だから街にいれば、家畜のように殺されることはない。

開拓団の連中は野良犬みたいに追われ家畜みたいに殺されているんだと改めて思った。

九月三日

諾敏《だくびん》河愛媛村開拓団があった場所から奉天まで直線で七百キロある。歩き通して一カ月はかかる。与一たちはいまごろどこを歩いているのか。それともまだ諾敏にいるのか。
下りてきた人の話によれば、諾敏近くの綏化《すいか》駅には避難民が溢れているそうだ。綏化から列車に乗れば奉天まで下れるはずだと考えて、避難民は命懸けで綏化までやってくるのだ。でも避難民は列車には乗せてもらえないらしく、そこで足止めされているという。食うものも泊まるところもなくて、路頭に迷っている避難民の中から、女を、ソ連軍が路上でも暴行していると、その男は言った。

九月四日
ジャムスにソ連軍が到達して、鉄道を遮断して鉄橋を占領したという噂だ。
ジャムスにはハルビンへと続く鉄道がある。牡《ぼ》丹江《たんこう》へと分岐する松花江《しょうかこう》も流れている。陸路、航路の要所が集中する北部開拓団の中継点で、北部開拓団はそのジャムスから南に分岐する鉄道沿いに多く位置していた。だから避難民がジャムスを目指すのは道理だ。そこをソ連兵が占領したのだ。やっとの思いでたどり着いた避難民は、そこがソ連兵に占領されていることを知り、再び逃げるしかなかったという。道は泥道で、もう歩けないと、河に入って死んだ者も何人もいたという。年寄りは、ここで死なせてくれと、川岸に座って依蘭《いらん》に向かう仲間を見送ったそうだ。

九月五日
どこをどう動いているのかわからなくなった。夜中に、寒さしのぎに、列車の荷台にもぐり込んだのだが、目が覚めて、列車が奉天に向かって走っていると気がついた。この前は、混み合ったホームで人に押されてしがみついた車両が動き出して、朝鮮のそばまで運ばれた。
とにかく、満鉄の線路からはなれてはならない。

停まっている列車の陰に座り込んでうとうとしていたら、日記が鞄から落ちたようで、落とし物だと日本語で起こされた。その男は右手を怪我していて、見るからに顔色が悪い。北にある長野県の開拓団から逃げてきたと言い、目をぎらぎらさせて、自分が逃げてきた苦労をその書き物に書いてくれと言った。長野の開拓団は鉄道の東方向、日本海側で、愛媛の開拓団の南東にある。そんなに距離は離れていないが、治安が悪い一帯だ。男は、懸命に話し始めた。

男の話では、ソ連軍が関東軍の守備隊を撃破し、ジャムスを占拠したのは八月十五日朝のことだという。開拓団はジャムスから脱出して、ハルビンに行くためにまず依蘭に向かった。

ソ連の戦闘機が、パイロットの顔が見えるほどの近さで頭の上を飛んだそうだ。やっとの思いで松花江に辿り着いたが、頼みの鉄道が寸断されて、松花江を船で行くしかなくなった。船を待つ間も、ソ連兵が怖くて自殺する女や、弱って死ぬ子供や年寄りがいた。やっと蒸気船に乗ったが、次の埠頭でみな下ろされた。乗り直した蒸気船には中国人、台湾人を合わせて三百人ほどがいた。船は若い関東軍兵士に護衛されて出たそうだ。その船を、現地の武装集団が両岸を走って追いかけてきた。武装勢力は、川の幅の一番狭いところまで追いかけてきて、そこで左右から攻撃をしてきた。川幅は三百メートルほどで、弾は火の粉を上げたまま船腹を貫いたという。船腹には親指ほどの大きさの穴が開いて、水が入ってくるので、死に物狂いで穴に布を詰めたそうだ。船内に入れない人も多くいて、外からは悲鳴と、甲板に倒れる音がずっとしていたそうだ。船は停まってしまった。修理しようにも、外に出たら撃ち殺される。すると守っていた関東軍の兵士が陸に上がって、朝まで、三、四時間にわたって武装集団と銃撃戦をして、敵を引き寄せて修理の時間を稼いでくれた。日が昇ると、甲板は血だらけで、肉片が散乱して、撃ち抜かれた鉄兜が転がっていたそうだ。遺体は松花江に水葬した。兵隊が甲板に並んでラッパを吹き鳴らして、ちゃんと毛布にくるんで遺体を流した。みな若い兵隊さんで、いまさらわしらを守らなくても逃げたら逃げられたのに、関東軍の兵隊は偉いと、その男は涙を流した。

やっと依蘭に辿り着いたのは、翌十六日だった。埠頭は避難民で溢れていたが、みな物音一つ立てず、子供さえ死んだように息をひそめて、不気味なほど静まり返っていたそうだ。

午後三時ごろ、ソ連軍が爆撃を始めた。松花江沿いの学校の壁は砕け落ちて、電柱は傾いて、電線はばらばらに千切れたという。松花江では船が転覆し、乗っていた避難民が「助けて」と叫びながら流されるのを見たそうだ。夕方には、松花江を航行する船めがけて三機の戦闘機が機銃掃射して、甲板の人々を撃ち殺した。

河からも空からも機銃掃射を受けたが、それでも鉄道が止まっているから松花江を渡るしか生き延びる道はない。銃撃の合間をぬって出航する船に、沈みそうなほどの数の人々が乗った。男が乗った一つ前の船は、銃撃を受けて、男の目の前を燃えながら川下へと流れて行ったそうだ。炎の中から助けてと悲鳴が聞こえていたという。

男は、その日記帳にちゃんと書いておいてくれと言った。遺言かもしれない。名前を聞いておいてやろうと思ったのに、聞き忘れた。

その男が、線路づたいに十キロ歩けば撫順だと教えてくれた。そして、避難民は南に下りて来るしか生きる道はないから、生きていれば下りてくる、仲間と会いたければ撫順へいけと言った。撫順に着く前のどこかで困っとるかもしれんと言うと、それはそうかもしれんと言った。どうするつもりかと聞くので、十キロ先に撫順の駅があるならそこで金をためて、それからハルビンに行こうと思うと言った。

撫順まで一緒に行くかと聞くと、力なく笑って、もう結構とでもいうように、手を振った。

腹巻の中に乾燥芋があったので、それを握らせた。「そんぐらいの怪我じゃ、みな生きとる。しっかりせい。休んだら、歩いてこい」と言ったが、男は列車の車輪にもたれて目を瞑り、曖昧に笑って頷くだけだった。

九月六日
北から難民がぞくぞくと撫順に集まってきた。船と列車とを乗り継いだり、歩いてきた者たちだ。持ち物はない。髪はぼうぼうで顔は黒い。汚れてすすけた一群の目は虚ろで、まるで死者の行進のようだった。
撫順の人口は爆発的に増えた。撫順は中国一の野天採掘の炭鉱があり、豊かで、仕事には事欠かないと思われていた。しかしその撫順でも、流れ込んだ人口を収容しきれない。撫順から溢れた人は、撫順の衛星都市である通化へと流れ込んでいる。

撫順の収容所は永安小学校を転用したもので、赤煉瓦の壁の、ロシアの貴族の家みたいに豪華な建物だった。初めて見たのは終戦前で、そのときには建物の美しさ、通りの荘厳さに圧倒された。こんなところでアジアの人たちが力をあわせれば、楽園のようになるだろうと思った。もう内地には帰らずに、ここでずっと暮らせばどんなにいいことだろうと思った。里では家々の上下があり、村全員が顔見知りで、思ったことを口にするには勇気がいる。学校の成績でさえ格上の人を越してはいけない。そんな中で暮らしてきたので、満州の南の都市部に行くたび、ここで古いしがらみから解放されて暮らしたらどんなにいいだろうと思った。その度に、南予の漁師の小倅というのを忘れてはいかんと思いなおした。その城のような美しく豪華な建物が、窓は割られて板という板が剝がされていた。
永安小学校で、北部から来た避難民が与一たちの消息を知っていた。その男は開拓団の食糧省に勤めていた男で、北部では、終戦のあともそのまま生産を続けろと達しが出たから、愛媛村開拓団はまだあの場所にとどまっていると思うと言った。

男によれば、ジャムスの西の開拓団は、暴徒に囲まれて自決した団がいくつもあるそうだ。ハタホ開拓団が暴徒に囲まれて爆破自滅したのは敗戦前で、ジャムスの西の開拓団は敗戦を知ると、皆総毛立って自滅したり逃げ出したりした。あそこはいい農地だったから、先住の農民の恨みを買っていたのだろうとその男は言った。

わしらがその土地をとりあげたんじゃないと、その男に言ってやりたかった。でもそんなことを言っても始まらない。負けた人間に言い訳の場所はない。

それにしても与一たちは、食糧を供給するために生産継続を言い渡されたのだろうが、その指示を出した側の男がここにいるというのに、もう作ったものを取りに来る者もいないというのに。

九月十三日
本物の無法ができるのは人目がない所だ。都市部ではせいぜい、家に上がって女に暴行してものを盗るぐらいのことだ。たとえばかつての内モンゴルの、大興安嶺《だいこうあんれい》の麓にはたくさんの死体があるそうだ。斬られたり撃たれたり、戦車でひき殺されたりしているそうだ。死体が、一面足の踏み場もないぐらいにあり、道には、自決したらしい死体もずっと続いているという。どこかの部隊が、南下する日本人を面白半分で殺して、生き残った人が悲観して自決を選んだんだろう。そういうことは都市部ではできない。戦争中だって法律はある。武器も持たず、ただ移動しているだけの人間を虐殺したら、犯罪だ。大興安嶺の虐殺は、外モンゴルから入ってきたソ連蒙古合体の機械化騎兵集団がやったんだろうという話だ。ソ連の部隊は外モンゴルから内モンゴルへ、そのまま満州の国境を突破して奉天に突っ込んだ。大興安嶺はその途中にあるからだ。

ソ連もドイツとの戦いでヘトヘトだ。金も武器もない。ソ連は日本軍を恐れていたから、精鋭の無法者部隊を満州に送り込んだ。今奉天に侵入しているやつらは、ドイツから転戦してひたすらモンゴルを突っ切った、戦い馴れた無法者だ。そいつらが疲弊して、褒美ももらえずに、頭がキレそうになっている。そこにアジア人の女子供が羊の群れのようにいるわけだ。やつらにしたら、女も腕時計も万年筆も人殺しも当然のほうびだ。そこに現地暴徒が加わったのだろう。暴徒の狙いは避難民の持ち物と生き残った子供。日本人の子供は男の子なら三百円、女の子なら五百円で売れるそうだ。

共産党軍の撹乱部隊が匪賊と合流して、暴徒のふりをして開拓団を襲っていたんだと、いまさら知った。共産党は革命運動から生まれた解放軍だから、地元民とは相性がいい。そしてその共産党はソ連と手を組んでいた。

思えば開拓団で入植初日にもらったものは鍬でも種でもなく、銃と弾だった。匪賊が出るからと聞いていたが、あいつらは農民崩れではなく、共産党軍の戦闘員だったのだ。

広い大地に立ち、これで収穫ができると喜んだ。御国のためになる、村の繁栄に一役買えると意気込んだというのに。

入植地に着いたとき、広野に立つ校舎の壁はまだ生乾きだった。施設、倉庫、醸造所を造った。薪を確保し、野菜の栽培に追われた。

初秋にやって来た野火は、日本のものとまるで違っていた。地平線の彼方に薄い煙がたなびくと、その煙は昼も夜も、消えることなくふらふらと移動する。そして近付いたときには燃えるものをすべて焼きながら、移動する。一旦風が吹けば、建物の屋根を、小さな家なら家ごと、吹き飛ばした。砂嵐が来ると、畑も水田もすべてが一夜で土をかぶって土色になる。それでも翌日には、青々と芽吹いた。

あっという間に冬を迎えると、夜は氷点下三十度から四十度まで下がった。

北は森林地帯で、南は平原だ。満州の三分の一は、モンゴル平原だと与一が教えてくれた。そのときなんと遠い所まで来たのだろうと思った。海と山に阻まれた小さな土地で漁と畑しか知らなかった自分が、あの、馬を自由に駆る騎馬民族の大地に来ている。ここにある広野は、地平線の向こうまで続いている。どこまでも歩いていける。地平線に沈む太陽は大きくて、油池の海に沈む真っ赤な太陽と同じだ。

ここを耕して、新しい宇和村を作るんじゃと与一が満足そうに言った。

ここに村を作ったらもう誰も出稼ぎに行かなくてもいい。キャベツを五十個作っても煙草一つしか買えない生活から抜け出せる。にこにこしている与一の顔に夕日が映った。派手な帽子をかぶり、槍をぶんぶん振り回して、土煙を上げて来るモンゴルの騎兵隊がいまにも地平線の向こうに見えるみたいだった。

あれから三年。

北満は九月の中旬に霜が降りる。それからあっという間に冬になる。アムール川と松花江は半年近く凍りつく。侵略者となった日本人が無政府状態の北満で冬を越すことはできない。だったら南下をはじめるのにもう時間は残されていない。

与一もまさか最後の収穫をするまでねばる気ではないだろうに。

塀の外を見てみい。

地獄が広がっとるんやぞ。

九月二十二日

ハルビンまで辿り着いた。日記もずいぶん飛んでしまった。

北に行くほど状況は悲惨になり、そしてそれに慣れていく。

ハルビンには松花江から上陸した避難民が集まっていた。中国人の群衆が後ろから押し寄せ、ソ連兵が銃を持って避難民の行く手を阻んでいた。だから避難民には逃げ場がない。ソ連兵は女を襲い、抵抗すれば撃ち殺した。死骸は路上に放置されていた。満鉄の社宅では、ソ連兵を恐れて、若い妻や未婚の女性たちが、窓から飛び下りたり、青酸カリを飲んだりしているという。

花園《はなぞの》小学校はハルビンでもっとも立派な小学校だった。ヨーロッパ風の瀟洒《しょうしゃ》な建物で、裏に広大な花畑がある。そこに日本人の避難民が収容されている。

花園小学校にいるのは女子供ばかりだった。服を着ていない者もいて、裸の女たちは、麻袋に穴を開けてかぶっていた。暴徒は持ち物は最後の一枚まで剝ぎとると聞いてはいたが、まさか本当だとは思わなかった。

愛媛村の開拓団を知らんかと聞いて回った。知らないのか、疲れて答える気がしないのか、誰も答えてくれない。女たちは死んだように横になって床に転がっている。兵隊さん、薬持ってないですかと声をかけられた。コーリャンのおかゆばかりで母親がずっと下痢をしているという。そう言う若い女もまた、顔の様相がおかしかった。顔の作りが崩れたように下にずれているというのだろうか。

女は、北の入植地から夜だけ歩いてここまで辿り着いたと言った。

薬はないが、わずかな食料を腹に巻いてあった。それでもいま、もしそれを女にやると、我も我もと、人が立ち上がってくるような気がした。女の母親は疲労と栄養失調だろう。今持ち直しても、それはひとときのことで、結局死ぬ。仮に持ち直しても、帰国まで生き長らえることはないと思う。日本への船はいつ出るのか見当もつかないし、そもそも一体どれだけの船があればこの避難民たちを乗せきれるのか想像もつかない。
腹の中から潰れた饅頭を一つ取り出し、他の人に気付かれないようにそっと娘に握らせた。部屋を出ようとしたとき、背後で部屋中の避難民が立ち上がって、亡霊のようについてくるような、覆い被さってくるような気がして、振り向くと、娘がぼんやりと手の中の饅頭を見つめていた。それが何であるかを思い出せないようだ。部屋の人たちは固まりかけた廃油の中に漬かっているようだった。床に張り付いて、動きは緩慢で、薄汚い。饅頭を手にした女も、食べるということを思い付かない。

その後、伊漢通《いかんつう》収容所、新香坊《しんこうぼう》収容所と、たずね歩いた。ソ連兵が持つマンドリンという機関銃は初めてみた。丸いせんべい缶のようなものが、銃についている。中国人の兵士があちこちにいて、彼らが持ってるのは見慣れた日本軍の銃だった。ソ連の戦車は日本の戦車とは比べ物にならないぐらい大きかった。

十月二日
いま、奉天にいる。
しばらく日記が飛んだのは、鉛筆を失くしていたからだ。
昨日見つけた兵隊の死体が、鉛筆を持っていた。その兵隊は他に、短くなった色鉛筆を三本所持していて、小さな手帳に絵日記のようなものを書いていた。手帳は半分以上血に濡れて読めなくなっていて、これを持って帰って、家族を見つけて渡しても、家族も悲しいだけだろうと思い、兵士の横に埋めた。その鉛筆でこの日記を書いている。船を撃たれながら生き延びた、日記を拾ってくれた男のことを思い出した。「日記に書き残してくれ」と言ったあの男も、絵日記を書いていた兵隊も、言葉や文字や絵にして、吐き出したいのだと思う。書いたり話したりして、体験したことを外に出しておかないと、何かに乗っ取られて気が狂《ふ》れるのだと思う。

日記が飛んだ間のこと。与一たちが見つからないので、消息を求めてハルビンの日本人居留会を訪ね歩いた。すると会の一つに、愛媛村開拓団の記録があった。一行は綏化からやってきたもので、今から撫順を経由して奉天へと抜けると話していたと書いてあった。日本人居留会の男は、奉天で待ち受けるのが早いと思うと言った。綏化を経由して撫順へ、そして奉天へ行くというだけでは、絶対に見つけられない。目的地が奉天なら、そこで待つ方がいいという。

初めて消息をつかんで夜も眠れなかった。それで男のいう通り、もう一度奉天を目指した。途中、撫順でも、消息を求めて日本人居留会を訪ね歩いた。愛媛村開拓団は、ハルビンを出るときには二百二十一名いた。それだけの人数ならどこにいるかわかるんじゃないかと粘ったが、撫順の日本人居留会はつれなかった。難民なんか飽き飽きだというのが露骨に見てとれた。

南下する間、仕事をして金を稼いだり、ときには日本人の死体から物を盗ったりもした。日本人の死体は、盗んでも許してくれる。役に立つものならもっていけと言ってくれると思う。死体には手を合わさなかった。合掌しているところをみられたら日本人だとばれるからだ。昨日の、鉛筆を持っていた兵隊には、本当に感謝した。

奉天の日本人居留会では、難民の数は把握されておらず、収容所は五十カ所あると言われた。発疹チフスが流行っているので、収容所に足を踏み入れて伝染《うつ》ったら、薬もないし医者もいないと脅された。

奉天の町は敗戦直後より落ち着いていた。広い通りには立派な煉瓦作りの建物が続き、しゃれた街灯が立ち、人力車や車に混じって馬車が走っていた。

下駄をはき、防寒用の羽織を羽織った着物姿の女が足早に歩いていく。饅頭屋では饅頭が、たばこ屋ではたばこが売られている。飢えと病気で死ぬ人や、ソ連兵に犯される女、麻袋一つかぶって、列を作って歩いていた避難民たちが嘘のような気がする。

収容所の前にはトウモロコシ、水飴、パン、餅菓子の屋台が客を待っていた。「富士青年学校」の門を潜ったとたんに異臭がした。すえた臭い、糞尿の臭い、何かが腐ったような臭いが混ざっていた。窓枠にはガラスも床板もない。臭いのは教室の入り口にバケツや一斗缶が置かれていて、それが便所代わりに使われていたからだ。糞便の入ったバケツのすぐそばに炊飯用の火鉢や鍋があった。

廊下はすすけていた。人は呆けたように座り込んでいた。みな裸足で、薄汚い麻袋を大事そうに抱いていた。髪はのび放題で、髪も服も垢と土埃で黒く固まり、顔は土気色というより、黄色い。髭の生えている者がいるのを見て、髭がないのは女なんだと気がつく。

そこでも愛媛の開拓団を知らんかと尋ね歩いた。いくつ目かの教室で、あんたと同じ言葉の人たちと、途中まで同じ列車に乗っていたと言われた。「どこで降りたかは知らないけど、一緒にいた人が、あの人たちは撫順にいくんだろうって言った」

まだ若い女性だ。よく見れば浮腫《むく》んで瞼が腫れ上がっている。そのとき突然、信子のことを考えた。それまでは、この大事の時に、自分のことを考えるのは不謹慎だと考えてきた。その女の腫れぼったい目を見て、妻のことを思い出した。

妻は大陸の花嫁で、あとからやってきた。五つ年上で、母親を早くに亡くして、年の離れた弟と妹が三人いたために嫁に行き遅れた。満州まで嫁に行くかと仲人に言われて、「もろうてもらえるならどこでもええです」と、それだけ答えたのだと聞いた。口数の少ない、働き者の女で、できる妻をもらったというより、まるで女中さんを雇ったような気分になり、居心地が悪くて、できるだけ優しく接した。それまで飯を盛った茶碗をちゃぶ台の上に置いていたのが、手渡しで渡された時に、ほっとした。

開拓団は忙しくて一緒にいる時間はほとんどなかった。満州くんだりまで来させたことが申し訳なかったが、信子は、内地の方がずっと大変だと言った。開拓団には電気が通っていないからラジオがなく、新聞もないから情報が入らない。空襲も主食の欠配もないから、信子から聞くまで戦局の悪化を知らなかった。

名古屋も、神戸も、大阪も、東京も、爆弾が落ちていると信子から聞いた。飯を食うにも、電気に黒い布をかけて光が漏れんようにする。祖父さんの所で鶏が犬にやられて、その肉をもろうたが、肉の匂いなんかしたら大変なことになるけん、窓しめて、カーテンしめて、肉の匂いが外に漏れんようにして食べたと、信子は言った。目の前の、瞼の腫れた女を見て、信子のことを思い出した。

一部屋一部屋歩いて、愛媛村の開拓団の消息を訊ねた。

便所は、庭に壕のような大きな穴を掘り、そこに板を何本も渡してあり、その板に足を置いて、隙間から用を足すようになっている。身体が弱った人間はここまで降りてはこられない。だから廊下にバケツがある。

用を済ますともうもうと湯気が立った。穴の背後には、凍りついて棒のようになった死体が積み上がっていた。

ソ連部隊も居なくなったし、暴徒たちも取れるものは取った。八路軍と国府軍があちこちで散発的な戦闘をするから、暴徒も巻き添えになるまいと鳴りを潜めている。この二カ月で避難所の四分の一の人が死んだそうだ。避難で衰弱した人、身体の弱い人が死んだ。残った人間は運が悪くなければ生き延びることができる。学んだことは、子供が腹をすかせているからって、自分の飯をやっても無駄だということだ。人の厚意でしか食えないならその子供はどのみち死ぬということ。

奉天では見つけられなかった。ハルビンで聞いたところでは、撫順を経由して奉天に向かうはずだ。しかし奉天に向かう列車は、たいていの列車が撫順か、通化で足止めを食らう。明日、撫順に向かうことに決めた。

十月五日

撫順。

永安小学校は、人でいっぱいだった。一つの教室に百人はいる。

漁船の、網の中の魚を思い起こした。宙吊りにされた大きな網の中で、詰め込まれた魚は口をパクつかせて身をよじっていた。人の目が、その網の中の魚の目に見えた。教室の中で、ある者は半分裸で、ある者は泥で煮染《にし》めたようなボロを着て、死んだように、もしくは身の置き所がないように苦しそうに、横になっている。魚なんかいない。だれもこちらを見つめてもいない。それでも網の中の魚の目を思い出した。

戦場で死体を見た。人が吹き飛ぶところも見た。人も殺した。人間爆弾になる練習をしていた時も、自分に死ぬ順番が回ってきたのだと覚悟した。怖いと思ったことはなかった。それなのにこの教室が怖い。自分の死期にも人の死期にも無頓着に座り込んでいる人がいて、そしてその魂というか、本能が疲弊して我が身の運命を悲しんでいる。なにかそういうものが教室に充満している。それが多分、網に釣り上げられた魚と同じなんだ。

十月十日

永安小学校で、いつものように与一たちを捜していた。後ろから、神崎さんじゃないですかと、大きな声がした。振り向くと若い学生が立っていて、愛媛報国農場の越智政一だと名乗った。越智は、神崎さんじゃと大きな声で何度も叫んだ。

そのときに頭の中にいろんなものが吹き出した。線路わきに犬の糞のように転がる死体とか、それに群がる大量の蠅。便所の後ろに積み上がった死体。死体から衣類をはぎ取る女。教室に上がり込んで、すすけた人間の胸に手を入れて、乳房があると担ぎ上げるソ連兵。ひわいな笑い声と甲高い悲鳴。死ぬときに走馬灯を見るというけど、こんな感じだろうか。

自分の名を叫ぶ若い弾んだ声が、なんだか現実のものとは思えなかった。

諾敏河愛媛村開拓団は二つ向こうの教室に二百余名がまとまっていた。与一は痩せていた。老け込んで、とても二十四歳には見えなかった。見つめていると、その視線に気がついたように、与一がこちらを見た。

そばにいくと、嗄れた声で、お前、安治かと聞いた。捜したと言ったら、与一はうつむいて、なんども頷いた。

団長の和田さんは花園小学校で、発疹チフスで亡くなったのだという。奥さんは臨月だったはずだ。奥さんはどうなさったかと聞くと、開拓村を脱出する前の夜に、足手まといになるだけじゃて青酸カリで自決したと与一が言った。和田団長は死んだ奥さんの手首を切って、それを箱に入れて持って行かれた。三日目に焼いて骨にして、それを肌身離さず持っていたそうだ。

「わしは元気なんや。ただ、働きに行けんから、みなが腹を減らしとるけん、なんとかせんといかんのに」と言った。

腹巻の中の、溜めに溜めた金と軍票を見せた。与一はぼんやりと見て、それからにっこりと笑った。金で苦労しとんなはったんや、溜めてきてよかったと思った。

髪の汚れた、顔をすすで真っ黒にした人間がすり寄ってきた。信子だとすぐにわかった。

信子は「三十二部隊は奉天で解散して、みな船に乗って内地に帰ったって聞いた。帰ったんやなかったんか」と言った。「お前らが困るとおもうて」と答えた。信子は笑っているような、怒っているような顔をした。


与一は身体が弱っていた。粗いコーリャンを粥にして食べるので、下痢なのだ。報国農場の学生はほとんど収容所から脱走していた。与一は、元気のあるもんがこんなところにおらんでもええ、それぞれ自力で生きて帰ればええと言う。愛媛村開拓団と合流するまでに溜めていた金はあっと言う間になくなった。


開拓団の避難民には仕事はなかった。炭鉱は敗戦で日本人を解雇してから仕事が回らなくなり、再び日本人を雇っていたが、仕事を求める人が多くて、避難所の栄養失調の人間など雇ってもらえない。繁華街では商店が店を開けていて、現地人の露店が歩道沿いに並んでいたが、そのゴミ箱を、開拓団の母親たちがあさり、積み上げた石炭を盗んで売っていた。

金がなくなったので、「ガンホージメイヨ」と言いながら町中を歩いた。そういうと仕事をくれる。呼び止められたら豆腐の行商の手伝い、壕掘り、土木工事など、なんでもした。外の風は身を切るように冷たくて、晴れた夜は上着に霜がついた。それが月明かりを受けて、キラキラと光った。一人で出かけたとき、ソ連兵に呼ばれて薪割りをさせられた。薪を割り続けていると、ソ連兵が家に入れてくれて食事と酒をごちそうしてくれた。久しぶりなので酒を一気にあおったら、ソ連兵はひどく喜んだ。二人で酔っぱらい、ソ連兵は家族の写真を見せてくれて、最後に泣きだした。金をたくさんくれて、残り物のハムと肉をパンに挟めるだけ挟んで、土産にくれた。

十月十五日
与一と二人で、犬にかみ殺されそうになった。犬というのは一匹吠えると加勢するように寄ってきて吠える。初めは二匹だったのに、あっという間に十数匹に囲まれた。大きく、痩せて、筋肉質な犬だ。それが牙を剝いて涎《よだれ》を振り飛ばしながら吠えて、指一本動かしても飛び掛かってきそうだ。土佐の闘犬が解き放たれた感じだ。こちらは壁を背にして、もう逃げるところがない。
こんなところで犬に食われて死んだらみっともないと、二人で励まし合った。通り掛かった満州人の主婦が何かほんの一言言うと、まるで訓練された兵士のように犬たちは一斉に退散した。

十一月三日
永安小学校では毎日人が死んだ。
チフスは、まず全身に悪寒が走り、三十九度まで熱が上がる。そのあと、熱が下がり始めるが、その時に、少しずつ下がれば生き残る可能性がある。一気に下がれば終わり。同じ言葉を繰り返し、目を見開いて死んでいく。シラミは、たかっている人の体温が急激に下がると移動するそうで、だからシラミが移動し始めたらその人は死ぬということだ。死体は、顔はどす黒く、衣服を剝ぐと、生きていたのが不思議なぐらい痩せている。皮が肋骨に食い込んで、骨の一本一本が数えられる。母親が死んで、残された子供が、もう成仏してくれと泣きながら、かっと見開いた目を閉じさせようと懸命に目をさすっていた。

十一月七日

教室にはストーブはあったが石炭がない。駅には列車が山のように石炭を積んでいるが、兵隊が見回っていて盗めない。人が住んでいない日本人宅に入って、柱から床から、燃えるものを全部はぎ取って薪を作り、公園で中国人に売った。日本人宅に戻ると、残りの木切れをまとめて持ち帰った。

バケツの中で燃やすと、黄色い炎がゆらゆらと燃えて、久しぶりの温かさに全身がとろけるようだった。

与一が逃げたときのことを話してくれた。

「終戦を知って、本部に、どうすればええかって聞きに行った。そしたら本部は、そのまま収穫を続けろっていうんや。そのあと、ソ連軍と満州警察が武装解除にきて、小銃も、猟銃も、弾薬も、全部持って行かれた。それで義勇軍の鍛冶屋が武器を作ったんや。鍬で槍を作って、車のスプリングで刀を作った。灰を紙に包んで目つぶしの爆弾を作ってな。煉瓦を砕いて投げる石にした。それを全部床下に隠してな。そのころには、周辺の開拓団は全部暴徒にやられとったけん。もう時間の問題やった。現地の満人は、終戦より早く、日本が負けることを知っとったと思う。顔つきが変わっていくんや。日に日に、獲物を見るみたいに顔が凶暴になってな。自分らを守るための塀やったが、敗戦のあとは塀の中に囲い込まれた鶏みたいやったな。そやけどそこを出ても、二百人の人間をどうしたらいいのかわからんかった。無為無策には出ていかれんかったんや。それで毎晩、開拓団の外に偵察にいっとった。あれは九月の二十一日の夜のことや。月が出とってな。偵察隊が賊を見つけたんや。すごい数やった。

小銃や猟銃を肩にかけて、鎖鎌《くさりがま》や鞭なんかをもった賊が、百五十人ほどで塀を取り囲んどった。西中央の銃眼に手榴弾が投げ込まれて。爆裂音がして、火柱が上がった。

裏門が外から押されて内側に向かってしなってるんや。門が割れたらおわりや。わしら、押し返そうと門にとりついた。そしたら、門の下から鎌の刃が出て、横に走るんや。刃渡り一メートルもあるロシア鎌や。門にとりついておった者の足から血飛沫が散っての。銃眼を取られて、そこからも撃ってきよる。そのうち裏門が壊れてな。暴徒がなだれ込んできたんや。あれは訓練されとった。中の構造もよう知っとった。入ったら二手に分かれてな。もうあかんとおもた。

若いもんがおるのはええことよ。その時に義勇軍の若いのがたった一人で日本刀を振りかざして、暴徒の中に突っ込んだんや。それでみなが奮い立った。

松田場長をしっとらい？　あん人が、日本刀の鞘を払って「突撃！」って叫ぶんや。その度に、みながゴーッて音をたてて突っ込むんや。そんな突撃を何回したことか。匪賊が逃げ出すときというのは、ほんまに、魚の回遊と同じぞ。ある瞬間に、一気に踵をかえすんじゃ。松田場長は偉い人ぞ。すぐさま銃眼と中央部落に向けて「突撃！」って叫ぶんや。暗闇の中で、その声一つで皆が突っ込むんや。

ほんまの死闘は怒号なんかせんのぞ。刀と刀がぶつかる音と、唸り声だけや。それで松田場長は、とうとう匪賊を追い出したんや。わしはな、報国農場の若いのが、ここを脱走したってかんまんと思う。あいつらは力に溢れとる。あの匪賊の中に、たった一人で切り込むんやで。その熱量よの。こんなところで腹を減らして病人の顔ばかり見とれるかい。報国農場の若いのと松田場長が開拓団の命の恩人やけん」

それで和田団長が脱出を決意したのだと思うと与一は言った。それがなかったらあの場所で越冬するつもりやったんやないかと思うとも言った。そうしていたら、臨月の奥さんは自決せんでもよかったのにと、思った。和田団長は、若いが、偉い学校を出た、坊さんの資格も持つ人格者だったから、状況を把握していたんだろう。いまごろ赤子と奥さんのもとへいっとられることだろう。

「和田さんは四海店の警察分駐所に談判に行った。開拓団にあるものは農機具も鍋、釜も全部おいていくけん、好きにしてください。その代わり、綏化に着くまで襲わんでほしい、いうてな。そうしたら、警察署長が、わかったと言うたとよ。周辺の満州人部落に徹底するいうて。そいで本当に、満州人には襲われなんだ。警察も綏化まで護衛してくれた」

与一は、満州人にはそういうところがあると言った。「おっとりしとるけんど、筋を通すいうんかの。犬に殺されかけたときも、満人の女は意地悪せんと追い払ってくれたろ」

丹精込めた入植地を捨てる日、国旗を掲揚した。誰かが百円札を空にばらまいた。女子は青酸カリを懐に入れ、歩けない者は担架に乗せた。森林鉄道沿いに綏化へ進んだ。先頭に農場隊員が歩いて、真ん中に婦女と子供を配置して、子供には女子農場隊員がついた。荷物運びに満州人も雇った。しんがりに農場隊員がついて、一晩目は四海店で明かした。

翌日も満州警察がついていたから安心だったが、二泊目に泊まった黒馬劉開拓団の建物は、壊されていて、三晩目の小学校は屋根しか残っていなかった。歩いていて死人が出たら置いて行った。暴徒は付かず離れずついてきて、満州警察が威嚇射撃をするんやけど、あきらめなかった。行軍の迷惑になるからと、母親が五人の子供のうち二人に青酸カリ入りの羊羹を食わせて殺した。和田団長は頭を下げた。その人は、覚悟のうえですからと気丈に答えた。出産した人は、赤子を油紙に包んで捨てた。

やっとのことでついた綏化はひどい状態での。そこでソ連兵を初めて見た。ソ連兵は大きな図体で、万年筆も時計もやっと運んだ食料も取られた。女子は全員、髪を切って顔にススをぬっていたが、それでも連れて行かれた。

ハルビンは綏化よりずっとましだった。途中日本人をすし詰めにした列車となんどもすれちがった。シベリアに連れて行かれるのかと思うと気の毒で涙が出た。自分の不幸は、覚悟もしているし夢中だから悲しいとか辛いとか思う余裕はないが、他人のことだとほんとに辛かろうと思う。そう、与一は言った。

十一月二十一日

毎日人が死に、教室は随分すいた。死ぬと人夫が首の辺りにざっくりと鎌を突き刺して、図書室まで引きずって積み上げた。図書室がいっぱいになると、窓から板を渡して下へ放った。死体は板を滑り落ちて、校庭の裏に積み上げられた。死体は蠟のように白く透き通っていたが、しかしどこと言わずどこかがどす黒かった。

大通りの食堂では麺類や丼物が売られ、その店先を腹を減らした避難民が仕事を探して歩いた。子供を売ったり妾になったりすることが恥ずかしいとは思えなくなった。子供はもらわれた家で飯が食えたし、妾になれば、飢えることはなく、周りに食い物を差し入れることもできるようになる。撫順に乱暴な満人は少ないから。

本屋は繁盛していた。中国人の学生たちが、これからは自分たちが一等国民だから、恥ずかしいことではいけないと、本をたくさん買うのだそうだ。

公園はいつも混乱している。みな食うためには何かをしなければならない。闇米を買って餅を作り、公園で売る。手に入れた衣服を売る。女物の長襦袢をネッカチーフに作り替えて売る。それを買う者がおり、盗む者がいる。日本人の女が顔に煤を塗って身体に晒を巻いて物売りをしていたが、ソ連兵がその胸に手を突っ込んで、女だと確認すると担ぎ上げた。それを日本人が後ろから蹴りつけた。振り返ったソ連兵は誰が蹴ったのかわからず、銃を摑んで撃とうとしたので、人が蜘蛛の子を散らすようにして逃げた。騒ぎを聞きつけて赤い腕章をつけた憲兵がやってきて、そのソ連兵を射殺した。するとあっという間に、人々は元通りに戻ってくる。そんなことを繰り返した。

ソ連兵たちは刺青をして、ドイツ戦線からの分捕り品のマンドリン銃を腰にぶら下げて、女を見るとどこでもズボンを下ろして強姦しようとする。移動の列車の中で自国の女兵士さえ強姦するのだという。

いろいろな事情がわかり、道がわかり、商売のこつも少しずつ覚えた。脱走した報国農場の若者は月に一度ほどやってきて、稼いだ金をおいていってくれた。彼らは血色がよく、衣服も清潔だった。住み込みで満人や朝鮮人の商家や工場で働き、大事にしてもらっているといった。皆、日本には帰るなというのだそうだ。あんな土地のない所に帰っても仕方がないだろうにと不思議そうにされるのだという。発疹チフスで死にかけた女子の数人が、満州人に助けられて、その恩義に応えるためにのぞまれるまま嫁になったりした。

十二月三日

腹を下していて、夜道に我慢ならなくなって、用を足しにやみくもに道路脇に飛び込むと、足元がぐにゃりとして、雪の下が土でないことに気がついた。ズボンをずり下ろしてしゃがみ込むと、股の下に目があった。かっと見開いた目だ。尻を丸出しにしたまま飛びのいて転んだ。そこには無数の死体が積み重なっていた。死体はいろんな姿で固まって、子供がおもちゃ箱をひっくり返した時のように、上下左右ばらばらの方向に転がっていた。それぞれには表情があり、みんな裸だった。顎の下を砕かれている死体があった。金歯をしていたのかもしれない。

一月一日

広島に落ちた新型爆弾は、熱風で街を吹き飛ばしたらしい。義勇軍隊員が、知り合いの満人から聞いたと言って教えてくれた。満人がいうには、日本国は敗戦国となり、内地では中国人や朝鮮人に何をされても口答えできないのだという。

それでも満人商人の間ではソ連軍の軍票と八路軍の軍票と消滅した満州国の通貨なら、満州国の通貨が一番価値があった。知り合いの米商人は「いまは負けたけど、日本はまた戻ってくる。そのときにはこの金が使えるから」と、油紙に包んで家の壁に塗り込んでいる。

満人商人が開拓団がいたあたりの事情を教えてくれた。

「日本人がいた一帯は、清朝が、漢人の入植を禁じていた場所。でも清朝末期に蒙古の王が貸してしまった。でも蒙古人はラマ教で、ラマ教は教義で土を掘れない。それで、春の間だけ漢族を雇った。漢族は毛布と鍋釜だけを持ってやって来て、穴を掘ってそこで暮らして耕作をし、収穫が終わると南下して元の場所に戻っていった。元の場所というのは大連《だいれん》よりまだ南だ。漢族はまじめで頭が悪い。大きな鉈《なた》を振り回して動物を仕留めることが楽しみ。そういう山東人が、そのうち冬場も住み着くようになった。だからあの辺りはそもそもが無法地帯」

昔からいた地元民が、土地を取られたって怒ったというのは嘘。もともとみんな出稼ぎ。日本人の開拓団に雇われれば夫役を免除される。夫役に行くと生きて帰れないから、夫役に行くよりまし。日本人は子供みたいに言われたことをそのまま信じるから。そう笑われた。

撫順には無料の風呂があちこちにあり、炭鉱労働のあとはただで入れる。ここでは石炭は掘るのではなくて、石炭だけでできている山があり、そこを爆弾で爆破して、ショベルカーでかき集める。すり鉢状に掘られた底に貨車が通っていて、その貨車に石炭を乗せて外へと運び出す。石炭は無尽蔵にある。地熱があって温かく、極寒の冬でもそこでは寒さを感じない。採掘場ではところどころで自然発火した火が燃えていて、夜は幻想的だ。

一月二十日

仕事帰りに、無料の風呂に入り、湯冷めをしないようにありったけのボロを着込んで帰るところだった。懐にはいましがたもらった金があり、どこかで売れ残った饅頭を抱えている子供から安く買えないかと思いながら屋台通りを歩いていた。店じまいをする屋台の女性店主が、毛糸の手袋をして、ゴミを横にあるアルミのゴミ箱に捨てていた。それから手前にあった、うどんの入った見本の丼を捨てようとした。

そのとき、「それ、捨てるんなら、分けてください」と言う女の声がした。捨てようとしているのは、揚げの入ったうどんで、外に出していたのでカチカチに凍りついている。

声をかけた女は開拓団避難民だった。

日本人居留民と開拓団避難民は一目で見分けがつく。女性店主は着物に白い割烹着を着ている。開拓団避難民は垢染みて臭い。

女の後ろには子供が二人いた。どちらも真っ黒な顔をした痩せた子だ。屋台の女性店主はとっさのことにどうしたらいいのかわからないようだったが、母親はじっと頭を下げていた。屋台の女性店主は丼を女の手につかませた。

母子は逃げるようにその場を去った。凍ったうどんをどうやって食べたのだろう。

三月二十日

もうすぐ冬が明ける。また八路軍がやってきて戦闘が始まった。

国府軍がアメリカの飛行機を使い、八路軍はソ連の支援を得て、お互い国土の分捕りに必死だ。

我々避難民は八路軍がきたら八路軍の元で使役につき、国府軍がくればその下で働いた。八路軍の指示の元、弾の飛び交う中で掘った壕も、翌日には国府軍の指示で八路軍をやっつけるために続きを掘った。

　収容所では発疹チフスで人が死に続けている。

三月（日付不明）

露天に放置されていた死体が腐り始めた。

死体はトラックで河原へ運ばれた、奉天からも列車に山積みにされて、死体が運ばれて来た。そんな列車が何両も続いた。河原で木が組まれて、その上に死体が積み上げられた。木組みは河原の向こうまで続いた。それに油をかけて火をつける。その煙は何日も続いた。

みな、騙されて満州に来たのではない。国では食えなかったから来た。日本の北の方では餓死する村があった。娘を女郎に売る家も多かった。みな、不況が怖くて逃れたのだ。ここでは空襲も本土決戦の不安もない。日ソ中立条約があり、世界一強い関東軍もいる。内地が隣同士で監視をしあい、食べるものにも苦労していたころ、満人を顎で使って、白い飯で腹を一杯にして、子供たちを好きに遊ばせたのだ。

　戦争の災いは雨のようにあますところなく平等に降ったということだ。

　炎の中にいくつもの人形《ひとがた》が浮かび上がった。影は、身体をねじり、組み合い、生きているように動き反り返った。撫順中の日本人の死体が、トラックや列車に積まれて運ばれ、野積みにされ、焼かれた。

　死体が消えて、講堂も図書館も校庭の隅も、きれいになった。校庭の裏には、死んだ人が手厚く葬られていたころの名残で、土がこんもりと膨らんだところがあった。そこには板に名前が書かれていたりしたが、その板も薪に持ち去られて、土饅頭も、平たくならされた。

五月八日

帰国の船が運航されるという知らせが、収容所にきた。

愛媛村の人々もほとんど残っていない。皆がそれぞれに自分の身の始末をつけるだけだ。

与一が発疹チフスにかかった。

ええがよ。わしは恨まれとるんじゃ。ぎょうさんの人を満州にやりよったけんなと、与一は言った。

与一を助けるために満州に来た。だから置いては帰れない。

日本人会は、みなが乗ったことを見届けてから最後に船に乗るということだ。チフスだと、船には乗れない。ここに残ったら、最後は日本に帰れなくなるかもしれない。日本人会の幹部に、船はいつまで出るのかと聞いた。すると、わからないと言われた。

誰が、列車で五時間の道のりに、日本人開拓団の生命があれほど奪われると思ったか。無敵の関東軍が、文字も読めない、女とみれば道端でも強姦しにかかる兵隊たちに負けると思ったか。農兵の集団の八路軍が、連合国の後ろ楯を持つ国府軍をやり込めると思ったか。この戦争のあとの状況は誰にも読めない——そう言われた。

信子に「先に帰れ」と言うと、「あんたは自分の家族より与一さんが大事か」と言われた。

信子が口答えをしたのは初めてだった。

愛媛村の開拓団を追いかけるとき、一度も信子のことを考えなかった。それがずっと後ろめたかった。

妻はだれでもよかった。子供はそのうちできるものだ。しかし与一とは机を並べて学んだ。ともに遊んだ。中野家の口添えで一度は中学に進んだ。分不相応だという周りの視線に、与一は怒った。学問は学力優秀な者がするべきものであり、優秀であるなら、分相応である。神崎安治が十分な学力を有していることはその成績から明らかなのに、何をもって不相応という言葉が出るのか。そう怒ってくれた。親が周囲の視線にいたたまれなくなり、結局退学したが、ひとときでも優秀な学生と机を並べて勉強ができたことを、与一に感謝をしている。

漁師の息子は家のために金を稼ぐのが分というものだと、周りは言う。家族総出で網をたぐってこそ、漁師の端くれとして受け入れられるのだと言う。お前の息子が本読んだり英語なろうとる間に、隣の息子は網の修繕を覚えると、親父は厭味を言われた。

昭和十年七月に日本は外交文書の国号を大日本帝国に、翌年、皇帝を天皇に統一した。日本の夜明けやと与一は瞳を輝かせた。その年に二・二六事件で高橋是清が殺された。満州移民政策に反対していた高橋是清が死んで、政策は一気に実行に移された。そんな時代に、漁師の小倅には学問は不相応と言った村民の頑迷さや、また彼らに学問の尊さと価値を知らしめる覇気を持たなかった学校関係者に、与一は怒った。

たかだか十五歳の与一が、こんなことではこの地域は廃れるだけだと嘆いた。その先見性と志の高さに、いかに生きても所詮は漁師の小倅、ならばこの志を持つ者に添おうと決めた。だから自分の幸せやこの先のことなど考えたことがない。

与一は生まれ育ちで人を分け隔てすることがない。悪いものは、相手が誰であろうが、悪いと言う。開けっ広げで、情が深い。その分憎まれることもある。進歩を気取っているとか、金持ちの道楽と言われた。

たしかに金持ちの道楽なのかもしれない。でもその道楽で「世の平等」に取り組むなら、それは奇特なことではないのかと思った。

中野の家も与一の道楽を受け入れた。与一の父親は、ことあるごとに家に呼んでくれた。その父親が、渡満にだけは首を縦に振らなかった。与一が中野の一人息子だったからだ。それでも反対されたからといって親のいうことを聞く与一ではなかった。

結局父親は、お前が死ぬのはお前の勝手だが、中野の血を絶やすことはまかりならんと、妻と生まれて間もない息子を置いて単身で行くならと、許可した。

長く庄屋として地を治めてきた中野の家は武家のようだ。だから与一は国を信じる。与一には、国は仕えるべき主だ。氏とか育ちをないもののように振る舞う与一こそ、氏と育ちによって出来上がっている。皮肉な矛盾だが、そんな矛盾をなんとも思わず前へと突き進む与一のことが好きだった。

痩せた与一が一人で帰れと言う。ここに自分といたら、チフスが伝染ると言う。二人して寝込んだら、二人して餓死やと冗談を言ってやったら、与一は笑った。その顔は、乾燥した梅干しみたいだ。

「迎えにきてくれただけで十分や。ほんまにうれしかった。わしがむりやり引き込んだんや。村の人も大勢引き込んだ。死んでお詫びをするのが当たり前かもしれん。団員を日本に返すまでは、どうにか長らえたかった。神さんはわしの願いを聞き届けてくれたんやろう」

コロ島は引揚者で地を覆うようだ。みな、背中に前に荷物をくくりつけて、男も女も見分けがつかない。ただ身を引きずる茶色い群衆があるだけ。路上は、ボロを着て、ぼうぼうの髪に垢で黒光りした顔で、座り込んでいる者ばかりだ。

せっかくここまで辿り着いても、命が尽きる者もいる。死んだ者は毎日水葬にされた。ヒレの長いサメが寄ってきた。

コロ島の警備は国府軍で、辺りには屋台が並んで食べ物が売られていた。買えない者には恨めしい光景だ。金のある者は夜毎酒盛りをしているということだ。

働きに行っている間に与一が放り出されないように、収容所を見回る国府軍の兵士に金を握らせた。収容所は列車が来るたびにいっぱいになり、船が出るたびに人が消える。がらんとした教室で、与一は、関東軍がおってくれたらと言い出した。

匪賊もソ連も吹き飛ばす、強い強い関東軍じゃ。逃げるときに隊列が二キロほどにのびるやろ。誰も助けてくれん。周りは敵ばかりや。そんときにな、青い空を見上げてな。日の丸のついた戦闘機が、今にも飛んできそうな気がするんや。武装解除しても、ソ連に負けても、それでもどこからか、日本の兵隊さんが助けに来てくれそうな気がした。船やったら、軍艦に日の丸や。飛行機やったら翼に日の丸や。

与一の具合は一進一退だった。治るかもしれないのだ。与一はまだ二十五歳なんだ。生きた身体でも、死んだ骨でも、連れ帰ってやる。

2

——生きた身体でも、死んだ骨でも、連れ帰ってやる。

ページはそこで途切れて、日記は唐突に終わっていた。

頭の芯が痺れたようだった。

ここにあるのは記憶ではない。事実なのだ。最後は病身の中野与一を引きずってコロ島まで行き着いたのだろう。それでも船に乗れない。その苦悩が最後の切れたページにあるのだと思う。固まりかけた廃油に漬かったような人々。

自分の死期にも人の死期にも無頓着に座り込んでいる人がいて、そしてその魂というか、本能が疲弊して我が身の運命を悲しんでいる。なにかそういうものが教室に充満している。それが多分、網に釣り上げられた魚と同じなんだ――。

美智子は恐ろしいと思った。ブロックのように打ち捨てられて凍った人の死体。そして名もなき人として河原で焼かれた死体とその煙を安治は書きつけた。

美智子は放心したままだった。今、浜口の気持ちがわかる。ちょうどいいものを求めていたら、まるっきり別の、牛一頭分の肉の固まりを目の前に置かれたような。

消化が追いつかない。

事実というのは怖いものだと思う。こういう何か、人に消化できないものが、その背景に隠れている。いや、消化できないものが背景を掌握しているといってもいい。

容赦ない混沌の中で、正義や親切や情熱を心に焼き付けて無言で生きる。批判はしない。望みもしない。混沌に飲まれることに抗おうとも思わない。

安治という男はこのあと、もしかしたら与一のために人を殺したかもしれない。あるいは奇跡的に回復した中野与一と、幸運にも何事もなく帰り着いたのかもしれない。

その時美智子は唐突に気がついた。

越智政一――駐在の名は、越智政一と言ったはずだ。

美智子は懸命にページを捲った。

――神崎さんじゃないですかと、大きな声がした。振り向くと若い学生が立っていて、愛媛報国農場の越智政一だと名乗った。越智は、神崎さんじゃと大きな声で何度も叫んだ。

この若者は事件当時の駐在のことではないのか。

美智子は、鞄を開けると取材メモを取り出して捲った。

駐在所勤務。越智政一六十六歳。年齢からいって再雇用だろう。地域の事情に通じた長年の「駐在さん」は、重宝されていたのだろう。逆算すれば、安治の日記が書かれた時、駐在の越智政一は十五歳だ。

日記に出てくる報国農場の越智政一の年齢はわからないが、まだ学生であることは間違いない。二人が同一人物なら。

——駐在も、満州で与一や安治と運命をともにした人間だったということだ。

年をとった医師が、自殺を病死と書いてくれたというのも、村気質や馴れ合いの産物ではなく、彼らには戦後のルールはさほどの意味をもっていなかったということではないか。帰って来た者たちは、いまさら新生国家に従属する気がなかったといってもいい。

そう考えれば。

三人が結託するということは十分に考えられる。

しかしそれでは、なぜ安治の息子は自殺に追い込まれたのか——。

そのとき安治の日記の間から葉書のようなものが滑り落ちた。

手に取るとそれは、葉書ではなく、葉書ほどの大きさの絵だった。

そこには三人の少年が描かれている。

一人は色の黒い、丸坊主の少年で、もう一人も同じく真っ黒に日焼けして、麦わら帽子をかぶった少年、残りの一人は色の白い少年だ。三人は元気いっぱいに笑っていて、背景は空。白い雲が浮かんだ真っ青な空であり、足元には色の違う青い線がある。古くて小さな水彩画だ。

裏には日付があった。

一九九六年　六月二十三日。

女性のきれいな文字だった。

夕方、芳江はやって来た。美智子はホテルの喫茶室で、日記をテーブルの上に置いた。

芳江は昨日とは違った。その表情は穏やかで、まるでつきものが落ちたようだ。

「息子の元春さんでさえ、そのノートのことは知りませんでした」

ひっつめた髪、化粧気のない顔。改めて見れば、着ているものは清潔だが、何度も洗濯したものだ。手は荒れて節が膨らんでいた。

「私がその日記を見つけて、おじいに持っていきました。忘れとったんと違うやろうか、おじいはびっくりしておったけど。『読んだんか』って言うたから、読んだ、悪かったやろかと聞きました。おじいは、悪いことなんかあれへんって。それっきり、日記の話はしたことがありません。

安治じいさんと与一さんは、うちで酒を飲んでいました。いつも日本酒で。安い日本酒です。むしろを敷いただけの板間で、大した話もせずに、かまぼこをつまみにしてな。漁の話やら、孫の話やら。その日記を読んだとき、初めて腑に落ちたんです」

芳江は目を伏せて、床のどこか一点を見つめていた。

「それまでは満州のことはひと言も言いませんでした。そやけどそのノートを読んだあとは、あたしが、ネズミできゃあきゃあ言いよったら、満州ではネズミの数も大きさも違うって笑うてな。犬小屋みたいな罠を作ったら、朝にはそこにぎゅうぎゅうに、おおけな、うさぎみたいなネズミが二十五匹、はいっとらい。二カ月で九百匹捕まえたがよって、言いなはって」

そのとき芳江はほんのりと幸せそうな顔をした。

「満州はなんでもスケールが違う。アブもブヨもすごくて、魚は餌にいくらでも食いつく。風一つでも、人なんか吹き飛ばしてしまう。土が舞い上がって前が見えなくて、立っとれんから地面を這って避難するんや。風がバリバリと音を立てて建物を壊す。去ったあとには、屋根が全部吹き飛んどる。畑もなにも砂塵に埋まっての。見渡す限りが土になってしもうての。それが三日もしたら、元通りの青い畑に戻るのよ。ほんまに魔法のような土地じゃ、って」

そう、口真似た。

「でも安治じいさんの話でなにより覚えているのは、野火のきれいさでした。

——遠くに漁火みたいなんが見えるのよ。地平線の向こうにな、煙が上がっとってな、昼も夜も向こうの方で、風に任せてゆらゆらと移動しとるのよ。それが突然やってくるんや。ゴーッと地を這う音がしてな。歩く火の巨人や。それで手当たり次第焼き尽くしていく。保管していた干草に火がついて風が巻き上がったら最後、もう消すことなんか出来ないんやで。消しに行って、何十人も焼け死んだ開拓団もあるそうや。——そう言っていました。野火が移動して見えなくなるのに十日もかかったそうです。あたしはその話をきいて、風の吹くままに、生き物みたいに動く漁火を思って、それが風を巻き上げてごうごうと動くさまを思って、そんな野火を見てみたいと思いました」と、芳江は微笑んだ。何かに見とれるようだった。

「畑の端に腰掛けて、満州の自然を話すおじいは本当に楽しそうでした。ほんとうの寒さは、痛いんやって。それが爪先から脳天まで突き抜ける。吐いた息が氷になって帽子にくっつく。二十分もすると、睫毛に氷がつく。そいで、目ん玉をぐりぐり動かさんと、目玉が凍る。もっとる銃が顔に触れたら、銃と顔の皮がひっついて顔の皮がはがれてしまう。宿舎で寝とっても毛布の端が凍る。そんなところで野営して泊まるんやって。

人間が出来ることなんか、自然の中ではちんまいことや。潮目が変わったらイワシも獲れん。真珠も、餌がどうたら、薬浴がどうたら言いよるが、ほんまはそういうことやない。わしら人間は自然のおこぼれをもらっとるんや。自然がそっぽをむいたらおこぼれはないのよ。

——ほんまにその通りやった。真珠がとれんようになったのはホルマリンやない。海がそっぽをむいたからです。一旦火がついた野火が消せんように、風が、一旦吹き始めたら建物も屋根も吹き飛ばすのをどうすることもできんように、海で真珠が育たなくなったことも、止めれん。

おじいは言いました。満州で偉そうにしとったのが、終戦が近づいて、仲よくしとった原住民の目つきが変わっていく。そういうことはな、だからってどうすることもできんのよ。なにが悪かった、かにが悪かったたって考えるのも言うのも勝手。ほやけど、野火がやってきたら、誰にもなんにも出来んのよ。蒙古風が吹き始めたら、ええ家も悪い家もない、屋根はひっぺがされるのよ」

美智子の脳裏に、暴れる茶色い濁流に砕けながら飲まれる家が、足元を削られてなす術もなく川に落ちて流される家が浮かんだ。

――止めれん。

芳江は美智子を見つめた。

「野火はな。消えるんやない。回ってるんよ」

しばし、言葉が止まった。

「――戦後開拓のことを聞いたことはありません。そやけど元春さんのお母さんは元春さんに、九州の戦後開拓は、満州より、ずっとつらかったと言ったそうです。あそこではだれもわしらのことをみとらん、わしらは人間扱いされんのよ。まるで動物みたいな扱いやった。食い物がない、野良犬みたいにな――元春さんからそれだけ聞いたことがあります」

美智子は自分がしていることが、あまりに小さくて無意味なことのような気がした。それでも、人が生きるということは、そもそもが無意味でささやかなことだ。美智子は気持ちを奮い立たせた。

「神崎家の親戚の、神崎小太郎という人が、あの夜、村からいなくなったそうですね。荷物も全部そのままで、いなくなっていることに気づくのに数日かかったと聞きました。その人も真珠をやっていて、前日にフグの業者と喧嘩をした。元春さんの甥で、元春さんと一緒に仕事をしていたそうですね」

芳江の目つきが突然変わった。目がギラリと光り、美智子を睨みつけたのだ。そのまま芳江は、腹に溜まっていたものを吐き出すように言った。

「小太郎はどうなったんですか」

小太郎がどうなったか——そう聞かずにはいられないなにかが、芳江にはある。美智子は、丁寧に答えた。

「事件の翌日、三崎から出た船の中で、金の入った袋を盗られた若い男がいて、金を盗った男の軽トラックを必死に追いかけた。わかっているのはそこまでです」

芳江は美智子を見つめたままだ。

「——一回だけ電話があった。名乗らんかったけど、小太郎やとわかりました。葬式の十日ほど後でした。ねえちゃん、春兄はおるかって。元春は首くくって死んだと言いました。小太郎の言葉がそこで切れて。あんたが中野の守男さんを殺したがやろって、あたしは言いました。小太郎は、待ってくれ、って叫んだ。わしやない、それは違うって。もう一度、それは違うって。学者先生には悪いことをした。辺りは血しぶきで。そこに学者さんがやってきて呆然とわしを見て——金が欲しかった。岬から逃げたかった。先生はわしの顔を知っておんなはったんや。でも、火は、知らん。おっこう山の上から見たとき火を吹いた。守男さんは、もう死んでおんなはったんや——小太郎がそう言ったとき、電話の向こうで人の気配がして——あたしは最後まで逃げやって言いました。それで電話が切れた。それが最初で最後の電話です」

やっぱりあの日、船に乗っていたのは小太郎だったのだ。

「最後まで逃げや——あなたはそう言ったんですか」

「うちの人があんたの身代わりになったんやったら、代わりに生きてって。そう思ったんです」
芳江は涙を飲み込むようにごくんと喉を鳴らした。それから手の甲を目頭にこすりつけて涙を拭いた。
「あたしはなんと言われてもかんまん。ええ嫁やなかったから。指輪をしたり、服も派手やけん、近所にも馴染めんかった。そやけど元春さんは優しい人でした。いっちゃんもようなついてくれて。そやけど借金がかさんでな。息が詰まりそうになるんです。小太郎が、フグの業者を殺したるって言うた。あいつら殺したら事件になる。そしたら、テレビやらなんやら、わしらのことをとりあげてくれる。フグのやつらのやっていることが世の中にわかる。わしがやるって。
知り合いのおっちゃんが林の中で首つってな。小太郎が見つけたんや。その前まで、にいやん、わしら、首くくらないかんのやろかって、そんな気弱なことをいうてたのにな。小太郎が突然、わしは死なんって言うた。行儀よう死んでたまるか——そう言うたんです。うちの人は、最後のお願いに中野の家に行きました。他にもう頼めるとこはなかったから」
芳江は言葉を切った。
——辺りは血しぶきで。そこに学者さんがやってきて呆然とわしを見て
——でも、火は、知らん。おっこう山の上から見たとき火を吹いた
——守男さんは、もう死んでおんなはったんや
——金が欲しかった
美智子の頭の中を小太郎の言葉が駆けめぐった。
「お金は、借りることができたのですか」
芳江は黙った。それから再び美智子を突き放した。
「あんたにはわからん」

美智子はじっと芳江を見つめた。

「あなたは、なぜ自分の夫が死ななければならなかったのかを、知りたいとは思わないのですか」

芳江はゆっくりと首を振った。

「小太郎がやっていたら、なんで与一さんが頭を下げに来るか」

「事件のあと、与一さんが頭を下げに来たのですか?」

芳江は黙り込んだ。

事件の夜、芳江は油池にいなかった。彼女が「頭を下げに来た」与一を見たとすれば、事件の翌日以降だ。それが元春の自殺の引き金になったのではないのか。事件後、与一が頭を下げたことが。

美智子は思うのだ。芳江は昨日、神崎の家のことを美智子に対してどう擁護すればいいのかわからなかった。そこであの日記を美智子に見せた。芳江は誰かと——やってきた記者と——分かち合うことを望んだということだ。彼女には話す決心がついているはずだ。

芳江はゆっくりと口を開いた。

「あの事件のあと——与一さんが来て。板間に手をついて、頭を下げなはった。二人でいつも酒を飲む板間です。引き戸を開けるとお日さまがまっすぐに差し込むんです。そこで安治おじいはじっとうなだれて。夏の暑い日やった。話は聞こえませんでした。年寄り二人が、板間で、向かい合って座っていました。長居はせんかった。話したのはほんの五分でした」

芳江は息を吸い込むと、ゆっくり目を瞑った。

「ヤエばあちゃんの言う通り、元春はあの日、酒を飲んだんです。それからいっちゃんに、釣りに行くかって声をかけました。わたしは、借りれたんかって聞きました。そうしたら、内緒や

——そう言いました。そやけどその顔が穏やかで。あとで小太郎のところに行ってくるって言いました。あたしはそのあと家を抜け出した。約束してましたから。それで、家串からあの炎を見たんです」

赤い赤い、地獄を焼く炎のように空に吹き上がった火事の火だ。

「元春さんは、金を借りることができて、禁酒を解いた。その日あなたは家を空けた。そして火事が起きた。そのあと、与一さんが安治さんを訪ねてきて頭を下げたんですね」

芳江は手首で涙をぬぐった。

「話はあとから聞きました。与一さんは、守男を殺して火をつけたのは元春ということになりよる。そのまま罪をかぶってくれんかって言った。逃げてくれんか。そうしたら神崎の借金は全部かぶるけん。神崎の生活費も、勇の養育費も、全部用意するけん——そう言いなはったそうです。わたしは、もう借金が苦しいけん。このままでは首くくらないかん。どうせ犯人やと思われるんや。同じ殺人犯になるなら、借金を消してほしい。罪をかぶって逃げてほしいと元春に言うた。たとえ認めないでも、人殺しからは逃げれんのやって。警察はそうするつもりなんやって。もし無実とわかっても、借金で首くくらなあかんのは変わらん。あたしは、元春に摑みかかって、この甲斐性なしが、最後に借金ぐらい片づけろって、拳で叩いた。あたしはその時の自分の声を、今もよう忘れん」

美智子は息を止めた。

——どっちに転んでも仕方がない。

八重の父親の言葉は、このことだったんじゃないのか。どちらにしても、神崎元春に生き残る道はないということだ。

「ごめんやで」とうなされて夜中に飛び起きる。芳江は、元春にしたことをかたときも忘れたことはなかったのだろう。子供を連れて油池を離れ、転々としながら懸命に学校に通わせた。神崎家の人間としての苦しみと誇りがあり、大洲に戻るまでの十三年間は、彼女には懺悔の旅だったのかも知れない。

だから大洲に戻ることになったとき、日傘をさして、自分を守ってくれた男の元に挨拶にきた。あの話には、彼女の切なさと解放感が詰まっていたのだ。

「一つだけ教えてください。あなたは、もしくはあなたたちのうち誰かは、犯人が誰であるか知っているんですか」

芳江の眼光がふと、鋭くなった。射るように美智子を睨んでいた。

「知っていたらどうなるんですか」

何度もぶち当たり混乱する。この芳江の言葉と、その確信に。

「元春は死にました。木にくくりつけたロープにぶら下がって、首を吊ってな。安治じいさんが抱き下ろしました。みっともない死体ですよ。首が伸びて、目玉が飛び出しそうになって。首吊って死んだ死体はそうなるんです。安治じいさんはあのとき、もう七十二でした。警察が来ていたけど、じいさんは警察の人には手を触れさせなかった。自分で抱き下ろしたんです」

息子の死体を木から下ろす老人を思い浮かべた。

畑を歩く安治。

そして日記の中の安治が脳裏に蘇っていた。

犬に食われた死体を見ながら、ただ与一を助けることだけを考えて北に向かって歩きだした安治の姿だ。冬の奉天で棒のように凍りついた死体が積み上がっているのを見た安治だ。匪賊に襲われながらも、満州人を憎むこともなく、ただひたすらに自分の生——いや、自分の現状に正直に付き従ったあの時代の人々。

――知っていたらどうなるんですか。

芳江は安治の日記を持って、帰って行った。

美智子は芳江の後ろ姿を見送った。

二人の人間が殺され、夫が自殺した。その事件の真犯人を知っていたらどうだというのだと、芳江は言った。

ここは満州引き揚げから七十五年経った法治国家日本だ。人は自分の生命財産を守る権利があり、それを侵害されれば相手に刑事罰を与えることができる。

生きている間は見向きもされなかった人も、死ねば、人としての権利はどんな偉人とも肩を並べる。それが近代日本のコアだ。何かを成した人も、成さぬ人も、人として生まれた時点で同価値であるという原則だ。

でも満州では、死んでも生きていたときと同じ、石ころのような命のままだった。腹を満たしてもなお金の有り余る人が、隣で餓死しようとする親子や幼児を気にすることはなかった。死ねば野犬に食われ、積んで焼かれる。

美智子は、自分の混乱をどう処理していいのか分からなかった。

過去において、死は選択であり、生きることは必ずしも絶対ではなかった。生きることを諦めるなという価値観は戦後、娯楽映画を媒体として欧米から入ってきた。死に時とか死に方などの思想を一撃で踏み倒す鋼の言葉だ。その一言で、人は、極端に言えば「生き方」を模索する面倒から解き放たれた。「生き方」とは「死に方」でもあるからだ。

戦後開拓は、満蒙開拓団戻りの者が多く入ったと言われている。スナック「あけみ」のママの言う通り、満州の引揚者は、帰国後、決して慰められたり苦労を偲ばれたりすることはなかった。戦争は終わったのだ。人々は忘れたいのだ。自分たちが鳴りもの入りで送り出した記憶、敗戦の記憶、長く続いた苦労と悲しみの記憶——怒りも、慟哭も、すべて捨てた。それは、溜めに溜めたゴミを詰め込んで古い家に火を放つような感情だ。いちいち大切なものや必要なものを選別したりなどしない。「まとめて焼く」ことにこそ意味がある。戦争で息子を三人失った母親も、ほぼなんの被害を受けることがなかった農家も、全く同じ戦後というスタートを切ったのだ。それが戦争を終えた時の日本人の強さでもあった。満州からの引揚者は、その空気を敏感に感じ取っていた。大なり小なり皆苦労したのだという空気。終わったことはしのごの言うなという空気だ。手の中でくしゃと丸めてポンと捨てる——引揚者の無残な記憶だけでなく、満州での開拓の日々、いや、満州での開拓の事実そのものが、拒絶された。

満州の記憶は、引揚者の中に封印された。

それでも満州の野火の美しさと、から風のすさまじさを、胸一つに収めるのは悲しくないだろうか。友情と助け合いと収穫の喜びをなかったことにするのは切なくなかっただろうか。悲惨なことだけではなかった。懸命に生きた日々であり、言わば、敗戦までは、満ち足りた成功者の日々でもあった。それは安治の日記からもかいまみえる。神崎安治と中野与一は、そういう、誇りも含めた何もかもをなかったことにしなければならなかった。

二人はただ二人、同じ記憶を持つものだった。

満州ではともに額に汗して土を耕した。輝く星の、走る野火の、すべてをなぎ倒す風の強烈な記憶は、二人のコアに刻み込まれただろう。現地人の襲撃など、いまはアニメの中にしかない。匪賊といえば、「法の外にいる」殺してもいい人として描かれる。でも二人は、彼らが人であり、そこには彼らの生活があったことを知っている。安治と与一には、たぶん、「中国人」と一括りに言うことにさえ違和感があっただろう。美智子の拙い記憶では、当時中国大陸に住む人は満州人であり漢人であり朝鮮人であり蒙古人だ。匪賊は悪人でも山賊でもなく、法の支配が及ばない一帯で農業をする家族に雇われた、用心棒だったと思う。そこに日本人が開拓に入ったわけで、そこで農業をしていた人々には開拓団は侵入者であり、だから、匪賊が日本人を襲うのは、日本人が憎いからではなく、雇い主の縄張りに侵入したからだ。しかし匪賊を雇っていた人々もまた、その土地の所有者ではない。土地は満州人のものだったはずだ。安治と与一が、そういう当時の記憶を――たとえば「中国人」という言い方に対する違和感をだれかに話そうものなら、「要は、荒野を開拓したんじゃなく、人が住んでいた土地に侵略したということだ」と、そこだけ切り取られて、つるし上げられるだけだ。負けた戦争のことは、どんな小さなことだって、日本側に正しいことがあってはならないというのが、戦後の風潮だったからだ。

文化も、記憶も、八月十五日を境に途切れた。二人の持つ強烈な記憶はどこにも開放されることなく、お互いの姿を見ることで、自分たちのあの時の記憶が幻ではなく、現実に自分たちの人生を形作る一部だったと確認し、二人の間だけで、お互いの栄光と挫折を認め合えたのではないか。

中野与一は引き揚げ後は山の上の屋敷に戻ったが、すべてを売り払って満州に渡った神崎安治は妻を連れて九州の開拓地に行った。

中野の家がそんな安治を放っておくとは思えない。命の危険をかえりみず与一のためにただ一人満州に踏みとどまったのだから。中野の家が血筋を絶やさぬことを第一義に考えていることは、行くなら妻と子を置いていけと言われたことからも、血の大事な家だったのにという芳江の、あの絞り出すような言葉からも明らかだ。中野の家は安治に感謝したことだろう。

中野の家は、満州から帰って来た安治に仕事ぐらい紹介したと思う。しかしそもそも安治は中野との関わりで村の人に煙たがられていたふしがある。だから中野の厚意にそのまま甘えることができなかったのではないだろうか。それで九州の入植地に入った。中野家の、安治に対する感謝と義理はそこで宙ぶらりんになった。そういう一つひとつが、野火を呼び込む可燃物——導火線のように、一九九六年八月六日へと繋がっている。

美智子は、日記のコピーを二部とった。そのうち一部を封筒に入れてフロントから発送手配を済ませると、亜川に電話をかけた。

数回の呼び出し音のあと、声が聞こえた。

「はい」

「宅配を送りました。神崎元春の父親の安治の、満州引き揚げ時の日記のコピーです」

亜川はちょっと考えたようだ。間を空けた。

「なぜぼくに？」

「その日記を読めば、中野の家が神崎に惜しみなく金を貸したというのは十分にあることだとわかります。事件当時の駐在が、報国農場の学生として出てきます。二十五年前に起きた事件は、おそらく現代の日本の警察にはその全貌を解明できない」

美智子は少し考えると、言い換えた。

「誰かに立会人になってほしいんです」欲しい所だけを読むのではない人。興味本位に読まない人。安治と与一の生きた時代を哀れに思うことなく、我が身に置き換えるようなこともなく、ただ誠実に読める人——美智子は、正しく読める人に提示することが、安治に対するせめてもの敬意だと思う。ただそこまで説明する気にならなかった。

「それには事件に色気のない人がいいでしょ」

それで亜川が納得したかどうかはわからない。

二十五年前の事件当時、中野守男と玄武真が運び込まれたのは、火災現場となった由良半島のつけ根から二十キロメートルほど離れた宇和島病院だ。いわゆる地域の中核病院で、若い庶務課の警官が紹介してくれたのは当時の看護師で、現在は専業主婦をしている女性だった。

女性は自宅近くの喫茶店で取材に応じてくれたが、記憶に自信がないと、ひどく困惑した様子だった。

「詳しいことはわかりません。当時、私はまだ二十五歳で、患者は二人、遠くから救急搬送されてきたんです。午前零時ごろでした。時間はその後何度も聞かれたことなので覚えています。火事だと聞きましたが、学者さんの方には息があり、意識もありました。自分で名前を名乗りましたから」

学者さんというのは玄武真だ。だったら警察官は玄武本人から事情を聞けたはずだ。

「その男性は意識が薄らいでいるのか、答えるのが苦しいのか、ただ単語をつないで話していました。そのきれぎれの話の中で、子供のことを話していました。子供がいると言って」と、看護師は言った。それから少し落ち着いて、言いなおした。

「それと、前後の脈絡はわかりませんが、刑事が患者の枕元で、子供なのか、若い男なのかと、聞き返したのを覚えています」

「刑事が、子供か若い男かと問い詰めていた——ということですか」

美智子の口調に、女性が少しうろたえた。

「それほどはっきりとは覚えていません。ずっとそこにいたわけじゃなくて、病室に入った一瞬、耳に入ってきただけですから。もう一人の人が、いまあなたが調べているという中野守男さんで、病院に運び込まれた時には死亡していたと思います」

「なんでもいいので、覚えていることを話してもらえませんか？」

女性は困った顔をした。

「見たことのある年をとった警察官と、亡くなった中野守男さんのお父さんがずっと病院にいました。翌日出勤したときもいましたから」

「口止めなんかはされませんでしたか」

「ほんとに、あたしは末端の看護師で」

「でも口止めされたという話を聞いたんです」

「ええ、そうかもしれません」

そう、半ばなげやりに言った次の瞬間、看護師が腹を括ったように見えた。苛立たしげに目を上げたのだ。

「でも若い男の人は半日ほどで亡くなったと記憶しています。その後、その人のお父さんが、何度も病院に来て、息子が亡くなったときの状況を聞きたいと言っていましたから。そのあと別の刑事さんが、いまのあなたみたいに、看護師なんかに聞いて回っていました。私は何も聞かれませんでしたけど。私は、記者に聞かれました」

「記者？」

「ええ。小柄で小太りの人です。確か立石という記者です。あたし、名刺をもらいましたから。婦長に報告したんです。そのときに病院内のことだから口外するなと言われました。でも不思議だったのは、手帳を持った刑事にもしゃべるなと言われたんです」

あの立石一馬が病院に来ていたというのか。

「それは事件から何日目のことですか？」

「刑事が聞き回っていたのは、二日目か三日目でした。亡くなった中野さんのご遺体をめぐって揉めていると話に聞きました。解剖されたのはそのあとです。それで死因が打撲によるものとわかったと聞きました。若い男の人は、運ばれた直後、一旦持ち直したんですが、その後容体が急変して、集中治療室にいたんです」

彼女の話におそらく嘘はない。ただ、彼女には明確に、話したくないことが——話していいのか確信が持てないことが——ある。口止めされたことが、二十五年たったいまでも語ることに後ろめたさを覚えさせている。彼女の記憶は断片的で、しかしその断片は鮮明だ。たとえば「子供なのか若い男なのか」と聞く刑事の言葉。たとえばナースステーションで「口外するな」と言う婦長の口調。思い出すと口から言葉が滑り出す。多分、自分の中でも不安の種として抱えていて、誰かに話すことで解放されたいとどこかで思っているからだ。そして口にした次の瞬間には自分にストップをかける。そうやって、ずっとアクセルとブレーキを交互に踏んでいる。その彼女の困惑は、この話が当時の関係者にとっていかにタブー視されていたかを物語っているとも言える。

彼女に後ろめたさなしに話せることがあるとすれば、それは立石一馬のことだろう。事件後にやって来た部外者で、事件と関わりがない人物だから。

「中野守男さんが解剖されて、事件になった。記者が来たのはその前だったかあとだったか、覚えていませんか?」

女性は考えた。記憶の糸を手繰り寄せようとするようにしばらく考え込み、やがて顔を上げた。

「前だと思います。そういわれれば記者が来たのは刑事さんより早かったと思います」

「事件になるより早かった——と?」

「わたしがその記者に声をかけられたのが、食事休憩のあとで、だから午後の早い時間でした。運び込まれた時間とか、人数とか、なんでもいいから話せって感じでした。でもそのときには、婦長からも、しゃべるなとは言われていなかった。しゃべるなと言われたのは、報告したあとのことですから。不確かですが、たぶん、立石という記者が来たのは、搬送された翌日だったと思うんです。なんで都会の人がここにいるんだろうって、びっくりしたのを覚えていますから。刑事さんはだれかれかまわず聞くんですが、記者の人はじっと観察していて、すっと寄ってくるんです。人の話に聞き耳を立てているというか。一週間ほど、ずっと出入りしていました」

彼女の口調は目に見えて明瞭になっていた。そこで美智子は今一度確認した。

「刑事にも話すなといわれたんですか」

院内で刑事に協力するなという指示があったとはにわかに信じ難かったからだ。

看護師の女性はそれに、はっきりと返答した。

「そうです。刑事に話すなと婦長に言われました。婦長に聞いてくれと言うようにと」

東京では、中川が、今井昌彦から呼び出されていた。場所は美智子と会ったのと同じコーヒーショップだ。

今井は、中川から名刺を受け取ると、入念に眺めた。

「おたくの木部さんから、君に情報を丸投げするようにと連絡を受けたんだが、確認しますが、それでいいんですかね」

「はい。木部さんより引き継いでいます」

「情報料五万円も聞いていますか」

「はい」

そう言うと、中川は封筒を机の上に置いた。

情報料五万円は異例だが、真鍋の鶴の一声から始まった取材なので取材経費として落ちる。

今井は封筒を開けた。中の五万円を数えると、ハイと言って今井はポケットにしまった。

「では」

と、今井はテーブルの上のコーヒーカップを二つ、脇へ寄せると、そこにできたテーブル二つ分の平面に、クリアファイルに挟んだ紙を並べていった。

写真、住所、記事、そして手書きの資料だ。縦書きのものも横書きのものもある。

「簡単に説明していきます」と、言った。

今井は、写真の女の身元を突き止めていた。それはさほど大変なことではなく、写っている建物から撮られた場所を割り出すと、するする解けたということだ。写真が撮られた池袋の通り界隈を「占めて」いたのはベトナム系のマフィア。上から下まで統制がきつくて、かつ安定して治めている。彼らの数人に写真を見せると、「吉田未来」という女だと判明した。

今井は、ファイルの一つを中川の方に進めた。

「本名はミライと読む。仕事のときはミクと名乗っていた。その女は十年ほど前に消えている。それからぷっつりと現れない。彼女には兄貴がいて、二人して、シマの了解を取らずに美人局《つつもたせ》をしていたらしくて。あの辺りではそういうのはヤバいんです。わかるでしょ」

「はい。わかるような気がします」

中川は本当は、ほとんどわからなかった。シマだのベトナムマフィアだの、安っぽい映画やマンガの中にあるというぐらいは知っている。その程度の知識でいいのだろうか。

今井が差し出したファイルには数枚の写真が入っていた。はじめの一枚には、高校生ぐらいの女が、証明写真を撮るときのようなしおらしさで写っていた。制服を着ていて、スカート丈はひどく短いが、それ以外は着崩していない。写真を撮る時だけきちんとしたのだろう。次の写真では、安っぽいフェイクの毛皮を着た姿で、べっとりと口紅をぬって、切れ長の目になるよう、化粧をしている。中国人風というのだろうか。どちらかといえば肉付きのいい、色白の身体をしていて、化粧とよくあっていた。次の写真では、服を着たまま男の身体に足を絡めていた。男は抱き枕がわりのような扱いで、顔などは写っていない。黒々と引いたアイラインで大げさに切れ長にした目は、思わせぶりで、ばっちりカメラ目線だ。なんだかファッショナブルなスナップを撮っているつもりのようで、このノリで、そのまま裸の撮影でも躊躇なく撮らせそうだ。

他にも刺激的な写真が何枚もある。

毛足の長い毛皮は茶色と白のマーブルで、見るからに安っぽくて、たぶん毛が絡まっている。中川は反射的に、この女の家はたぶんゴミでいっぱいだと思った。ゴミのように積み上がったものの中からその日の服をつまみ上げて着ているに違いない。履いているブーツはくたくたで、その使い込み具合に、底のすり減った運動靴を連想する。脇に置かれたバッグにはブランドのロゴが入り、毛皮の下は、目の粗いスパンコールを縫いつけたタンクトップだ。

茶色と白のマーブルの毛皮が、今井が美智子からあずかったという写真の女の毛皮と一致していた。

「それでね」と今井は次のファイルを中川に進めた。そこに写っているのは男で、黒いベストとズボンの、いわゆるホストクラブのボーイの服装で、髪は大きく盛ったリーゼントという、安物の映画のエキストラみたいな格好をしていた。

「これが吉田未来の兄ちゃん。兄妹ってことはシマの連中には黙っていた。で、兄ちゃんが、ベトナムマフィアに内緒で、妹の客から金を巻き上げていた。ベトナムとかチャイナのマフィアって、血縁はつるんで悪さをすると思っている。だから他人のふりをしていた」

「まんま当たりってことですね」

「そう。その兄ちゃんはいま、カシを変えて夜の商売をしてるんだけど、妹のいたころのようには稼げない。それで五万円でいろいろしゃべってくれた。三万から足して足して五万円。こっちの足元を見て金額を釣り上げたのは間違いないけど、木部さんから言い値でいいから確実な情報が欲しいって言われていたから、その通りやった。吉田未来の兄ちゃんの話なら、情報というより証言だからね。その写真の男」——と、今井は数枚の写真に視線を戻した。美智子が亜川記者からもらい受けた、車に乗ろうとする写真だ。

「上田十徳で間違いなかった。ちなみにその未来って女の子、その写真をとったときに十四歳」

「十四――」

あっけに取られた中川のことを、今井は見つめた。

「いまの子は年、よくわかんないよね。多分、脱いでもわかんない。しゃべったらなんとなくわかるだろうけど。でも成人してても子供っぽい子もいるからね。やっぱりわかんないよね」

兄は一回り年の離れた妹と荒稼ぎをしていた。そのターゲットになったのが上田十徳だ。

「上田十徳は、若い女なら誰でもいいって感じだったらしい。求めたのは、『抱き心地の柔らかい女』。『できればハリウッド感のある派手な女』。だから肉がついていたほうがよかったらしい。でもその未来ってのが、ハリウッド感があるかどうかってのはな。センスの問題だよね」

「派手は派手ですね」

「人工的なハリウッドだよね。人工甘味料のかたまりみたいな」

ここまでくると社会通念なんか吹っ飛ぶというのは、ごく常識的に社会生活を送っている中川にも少しわかる。現実感が吹っ飛ぶというのだろうか。未成年と性交するという罪悪感が消えてしまうというのだろうか。

「で、彼はこの女を指名して、連絡先を交換して、何度かホテルやいろんな所でいたした」

今井は、その後の話を端的にした。

未来の兄の話によれば、上田十徳は女にかなり注《つ》ぎ込んだ。初めて食事をした記念日から始まって、ねだられるものを買い、言われる通りにした。対して上田が女に求めたことはただ一つ。プライベートな関係だと認めること。つまり、金で買う関係ではないということにしたかった。

「しかし吉田兄妹の目的は金だから。さっそく証拠を写真や動画で撮って、強請《ゆす》った。もちろん、未成年だと知らなかったといえば、多少の傷はついてもそれで済む。でも突然売れた若い上田十徳にはその開き直りはない。その上小さな自尊心というのか見栄というのか、女を買っていたことを誰にも知られたくなかった。人生経験の少なさ、人づきあいの希薄さが原因でしょうね。吉田兄によれば、上田十徳は何かに異常にこだわるタイプらしく、子供染みているそうです。動画はクローゼットに隠れて撮ったもので、部屋に入ってから金を払うところまで撮りきった。それで、百万を二回せしめた。三回目を強請ろうと思ったときに、上田十徳から呼び出された。

そこで上田十徳は吉田兄を、美人局のバイトをシマのベトナム人にチクるって脅したんだそうだ。お前ら殺されるからなって、えらく強気で。その時同席していたのが立石一馬。こいつが指南役だって吉田兄はすぐに気がついた。もともとが小遣い稼ぎ目的だから、吉田兄はすぐに手を引くことにした。そのとき立石に、写真のデータは、消去するだけではなく、よこせと言われた。言われた通りに送信して、言われた通りに自分のデータをきれいさっぱり消した。二百万手に入ったのだから、抗う気はなかったそうだ。ここにある写真は客に送っていた、いわば宣材写真で、この子はいくらかなんてことを交渉するための写真だったそうだ。兄の話はそこまでです」

今井はカップに残っていたコーヒーを飲みほした。

「で、妹はどうしたんですか」

「そもそも兄は妹と同居してたわけでもないし、必要がなければ連絡を取り合わない。兄妹がそういう小遣い稼ぎをしていた相手は上田十徳だけじゃなかったけど、開き直られてビビって、しばらく連絡を取らなかった。それで、妹がいなくなっていることに気がついたのはその騒ぎから三カ月もあとだったって。上田十徳のことがあったから、逃げたんだと思うって兄は言った。身に危険が降りかかる前に逃げたんだろうって。あとはそのままだって」

「そのまま」

「そう。それから十年間、音沙汰がない」

「親はいないんですか」

「母親はいるけどそもそも妹は施設育ちで、兄の方もさっさと家を出たからあとは知らない。親が心配するような環境じゃない。これ、全部もって帰って、木部さんに渡してね」

中川は机の上の資料を丁寧に集めた。

「今井さんへのお支払いはどうなっているんでしょうか」

「うん。それは木部さんとの取り決めがあるから、お宅に請求する分はさっきの経費だけ。追加で経費が出たらそれはまた請求すると思うけど、タクシー代だのなんだの控えてないからわからないの。だから請求しないつもりでいます」

「はあ」

「でも、俺思うんだけど、データの復元とかコピーなんていくらでもできるよね。データを消せっていうのはともかく、送らせることになんの意味があったんだろ」

「わかんないですね」

そこで今井は、独り言のようにつぶやいた。

「もしかしたら、まじないみたいなもんだったのかも」

「まじない?」

今井は頷いた。

「思い込みの激しい上田十徳の気を鎮めるための方便というのかな。マフィアを怖れる吉田兄妹がこれで手を引くことは、立石にはわかっていたが、そういう自明の理みたいなものを上田十徳が理解しないと思っていたのかもしれないな」

それから今井は中川の顔を見据えた。

「発端になったあのピースの記事を書くときに、あの男に取材しようといろいろやってみたんだけどね、あの上田って作家、かなりの非常識だよ」

「というと？」

「一旦何かの考えにとりつかれると、ものすごく視野が狭くなる。落ち着いて考え直すってことが出来ないんだ」

それから今井は、中川が資料を鞄に入れる様子を眺めた。

「木部さんは今どこなの」

「そろそろ戻ると思うんですが、愛媛の帰りに西宮《にしのみや》に寄るって言っていたから、いまごろ西宮じゃないですか」

「西宮？」

「ええ。宝塚です。気になることがあるとか」

鞄に、今井から受け取った資料を収納しながら中川は続けた。弁護士、桐野真一の情報を送れと言われて、送ったこと。桐野真一の実家が宝塚だから、今日は桐野弁護士の何かを調べているのだと思うが、なんなのかは知らないということ——それから落としたものを無意識に拾いでもするように、関西も天気がいいそうで、よかったですよとつぶやいた。


美智子は最終列車を新神戸駅で降りると、ホテルにチェックインした。そこから荷物を東京へ送った。宛て先に自分のマンションを書きかけて、留守の間に届くと面倒だと思いなおしてフロンティアの住所を書いた。

キーを受け取って部屋へと向かう途中で、あたし宛に荷物が届くけど、受け取りにいくまで預かって下さいとメールを中川に入れた。

翌日、日が昇るころにチェックアウトした。

西宮北口駅で乗り換えて阪急今津線に乗り、宝塚に向かった。天気はよく、電車は山際を走り、みずみずしい緑が見えて、そこに日が差す様子は見ていて心地よい。車両はおもちゃのように短かくて、利用するのは地元の人たちなのだろう、座っている様子は部屋にいるようにリラックスしている。小林《おばやし》という駅で降りた。駅は小さい。町はこぢんまりとして、古く、時代遅れだがおしゃれだ。電線が張りめぐらされていて、さほど活気はないが、かといってさびれてもいない。

そういえば雑司が谷に通じるところがあるかもしれない。

美智子は地図を開いたスマホを片手に坂の多い道を歩いた。

そうして夕刻には取材の目的を達した。

美智子は、新大阪の駅で帰りの新幹線を待つ間に、とりつかれたように事件の時系列を書き出した。手帳には見開きを使っても書ききれない。あたりを見回したが、ホームに入っていたので弁当販売店しかない。新幹線が入る間際にそこで弁当を買い、紙袋を一枚もらった。やってきた新幹線の自由席に座ると、もらった紙袋を切り広げて、その裏に改めて整理した。時系列と、事件の発生と、収束と、それに係わった人々を記入する作業だ。まるでドラマの相関図のようだった。切り開いた紙の端まで使って書き上げて、見つめた。

――なんてことだ。

新幹線の簡易テーブルの上で、スマホに電話が着信する音がした。

亜川からだった。

紙袋の紙片を握りしめて立ち上がり、通路に出ながら通話をタップした。

『読みましたよ』

神崎安治の日記のことだと思った。

「感想は後日聞きます。いま新幹線の中なんです。迷路の地図を手に入れました。東西南北と現在地もあるものです」

『迷路の地図?』

「ええ」

『少し教えてくれませんか』

「いいですよ。でも言ったように、いま新幹線なんです。東京に戻ったら二、三確認したいことがあります。ことを面倒に見せていたものが切り取れれば」そこで思わず言葉が切れた。

切り取れなかったら――食い込んでいたら――そう思うと思考が切れたのだ。

それでも美智子は長い経験から、人は子のために人を殺すことはあっても、親のためには殺さないことを知っている。峻烈な怒りや憎悪は、我が身を削られるときに生まれる。子は我が身の未来だが、親は過去であり、人の本能は過去のために我が身を犠牲にはしない。

そのはずだ。

『ことを面倒に見せていたものを切り取るとは?』

わざわざ新幹線の中にいると伝えているというのに、亜川はこちらの迷惑など省みず聞いてきた。美智子は、そういう図々しさを好ましいと思う。人の迷惑を考えすぎるのは自意識過剰だ。実際迷惑ではあるけれど。

「庭を手入れしたことがあるんです。下草を刈って、腰丈の木を鋸で根元から切っていきます。それで見通しはよくなって、一見きれいになるんです。でも、最後に、木の根を抜こうとしたら抜けないことに気がつく。どう頑張っても抜けない。そこで根を探るのですが、土の中で雑草の根や隣の木の根と絡み合って、どこまでがその木の根なのかもわからない。絡まったものを一つひとつ切り取って初めて、根の姿が現れるんです」

注意深く聞いていた亜川が、言った。

『絡まりが、あと一つ二つになるまで切り取ったというんですね』

「ええ。あなたの小山田記者に対する思いも、絡まった根の一つと言えたでしょう。二十五年分の地下茎は本当にやっかいでした」

『神崎安治の日記を読みました。その根は二十五年じゃない。百年の根です』

「ええ、そう。掘り起こせばそうでしょう。でも主犯はその百年の根に取り込まれた、二十五年の根なんです」

『主犯？』

亜川は畳みかけた。

『殺人の？　どの殺人ですか』

窓の外を町の明かりが高速で流れていく。そのときメールの着信音がした。それにメッセンジャーアプリの着信音が続いた。通知バーに『中川』と名前が浮かんだ。

「電話、切りますよ」

そして亜川の返事も聞かずに電話を切った。

中川からのメールには、吉田未来という女についての資料が添付されていた。メッセンジャーアプリにはメッセージが浮かんでいる。

〝いま電話できますか〟

〝いま新幹線。送ってもらったものをすぐ見ます〟

〝了解しました〟

美智子はそこに立ったまま中川からのデータを読んで、軽い目眩を覚えた。

メッセンジャーアプリを開いてメッセージを送った。

〝その十四歳の少女はもう十年もいないのね〟
〝ええ。今の世の中、その気になったら女一人ぐらい、どこにでも紛れ込んで暮らせますからね〟
こだわりの強い視野の狭い男と、分別のない子供と。最悪の組み合わせだ。おそらく立石一馬がまともな判断力を持つ存在としてそこに入っていったのだろう。上田十徳が吉田の兄に対して突然居丈高な態度を示したのも、立石という後ろ楯ができたからだ。上田十徳が立石一馬に相談し、立石が間に立った。そこまでは理解できる。その立石のパソコンに、十年前の十四歳少女との写真があり、そして豪雨の中、上田十徳と立石一馬は『待ち合わせて』、立石一馬が『豪雨の川に飲まれた』。
立石一馬が、上田十徳の弱みを握ったということだろうか。
また中川からメールが着信した。一枚のスクリーンショットだった。メッセージのやりとりの画面で、右と左から吹き出しがある。
いまみなと
どこよ
ひらき
ざけんなよ
ざけてねぇよ、あほぴー
〝このスクショは何〟
〝兄が妹と最後に連絡を取った、そのときのスクリーンショットです。吉田未来の兄はこの画像にだけ、結構な値段を吹っ掛けて来たそうです。その読点込みで二十七文字の画像に、今井さんは二万円払ったそうです。もう一つ、十年前、上田十徳の車に盗難届が出ているようなんです。文芸の担当編集者から、上田十徳が買って十日で車を盗まれたことがあるって話を聞いたんです。

盗まれたのは中古の軽自動車なんですが、そのときに十徳は、すでにドイツ製の車を持っていた。でもドイツ車はガソリン代が高くつくから、近場を動くときに使おうと思っていつも行くガソリンスタンドに並べてあるのを買ったのに、すぐ盗まれたと、担当編集が聞いていました。それでフロンティアのコネを使って、そのスタンドの記録をさかのぼりました。二〇一一年三月六日購入。それが八年落ち――新車から八年目の車です〟

〝八年目の軽自動車だと何か問題があるんですか？〟

〝持っている人でも買い換えを考えるような車ってことです。それが買ってすぐ、盗まれた〟

美智子はぼんやりとした。

〝ひらきって港が、最後の会話の場所なのね〟

そう打ち込んでから、上田十徳の蠟のように白く陰鬱な顔を思い出した。

夜の新幹線が目的地へと闇の中を突っ切っていく。

美智子は窓に、目を見開いた、疲れた自分の顔を見る。

3

翌日、東京はカラリと晴れ上がっていた。

美智子は上田十徳を呼び出した。

とても大切な用件だと、優しい口調で丁寧に言った。

「立石一馬の件で新しいことがわかったんです。興味があるかなと思ってご連絡しました」

上田は、興味があるともないとも明確にせずにぐずぐずと言っていたが、場所と時間を指定してきたから知りたいのだろう。場所は初めて取材した、ホテルの二階の喫茶室だ。

美智子はポケットにスマホを入れた鞄を隣の席に置き、カメラレンズが向かいの席に向くようにした。そこに、上田十徳がやってきて座った。

白のシャツにカーキ色のズボン。ジャケットもカーキ色で、まだジャケットを着るには季節が追いついていない。前には気づかなかったことだが、彼は服装に金をかけている。それが季節にあってないところを見ると、百貨店でマネキン買いをしているのだと思う。美智子は上田十徳に気づかれないようにスマホの撮影ボタンをオンにした。

前置きはいらない。

上田十徳の前に、中川を通じて今井から提供された写真を置いた。吉田未来は男の身体に足を巻き付けて、女優気取りでカメラを見つめている。白く、むっちりと張った肌と、アイラインで丁寧に作り上げた東洋的な目。

十徳は青ざめた。なるほど、まだ記憶に生々しいらしい。

「名前、覚えていますか？」

上田十徳は無言だ。

「吉田未来。ミクと名乗っていました」

一層青ざめた。

美智子は手の内にあるカードを提示した。彼女は未成年で、歳の離れた兄と美人局をしていたこと。そのために二人は客とのいろいろな写真を撮っていたこと。その中にはあなたとの写真も含まれていたこと。

上田十徳は逃げ道を探したことだろう。そうして、それがないことを察したようだ。

「悪いことをしたと思います。若気の至りです。年齢のことは、連絡係の男から金を要求されて知りました。当時、写真や動画がネットなんかに流出するのが怖くて、立石さんに相談しました。

立石さんは、その方面の事情を心得ていて、ことを収めてくれました」

「立石にはいくら報酬を払いましたか」

上田十徳は、ぽかんとした。

「そんなものは――要求されませんでした」

「あの雨の日、立石さんから着信があったといいましたね。その電話をあなたは、本当は取ったのではないですか？　それで出向いた」

十徳はぐっと美智子を睨んだ。

眉が寄り瞼が膨らんで、その目はちょっと仁王を思わせた。ある意味、嘘のない、言葉より信憑性のある表情だ。美智子は十徳の前に、亜川から預かった写真のコピーを置いた。

タクシーの横に立つ吉田未来と、タクシーに乗ろうとする吉田未来。タクシーの後部座席で大きなサングラスをかけた吉田未来――そのどの写真にも、隣には二十代半ばの男がいる。十年前の上田十徳だ。――吉田未来の兄は、クローゼットに隠れて動画を撮ったと言っていたから、そのままでは週刊誌に載せられないような画像があったはずだ。そしてそれで金を脅し取られた。美智子はボカシの必要な写真は手に入れていないが、上田十徳は、美智子がそんな写真も持っていると思っていることだろう。

「これが、立石さんのパソコンにあったものです。こういうものを立石さんが持っていたとしたら、あなたが立石さんの存在を脅威に感じたとしても不思議はありませんよね」

すると十徳の顔からするすると色が引いた。

十徳は前回の取材の時、電話があったかどうかについて、実に曖昧に終始した。着信はあったが、鳴らなかった。雨音が怖くてテレビの音量を上げていたが、電話のことは気にしていた。着信音は鳴らず、しかし着信履歴があったのでかかっていたらしい。かけ直したときには繋がらなかったと言った。子供の嘘のような言い分だったが、あまりに支離滅裂だったので、嘘ならもう少しましな取り繕い方をするだろうと思った。上田十徳は警察の事情聴取も受けている。警察にはまた別のことを言っているのかもしれない。嘘のような本当のようなことをのらりくらりと。

「あなたは、電話を取ったんじゃありませんか？　それがホテルの中だったか、外にいたのかはわかりませんが」

　昔のようにルームキーを預ける形だとホテルマンが客の動きを見ていたかもしれないが、今やフロントは無人で、ベルを押すまで出てこない時代だ。

「あなたは立石一馬と通話して、彼のいる現場に行った。もしくははじめから、時間と場所を決めていて、そこで待ち構えていた。その場合は、あなたは本当に立石一馬からの電話をとらなかったかも知れない。あなたにすれば場所はどこでもよかった。増水した川に突き落とせればそれでよかった。それで必ず死亡するとは限らないけど、たとえ死ななかったとしても、自分が突き落としたことがわからなければとりあえずセーフ。もし自分が突き落としたことがわかったとしても、立石一馬が、いずれ本当に殺されるかもしれないと身の危険を感じれば手を引くだろうから、それでもセーフ」

　上田十徳は目を見開いて美智子を凝視した。それから乾いた笑い声を短く上げたと思うと、いきなりむすっと笑いやめた。

「ぼくはそんなことをしていませんよ。この写真のことはいま説明した通りです。その女のことは、すっかり忘れていました。そんな疑惑をもたれるだなんて、不愉快です」

　そう、はっきりと言い放った。

「ぼくは誠実に対応します。これからもそうするつもりです。でも、それでも因縁をつけてぼくの名誉を毀損するのなら、こちらにも考えがあります」

美智子の話には証拠が一つもないのだ。彼だってそれに気付いている。

「上田先生」と美智子は優しげな口調を作り、聞いた。

「どんな恋愛観をお持ちですか？」

上田十徳は美智子を睨み付けたが、明らかに困惑していた。しかし逃げ回ることもあからさまに嘘を並べることも平気だが、返答を拒否することが出来ないのがこの男の特性だ。

「どちらかといえばピュアな恋です」

「プラトニックですか？」

十徳は一瞬、憤怒の表情を浮かべた。馬鹿にされたと思ったようだ。それでも彼には怒りより、正しく伝えたいという欲求の方が強かったようだ。「そこまでは行かないけど」上田十徳は口ごもった。

「小さくてもいいから硬質というか、透明感があるというか」

そう言うと視線をそらした。射るような視線を床に向けている。

「本来は、一般的にいう割り切った関係というのは好きではないのですね」

すると上田十徳は開き直ってきりっと顔を上げた。

「恋愛でなければ割り切ったっていいんじゃないですか。双方の合意の問題でしょう」

利いたふうなセリフだ。美智子は頷くと、質問を戻した。

「この写真の男はあなたに間違いないということですね」

また、十徳の表情が地の底につくほど沈んだ。

「未成年の買春が道義に反することはわかっています。でも当時、彼女が未成年とは知らなかったんです」

それから突然目を上げると、感情を高ぶらせた。

「俺は立石一馬を殺してなんかいない。俺は立石一馬に脅迫されてなんかいない。本当に友達だった。立石さんが俺から金をとろうとしていたとか、いい加減なことを言うな」

一言ごとに感情が高ぶっていく。その、段々に興奮する様は、あたかも勢いよくふくらんでいく風船を見るようだ。最後の「言うな」の段に至ってはいまにも破裂しそうになっている。

「じゃ、なぜ、あの写真が立石さんのパソコンにあったんですか？」

美智子がそう言うと、上田十徳は最後にぷるぷると身を震わせた。

「そんなことは知らない」

それからうつむくと、床を——自分の足の方向を——見つめた。


美智子は雑司が谷の駅で下りた。

ゆっくりと十分ほど歩くと、カレー屋が見えてきた。桐野弁護士事務所の下にあるカレー屋だ。

美智子はドアを押し開けた。

主人はちらりとこちらを見たが、それきり声はかけてこない。決して狭くはない店で、客が一人、カレーを食べ終わるところだった。その客が出ていくと、店主と美智子だけになった。

カウンター席に座ると、チキンカレーをオーダーし、水のグラスを置いた店主に「上に弁護士事務所がありますよね」と話しかけた。

「評判とか、何か聞きますか？」

厨房はカウンターと対面式だ。ガスに火をつけながら、ちょっと困っているようだったが、店主は愛想笑いを浮かべた。

「若い人ですよ。評判とかは知らないですけど、いいんじゃないですか？」

「血で汚れた五千円札がたくさんみつかったってニュースになっていたでしょ？」

炊飯器から米をよそって、温めたカレーをかけるだけだ。冷蔵庫から作り置きのサラダを出して、店主は美智子の前に置いた。

食べ物を粗末にしたくはないが、客がいない今を無駄にしたくない。

「あの事件を調べているんです」そう言うと、美智子は名刺を置いた。

店主の顔から笑みが引いた。

遠くで物音がした。ドアが開いて閉まるような音だ。それから階段を降りるささやかな足音。

「その事件関係者が、この上にある弁護士事務所を訪れていたという話なんです」

店主は手元の鍋だけを見ていた。名刺も、美智子の顔も見ようとはしない。

「八月六日、午後三時ごろ——四時近かったかもしれません。上から物音はしませんでしたか？」

店主はこわばった顔のまま、言った。

「上の弁護士さんはいい人ですよ。うちのことも気にかけてくれて、食べにきてくれます」

「物音には気づきませんでしたか？」

「ええ。しなかったと思います」

美智子は畳みかけた。

「その日、時間はちょうどいまと同じ時刻です。ある人が桐野弁護士事務所にやってきて、テーブルをなんども蹴ったそうです。テーブルが移動するほど。本当ならずいぶん音がしたと思います。そんな音を聞きませんでしたか」

店主は美智子と目を合わせた。それは驚くほどどんよりとして、生気のない顔だった。

「弁護士さんがそう言ったんですか」

「ええ」

店主はじっと美智子を見つめた。

「だったらそうなんでしょう」

「大切なことなんです。思い出してみてもらえませんか」

店主は返事をするのに、間を空けた。

「ええ。そういえばしました。どんどんという音が」

この通りは人通りがある。その通り沿いの狭くないこの店は、それなりの賃料がかかっている。客のこない時間はずいぶん長く感じることだろう。そしてあのテーブルが移動するほど蹴ったなら、この構造なら音が響いたはずだ。ここで客のいない静寂に耐えていた店主なら、その音に気がつかないはずがないと美智子は思う。

彼が何かを知っていて、それを隠したいと思っているということになる。

「それはどれぐらいの時間でしたか?」

「そんなことまで覚えていません」

森本賢次が死体で発見されたビルは、ここから歩いていける距離にある。美智子がそう思ったとき、店のドアが開き、客が二人、入ってきた。店主は救われたように顔を上げた。

「弁護士さんの言っていることが本当なんですよ。わしはもうしゃべらんけん」

そう言うと、店主は客の元へ水を運んだ。

美智子はカレーに手をつけることなく、店を出た。


池袋署の管内でベトナムマフィアと中国人グループの殺傷事件があったのは、十日ほど前のことだ。池袋北口で、中国人が怪我をしてベトナム人の若い男が死亡した。腹で爆弾が爆発して腸が道路に散乱したのだ。シマをめぐって争ったようだが、事情も言い分もはっきりしない。外国人同士の抗争事件はそういうものだ。薬物銃器対策課は、新宿に流れる覚醒剤について、池袋北口にその本拠地があると睨んでいた。そこへ、池袋署の生活安全課に外国人なまりの声で匿名の電話がかかった。

「みなとくのひらきこうに、かくせいざいごきろがおいてある。ベトナムマフィアのブツだ。よるひきあげる」

覚醒剤五キロ――「夜?」刑事は時計を見て着電の時間を走り書きしながら、録音ボタンを押した。「いつの夜」

「わからないよ。クリームいろのミラ。みなみのはしからみっつめのきいろいいし」

男はたどたどしく言うと、電話を切った。

平木港に覚醒剤五キロ。車はクリーム色のダイハツミラ。場所は南端のビットの三つ目。覚醒剤の取締りにあたっては、関わった者、製造者や入手ルート、販売ルートを解明するのが大きな目的だ。目的は覚醒剤の回収ではなく、関係者の摘発だった。池袋署から連絡を受けた警視庁は、「覚醒剤を取りに現れる」という情報に、その夜急遽、平木港に張り込んだ。覆面パトカーを配置し、麻薬取締官が二人やってきて、手の空いた者は池袋署、港署を問わず駆り出された。

しかしその夜、平木港に現れたのは、二組のカップルだけだ。二晩張り込んだが、成果はなかった。

気付かれたのか、ガセだったのか。

あたりの水深は深くない。また、車を沈めたなら、岸壁からそう遠いはずがない。そこで機動隊潜水チームを投入して海底を調査したところ、車らしきものを発見した。

電話から二日後、警視庁は引き上げを決定した。

天気のいい日で、空は高く澄んでいた。白い雲が綿をちぎったように浮いていていた。岸壁にはクレーンが配備されている。港には警察車両が並んでいた。

車の中には覚醒剤五キロがあるはずだ。中国人の半グレと思われる筋からのリークで、確かな情報とはいえなかったが、もし発見されれば、池袋の外国人マフィアの大きな資金源を見つけたことになる。

三人のダイバーが潜ると、しばらくして一人が水面に首を出し、両手で丸を作った。

「あったのか」

丸。

「ダイハツミラか」

ダイバーはまた丸を作ると、再度海の中に沈んだ。

港の男たちの間にどよめきが起こった。

かたわらで刑事たちが、かがみ込んで海面を見つめた。

小一時間がたったころ、ダイバーが水面から浮き上がり、拳を握って力強く振った。

引き上げが始まった。ウインチがワイヤーロープを巻き始め、海中に浸かっていたワイヤーがピンと伸びきると、引き上げが一度停止した。

関係者はわらわらと岸壁に寄って行き、水面を見つめた。

木部美智子はその様子を、規制線の外から見ていた。上田十徳はこわばった顔で美智子の隣に立っていた。

いまみなと

どこよ

ひらき

ざけんなよ
ざけてねぇよ、あほぴー
吉田兄のスマホに保存されていたメッセージのスクリーンショットを前にして美智子と中川と今井昌彦の三人は考えに考えたのだ。

ひらき——平木。

彼女のメールを読み解けば、いま、平木の港にいるということだ。そして彼女との連絡はその日を境に途絶えている。

兄曰く、妹の身に危険が及んだとは一度も考えたことがなかった。「ふけた」「とんだ」と思っていたのであり、理由としてはいろいろありすぎて——組織に借金をした。ホストクラブのツケが溜まった。聞いてはいけないことを聞いた。触ってはいけない金をちょろまかした——どれも可能性がある。おそらく兄の知らないアルバイトもしていただろうし。結局二人の美人局は組織に知られることがなかったので、組織は二人が兄妹であることを知らなかったわけで、だから彼女の情報が入ってくることもなかった。

平木の港はブロックがない。

上田十徳の担当編集によれば、中古の軽自動車は購入後十日で盗まれたそうで、スタンドの記録によれば、その古いクリーム色のミラを上田十徳が購入したのは十年前の三月六日。そしてこのメッセージは三月十二日で、上田十徳が車を所有していた間に通信されている。

三人は一計を案じた。

今井は、池袋界隈でベトナムマフィアがのさばっていて、取り締まりをしようにも、モグラたたきだと警察が嘆いていることを知っていた。池袋署だけではない。警視庁の組織犯罪対策部が、ベトナムマフィアの首に縄をつけたがっていた。だから通報すればこのチャンスは逃さない。本庁の組織犯罪対策部と連携して、まず間違いなく海中を漁る。

「ほんとにやるのか」と今井は思案げに言い、「やるわ」と美智子は応えた。

「立石の事件が二十五年前の事件とは関わりがなかったと証明するには、それしかないの」

それが絡みつく最後の根だ。

今井は考え込み、中川が「ダメ元ということで」と今井を促した。重ねて「ダメでも今井さんは表に出ないから、大丈夫ですよ」と背中を押した。

そこで今井が旧知の中国人に金を握らせて電話をかけさせた。金はもちろんフロンティアの出費だ。

警視庁は、ベトナムマフィアに切り込む事案と判断して、港の捜索を敢行したわけだ。

警察の動きを知り得たのは、浜口の情報源である生活安全課の警察官を美智子が脅したからだ。報道制作会社に小遣いをもらって情報を流しているという事実を摑んでいる。ついては通報されたら困るんじゃないですか――そう脅した。安全課の警官は泡を食って、美智子の要求通り、時間も場所も人数も、クレーンの設置される位置までも、捜査の動きを逐一報告したのだ。

引き上げが決まった日、美智子は上田十徳に電話をした。

――明日、平木港で引き上げ作業があるそうですよ。覚醒剤を積んだ車だそうです。

美智子が上田十徳にそう連絡をすると、「なぜぼくにそんなことを言うんですか」とか「それがぼくとどういう関係があるんですか」ではなく、「はい。そうですか」と、魂が抜けたような声で答えた。「はい」と「そうですか」の間にそれなりに間が空いた。美智子は続けた。

「あのあたりはブロックもなくて、夜なんかは進入すると、そのまま海へ落ちる車があるそうです。一家心中も多いそうですよ」

それから一息置いた。

「珍しいから見に行きませんか？　案外よく見えるものですよ」

関係者は、背中を押せばそのまま転げ落ちそうなほどに屈んで、岸壁から水面を見つめた。

中川は見通しのいい場所に車を停めて、車内から一部始終を録画している。

ウインチがモーター音を高くして、再び回り始めた。水がかき回されたように、水面が色を変えた。

ザァッという音は、前置きなく突然聞こえた。

吊り上げられたのは小型の車だ。一部へこんでいたが、原形をとどめていた。色は灰色に見えた。チェーンがかかっているのは車両後部なので、車は尻から前のめりに吊り上げられていた。窓ガラスは閉まっていて、ボンネットから水が滝のように流れだした。

ほんの数秒の出来事だ。遠目にも、その助手席には白っぽいものがシートベルトで固定されているのが見えた。

それを見つめる上田十徳の顔は、蠟のように白かった。口はぼんやりと開き、目は死んだ魚のようだ。

美智子は双眼鏡を取り出すと、吊り上げられた車内にピントを合わせた。

助手席に固定されていたのは、ジャケットとワンピースだ。押さえられた二本のシートベルトの下で、ワンピースの腹が膨らんでいた。ワンピースが袋のようになって中のものを――多分骨盤を――抱え込んでいるようだ。ワンピースの端から白い箸のようなものが一本突き出ている。

そう思ったとき、なにかがごろっと転がって、一瞬視界をふさいだ。茶色い大量の糸が絡まった、丸い固まり。

頭部だと気がついて、美智子は双眼鏡を目から離した。

十四歳の少女は、いまこの瞬間まで、頭部をヘッドレストの上に乗せたまま、腹に骨盤を抱えたまま、海の中で助手席に座っていたのだ。

多分、吉田未来はあのブーツをはいているだろう、お気に入りのようだったから。そしてそのブーツは座席下に落ちていることだろう。その中には、彼女の足の骨が、指の一本一本までそのままにあることだろう。

港からどよめきが聞こえた。人だとか、死体だとか、人の骨だとか、そんな言葉が聞こえて、人が走っていた。

上田十徳は美智子の隣に茫然と立ち尽くしている。美智子は、吊り上げられた灰色の車を見つめたまま、言った。

「あの車、買って十日で盗難届を出したものですよね。でもその間、マンションの駐車場には高級外車を駐めていた。あなたは二台目に安い軽自動車を買い、十日で盗難にあった。それがいまここで発見されたわけですけど――ナンバーがついていますから、当然盗難にあったあなたの車だということは判明するわけです」

そこで美智子は言葉を止めた。

助手席で、骨だけになった女の身元が吉田未来だった場合、車は盗まれたので自分は無関係だという上田十徳の言い分は通用するかもしれない。十年水に沈んでいた車から指紋が取れるわけもなく、助手席の人物の身元すら特定できないかもしれないのだから。

でもいま、この男はそのことを認識できているだろうか。

彼の頭の中にあるのは「あの日に自分がしたこと」、その記憶だけだ。

美智子は上田十徳を中川の車の後部座席に誘《いざな》った。十徳は視線をクレーンの先の車に吸い寄せられたまま座り込んだ。美智子は彼を押し込むと、隣に座り、ドアを閉めた。

「彼女にバカにされて――」

車の窓から、吊り上げられた軽自動車がフレームに入れたようにきれいに見える。それを見上げて、十徳は声を振り絞った。それは怒りとも怯えともつかない。多分それは、彼女を海に突き落とそうと決めた時の感情なのだろう。

彼は、吉田未来にバカにされ、金を出さないと写真を雑誌社に売ると言われ、立石に相談して、ことを収めた。そのあとかっとなって結果的に吉田未来を車に乗せて、港から車ごと海に落としたと言った。

「金を出せというのは兄ちゃんにそそのかされただけで、本心じゃないんだ。だって彼女はおれと恋をしていたんだ。そう思っていた。それでおれ、最後に、キスしてくれって言った。あいつとキスしたことがなかったから。そしたら、キモいって。キスは好きな人とするもんだって」

そういうと上田十徳はぐっと言葉を――いや、何かを、生唾のようなものを飲み込んだ。

「立石一馬は、崖から車を落とす手順をよく知っていたんだ。どこかで車を崖から落とすのを見ていたことがあるんだと思う。説明してくれるんだ、詳しくは忘れたけど、走っていた車がつるっと回転して積み木を押し出すみたいに視界から消えるんだそうだ。料理の作り方を説明するみたいで、その話を聞くうちに、人を殺すなんてことは簡単なことのように思えてきた。そしてあの女がおれを金づるだとしか思っていなかったことに気づいたとき、おれはあの尻軽を沈めて――簡単だった。彼女のシートベルトを留めてあげるふりをして、バックルに瞬間接着剤を押しつけて中身をぐっと押し出した。三十分で固まって動かなくなるんだ。二度実験をしたから。それで三十分ドライブをして、港に着いた。あとはちょっと待っててってドアを開けたまま外に出て、外から左足を車につっこんで、アクセルを思いきりふんだ。車は訳もなく沈んでいった。そのあと、もしかしたら、立石一馬はおれに、あの女の始末をそれとなく促していたんじゃないかって思い始めた。おれはあの男に、女を殺すことをそれとなく刷り込まれたんじゃないかと。

それからは、おれがあの女を殺したことを、あの男に勘づかれるんじゃないかと思いはじめた。でも立石一馬は、吉田未来の話題に触れなかった。それがひどく恐ろしく感じられた。あの男を見ると、未来を、車を飲み込んだ夜の海を思い出す。音もなく飲み込んでいく闇。毎日雨と川の増水のニュースを見ながら、『興味本位で増水した川に近づくのは止めて下さい』というアナウンスを聞きながら。——津波の時もそうだったけど、何があったかなんてわからないんだよ。水の事故だと見せかければ、事件性なんか立証できないんだよ。

おれはただ、あの男がおれの目の前から消えたら——この世から消えてなくなったら、どんなに清々するだろうって思ったんだ。

——ただそう、思ったんだ」

そういうと、上田十徳はぷつっと黙った。

女を殺したのは、上田十徳一人の考えだったんだ——彼の口からそう聞いて、美智子は得心した。立石一馬は、上田十徳と吉田未来のことなんかどうだってよかったんだと思う。不道徳なことをした社会不適応者が、たちの悪いのに絡まれていたので、助けたのだろう。小説「蜘蛛の糸」で、主人公の犍陀多《かんだた》が蜘蛛を助けた時のように、それはふとした出来心——右にでも左にでも振れる可能性のあるものが、偶然そのように振れたというだけのことだったのだろう。犍陀多はそれを徳とカウントされたが、立石一馬はそれで命を縮めたわけだ。助けたばっかりに、煙たがられたのだ。

「川で、立石さんの背中を押した？」

上田十徳はそれを聞いて、しばらくすると、ぶるっと一つ、身震いした。

それから美智子に顔を向けた。

な。

「警察に言うんですか」

立石殺害のパターンから言えば、ここで警察に言わなければ「この女はいつ言うんだろう」と疑心暗鬼に陥って、いつかあたしを殺しに来るということだ。消えてくれたら安心だと思うようになったとか言って。それは単純で、分かりやすく、だから恐ろしいような、可笑しいような。

もし警察が、ベトナムマフィアの首に縄をつけたいと思ったら、「シマの中で勝手に金を盗んだ女を、見せしめのために殺害することにした。それで軽自動車を盗んで、女を押し込み、海に落とした」というシナリオを作るだろう。そのストーリーになんの齟齬があるだろう。マフィアが女の殺害に、女のひいきの客の車を使ったというのは、決して不自然ではない。あたしは上田十徳の告白を引き出したけれど、そんなものはいつだってひっくり返せる。

「川で背中を押したんですか」

あたしは、上田十徳に憎しみを持っているわけじゃない。十四で身体を売って、それをネタに二百万を強請《ゆす》り取った女の子のことを、不快とも不憫とも思わない。正義が行われるべきだとも、人を殺すことは無条件に許されざることだとも思わない。

こんなに冷ややかなのは神崎安治の日記がボディブローのように効いているからだと思う。凍ったうどんを、頭を下げて、もらう。捨てられてしまったら、それを拾えばゴミを漁ったことになる。だから母親は、「下さい」と頭を下げたのだと思う。そういう人のあり方を見てしまうと、いかに斟酌《しんしゃく》しても浅はかとしか言いようのない事柄には渇いた怒りがわずかに疼くだけだ。

美智子はもう一度、聞いた。

「押したの？」

押していたとしても、ただ落ちたのだとしても、それにも興味はない。あれほど危険だと言われていたあの増水した川に踏み込んだ時点で、それは神をも恐れぬ行為であり、その先に待ち受ける結果は、それが何であれ自己責任だ。押されたにせよ、飲まれたにせよ。

中川が運転席で息を殺して聞いている。

「雨の中にいて」

と、上田十徳が口を開いた。息が荒い。

「すぐそこに立石が立っていて。向こうを向いて携帯を耳に当てていた。顔を傾けて、耳を澄ましていた。多分、コール音を数えている。立石から電話が来たのはこれが三回目で、前の二回は十回かっきりで切れていたから。ポケットの中でスマホが振動していて。八回振動したとき、どうしようと思って。背中をうまく押せなかったら、なんて取り繕おうか。今こちらに振り向いたら、なんて言おうか。ぼくは傘もさしていなかったから、ずぶ濡れで。ポケットのスマホが九回目の振動をして。立石がじっと耳を澄ましていて。そしたら」

そう言って、上田十徳は口を閉じた。

美智子に、不意に立石一馬を乗せたタクシー運転手の言葉が蘇った。

――人間はたわけじゃけぇ。

「立石の足が、水の中にすいって、引き込まれた」

窓の外では、新たに黄色い規制線が張られた。パトカーがあとから三台やってきて、人の声がたえまなくして、ブルーシートが広げられていく。

美智子は車を飲み込んでいく夜の海を思った。音もなく飲み込んでいく闇だ。――なんだか水に付いて回られている。

「あたしは、警察にはなんの義理もないんです。だから警察に聞かれても、何も話しません。あなたから聞いたことを、ただの一つも。何一つとして」

上田十徳の目がギラリとした。

「ただし、それには一つだけ条件があります。あたしに記事を書かせてください」

「記事？」

上田十徳は怪訝な顔をした。

「ええ、そうです。吉田未来のことも、立石一馬のこともです。立石との馴れ初めも――あの短編を書いたのが立石だったということも」

上田はゆっくりと、しかし確実に顔を回して、美智子を正面から見つめた。

「あなたの『海の音』という小説にはモデルになった場所があるんです。かつて立石一馬が逗留した所から少し足を伸ばした場所で、彼はそこで、原子力マネーの動きを追っていたんです。そこにはあの小説にある通りの浜と店が、いまでもある。でもあなたはモデルがあることも知らなかった。あの短編はあの場所を知っている人が書いたんです。その後も結構助けてもらったでしょ？」

立石一馬はそれで金など要求しなかったと思う。あの男は、腐敗した金にしか興味がなかった。一緒に屍肉をつつきたい男で、多分、小説家になんか興味がなかった。だから困っている上田十徳を助けた。立石が死ねば、上田十徳は自分が一番困るはずだったのに、彼にはそんな判断もできない。そういう、ものの道理がわからない上田十徳のことを、立石一馬は理解していたのだろう。ただ、殺しに来るとは思わなかっただろうけど。

「心配することはありませんよ。週刊誌の記事ですから。あとからいくらでも否定すればいい。訴えてもいいんです。ただ、私の取材を受けて、正確に書かせて下さい。私は見聞きしたことを一切警察には言いませんから」

上田十徳には選択肢はないに等しい。あたしが警察に告発しても、あたしが記事を書いても、どちらにしろ警察の知るところになる。しかし目の前のことしかわからないという特性をもつ上田十徳は選択肢を与えられたと思うだろう。そして美智子の申し出を飲むだろう。

ゆっくりと、中川が車を出した。

出口に立つ警官の脇を通る。警官が手持ち無沙汰にこちらを見送る様子がバックミラーに映った。よく晴れた秋空がその向こうに広がっている。

「では」

美智子はレコーダーをオンにした。

「吉田未来とのことからお聞きします――」

浜口から、「ビッグニュースだよ」と電話が入ったのは、その夜のことだ。

「森本賢次殺害に関して、妻が殺意を認めたという話だ。暴力とパワハラで憎んでたって。言葉が田舎臭いとか、暗いとか、人前でも平然と馬鹿にされて、人間扱いされていないと感じていたそうだ。ただ妻、息子とも殺害の実行については否認している。といっても時間の問題だろうね。森本賢次が発見された現場の、西側のビルの管理人は几帳面な働き者だったが、東側のビルは、屋上に出るドアに鍵がかかっていなかった。その上、その時間だけ監視カメラが作動していない。そのビルの警備員に、息子の森本恒夫の友達が働いていた。犯行の手順はまだわからないが、多分そのお友達から何か漏れてくるんだろ」

浜口は手回しよく、その友人に取材をかけていた。

曰く、森本賢次は嫌な男で、自分たちのことを毛虫のように嫌っていた。自分たちは森本恒夫のことを好きなわけではなかったが、恒夫はずっとついてきたから。この男とつきあってやるんだったら、自分たちにも旨味がないとつまらない。恒夫は卑怯者で小心者で、好きではなかったが、金を持ってきた。父親が死んだのには驚いた。――おれのアリバイ？　いつの話よ。メモとかとってねぇし。そんなの覚えているヤツ、世の中にいるのかね。五千円札の両替？　はぁ、やったよ。悪いことじゃねぇし。古くて汚れている金で買い物したらいけないとか、法律あるんですかっ。血とかしらねぇし。関係ないし。恒夫の母親はへんなババアだよ、つねおちゃん――とか呼ぶの。あー、たるい。悪いけど、おれ、帰るわ。

まあ、このメンツでやったんだろうな――と浜口は言った。

「そういや、いまになって池袋署の生活安全課の警官がさ、金はいらない、もう情報は渡せないって言いやがった。大体の情報がとれた後だから、まあいいけどね」

「理由は言わなかった？」

浜口は一瞬、押し黙った。

「なに。なんか知ってるの？」

「ええ。平木の車の引き上げについて教えてもらうために、情報をマスコミに売っていることをチクるって脅したの」

また一瞬間を空けた。

「ひでぇなぁ」

「大丈夫、利子をつけて返すから」

そこでは間が空かなかった。

「頼むよ」

「それから、前に言っていた文書のコピー、事務所に送ったから。言ったように、読んだら他言しないでほしいの。回収するから」

「郵送なのか？」

「そう。データではないの。手書きなの」

石ころを並べたような――もしくは岩を砕いて並べたような固い固い文字の羅列だ。

「届いたら、打ち合わせた手順通りにお願いね」

浜口は、わかってるよと軽快に答えて、電話は切れた。

敗戦直後の満州を記した日記だとは、浜口には言っていない。読めば驚くことと思う。

美智子は一泊用のバッグに必要なものを詰め込んだ。明日はまた阪神地区に向かう。今度の目的地は住吉だ。日帰り出来るかも知れないが、先方が不在なら帰れない。

美智子は、小さな水彩画を手に取った。それは安治の日記に挟んであった、三人の少年の絵だ。夏の日の、屈託ない少年たちの姿――透明感があり、さわやかで、しかしどこかもの悲しい。

荷物を詰めながら、本当に会うべきなんだろうかと何度も自問した。それでもこれは自分に与えられた使命だと美智子は思う。

人は自分が理解するのに都合のいい事実を切り貼りして物語を作るけれど、切り捨てられた事実にも同じだけの価値と背景がある。それは見えない所に埋めても消えてなくなりはしない。そして時々化け物に化身する。

掘り起こして供養するのだ。

美智子は小さな水彩画と安治の日記のコピーを含め、考えうる資料をバッグに入れた。自分の持ち物は、下着の替えだけだった。

4

東京はすっかり秋の気配だ。季節が変わると、たった数日前の感触まで忘れてしまう。人間は忘れる生き物で、忘れているということさえ忘れている。でも消え去っているわけではない。意識の底でねじれながら息づいている。

美智子は、二十五年前の火事を報じた、当時の小さな新聞記事のコピーを見つめた。

中央に、うっすらと折れ跡があるような気がする。それ以外はきれいな紙面だ。美智子はその紙面に、他に折れ跡やヤケがないかを探してしまう。しかしそんなものはない。

美智子はフロンティアの会議室を一つ借りた。殺風景な部屋で、中央に白い会議テーブルと黒い上質なチェアが並んでいるだけだ。他にはドアのそばに、内線用の電話を載せた小さな電話台があるだけだ。

そこに美智子が持ち込んだのは、一冊のファイルと、看護師への取材を録音したICレコーダー。そして卓上に置いてある新聞記事のコピーだ。

呼んだのは亜川と浜口、そして桐野弁護士だ。美智子が浜口に、桐野を呼ぶように依頼した。「興味があるようなら」と誘われて、桐野弁護士は「いいんですか」と喜んだそうだ。部屋には他に、中川がいる。

桐野は、ゲストとして呼ばれたのが自分たち三人であることに驚いていた。

桐野に「こちらは協力していただいた記者です」と亜川を紹介した。それから「私たちのほかには手伝ってもらったフロンティアの編集者がいるだけです」と続けた。

真鍋はいない。彼が参加できない日を選んだ。真鍋には権限があり、それが面倒だったのだ。

美智子は椅子に座った。

「おそらく全体像は摑めたと思います。ついては取材に協力していただいたので、報告しようと思い、皆さんに集まっていただきました」

それから桐野に聞いた。

「神崎安治さんの日記はお持ちいただきましたか?」

事前に桐野弁護士に見せるようにと浜口に頼んでおいたものだ。桐野弁護士が半ば恭《うやうや》しく机の上に置いた。横から中川がそれを受け取った。

「神崎芳江さんのご厚意で見せていただいたものなので、約束通り回収します」

桐野は神妙な顔をして頷いた。

「よく残っていましたね」それから美智子に目を向けた。「その手記は、森本賢次さんの一連の事件と関わりがあるのですか?」

亜川がその感傷的な滑り出しをかき混ぜた。

「問題は、血に汚れた五千円札が、誰の血を吸っていたかですよ。公式には放火殺人があった家には金はない。犯人は神崎元春という男だ。ところが金が入った紙袋を抱えた若い男が翌日突然現れた。その金を森本賢次がかっさらったわけですから、あの金が中野の火事とどう係わるのかということからひもとかないといけませんね」

美智子の前には、二十五年前の新聞記事のコピーが置いてある。

「あの放火殺人の犯人は、自殺した神崎元春さんではないと思います。彼には動機がない。動機は事件のあとに発生したものです。

事件は一九九六年、八月六日午後十一時三十七分の消防への通報で発覚しました。救急への通報は、それより早い。当時の記録の一つに、『二十三時三十二分に救急車出動の要請があった』

とあるからです。実際に来るのは救急車ではありません。遠い所から来るのを待っていたら間に合わなくなるというのもありますが、中野の家の前は道が狭く、消防車も救急車も入れなかった。そういうときの決まり通り、村の青年部が動いたそうです。部落の人が総出で鎮火と救助のために中野の家を目指した。手順はまず人の救出、そのあと公文書、骨董品の書や壺、現金の順なのだそうです。そうやって海洋学者の玄武さんが現場から病院に運ばれた訳ですが、村総出の対応ですから、正確な時間や状況はわかりません。確かなことは、海洋学者はまちがいなく救護されたということです。だから、玄武真は事件現場を目撃していた唯一の人間と考えられます」

浜口が息を止めて聞いている。

「その玄武真は病院で、刑事に子供か若い男かと何かを問い質されていた。病床でその二者のことを口にしていたということです。事件後に集落から消えた男に、神崎小太郎という神崎元春の親戚筋の男がいます。若い男が神崎小太郎のことだとすれば、子供というのはなぜ話題に出たのか。当時中野の家には、子供が二人いました。一人は玄武真の息子。もう一人は中野守男の孫です。誰かが、中野守男の後頭部を強打して、火を放った。しかし事件後、神崎小太郎は神崎芳江への電話で、自分は火はつけていないと言っています」

亜川が言った。

「神崎小太郎から電話があったんですか」

「そうです。二十五年前の、元春の葬式の十日ほどあとに、電話があったそうです」

美智子はゆっくりと続けた。

「神崎小太郎が持っていた金には血がついていた。ということは、神崎小太郎が金をかき集めた場所にはそれだけの血があった——いわば血の海だったと考えられます。あの五千円札は、血の中に落ちたようなものもありますが、飛び散った血を吸ったものの方が多いそうです。丸く滲ん

だ血痕です。ということは、血の飛び散った瞬間にその場にあったということでもある。だから
神崎小太郎が中野の家から金をかき集めたのだとすれば、その時には血だまりの中に倒れていた
中野守男がいたはずです」
──関節が白くなるほど金の袋を握りしめていた神崎小太郎。森本賢次の車を追いかけた神崎
小太郎。
「それまで、行儀よく死ぬより、悪いことをして生きることを選んだ若い男。
「それまで、借金を苦に、自分たちももう首を括らないといけないと言っていた神崎小太郎は、知人の自殺を目撃して、『行儀よう死んでたまるか』と言ったそうです。まず、神崎小太郎は、
を奪取するために、二人の頭を殴って金を手に入れたと考えるのが妥当です。
でも芳江さんにかけた電話で小太郎は、『あんたが中野の守男さんを殺したがやろ』と言われ
て『わしやない、それは違う──火は、知らん。おっこう山の上から見たとき火を吹いた。守男
さんは、もう死んでおんなはった』と言ったそうです。
ということは、神崎小太郎が中野の家に侵入する前に事件が起きていて、神崎小太郎が逃走し
たあとに火が出たことになるんです。
また、同じ電話で神崎小太郎は、学者を殴ったことを認めています。やってきた学者先生とは
ち合わせて、とっさに殴った、『学者先生には悪いことをした』と。だから、中野守男さんを殺
害したのは玄武先生でもありません。小太郎は、守男さんが倒れている現場を目撃した。それで
も血のついた金をかき集めた。そこに学者がやってきた。小太郎はとっさに、そこにあった壺で
頭を殴って昏倒させた。それから紙袋に金を詰め込んで、逃げた」
桐野が息を詰めて話を聞いていた。目が、猫のように光っている。
美智子はゆっくりと話を進めた。
「小太郎という人が、わざわざ電話をかけてきてまで嘘を言うことはないだろうと思う。おそら

く彼の話は真実です。そして、そういう事態をすべて把握した人物がいたのではないかと思うのです。その人物は、事件を失火で済ませようとした。赤木という刑事がいなければ、実際それですべて済んでいたでしょう。わたしは、その人物が火をつけたのではないかと思うのです。目的は、殺人の痕跡を消すこと。問題は、玄武真の証言だったでしょう。それで病院では箝口令がしかれた。

これが、二十五年前に患者をみた看護師の証言です」

美智子は目の前にICレコーダーを置き直した。そしてゆっくりと再生ボタンを押す。

――遠くから救急搬送されてきたんです。午前零時ごろでした。

――学者さんの方には息があり、意識もありました。

――子供のことを話していました。子供がいると言って。

――刑事が患者の枕元で、子供なのか、若い男なのかと、聞き返したのを覚えています。

――見たことのある年をとった警察官と、亡くなった中野守男さんのお父さんがずっと病院にいました。翌日出勤したときもいましたから。

――若い男の人は半日ほどで亡くなったと記憶しています。その後、その人のお父さんが、何度も病院に来て、息子が亡くなったときの状況を聞きたいと言っていましたから。そのあと別の刑事さんが、いまのあなたみたいに、看護師なんかに聞いて回っていました。私は何も聞かれませんでしたけど。私は、記者に聞かれました。

――確か立石という記者です。

――婦長に報告したんです。そのときに病院内のことだから口外するなと言われました。でも不思議だったのは、手帳を持った刑事にもしゃべるなと言われたんです。

美智子はゆっくりとレコーダーを止めた。

「病院にずっと詰めていたのは、守男の父、中野与一です。彼は村の駐在と二人で、ずっとそこにいた。赤木という刑事には、『情報を与えるな』という指示が出た。捜査を打ち止めにしたのは、本庁のトップ。

火事になっていなければ事件は被害者を二人だした強盗殺人です。森本賢次さんが掴んで逃げた紙袋には五千万程度の金が入っていたわけですから、残りは現場に残っていた。大事件に発展していたことでしょうね。神崎小太郎はすぐに捕まったでしょう。そうして真相が追及される。それは、その金と通じていた仙波議員としてはどうあっても避けたいことだった。だから事件を隠蔽することにした。そう考えることができます。しかしそれに、どうして中野与一が同意したのか。――わたしは、家に火をつけたのは、中野与一さんではないかと思うんです」

亜川が落ち着いて反論した。

「暴論ですね。あなたの推論通り、金のことを表沙汰にしたくない仙波の仲間が火をつけたと考える方がすんなりいきませんか」

あるべき反論だ。美智子は亜川に視線を移した。

「ええ。でもそれは現実的ではないんです。亜川さんもお分かりでしょうが、仙波議員の関連だと、指示を仰いで動きますよね。その場合、突然殺人事件発生の報が入っても、仙波議員サイドには状況が把握できていない。そこで『家に火をつける』と決断できるか。そして『家に火をつけろ』と命令されて、言われたほうにそれができるかということです。第一、息子が死亡している中野与一が訴え出たら絶対に収まりません」

亜川は得心したようだ。美智子は続けた。

「誰かが犯罪の痕跡を消すために火をつけたとすれば、与一が納得するわけがないんです。与一の父親は、与一が渡満するにあたり、生まれたばかりの孫を置いていかせ、そして与一も了承した。そこから中野が家を重んじる家系だということがわかる。安治も日記の中で中野家のことを武家のようだと表現しています。息子を殺された与一は、火を放つことでその殺害をうやむやにされようものなら、父として、また中野家の当主として、その無法を許さないはずです。真犯人を捕まえるためなら現場にあった金のことを白日の元にさらすのも厭わないでしょう。戦争体験者の気骨は現代人とは格段に違う。そうなれば伊予電力は終わりです。そんな恐ろしいことを仙波に判断できるはずがない。

決断できるのは中野与一しかいない。そしてそうであるならば、神崎元春が犯人役をかぶった——かぶらざるを得なかったことにも筋が通るんです」

美智子は言葉を切った。

亜川がおもむろに言った。

「あの満州の日記を読むと、恩義のあるのは与一のほうです。だから支援をし続けた。神崎が罪をかぶらざるを得なかったというのはどういうことですか」

「そうです。恩義のあるのは与一のほう。二十二歳の神崎安治は、なんの見返りも求めることなく、自分の生命財産をかけて中野与一を助けたのですからね」

美智子は、桐野弁護士に顔を上げた。

「中野与一は、神崎安治に返せない恩義を感じていた。一方で神崎安治は、中野与一を敬愛していた。それだけでなく、二人には、苦労した満州の体験を共有したという絆があった。戦後、満州の話はタブーになりました。終戦を機に、線路が別の線路に接続されたみたいに、社会ルールが変わった。あとからみれば道義的な否定を受けることであっても、そのときその時代を生きた人には否応なく人生の一部です。彼らが見た中国東北部の自然と、そこで営んだ生活は、嘘偽りのないものです。二人だけがその記憶を共有し、慰め合うことができた。——二人はお互いに、自分が相手を思うように、相手も自分のことを思っているということをよく理解していた。

芳江さんの記憶では、事件の後、中野与一さんが安治さんのもとを訪れています。

そのとき安治さんは家にいた。内地開拓から帰って来たときに住んだ、小さくて古い、昔ながらの家です。羽振りのいいときは真珠御殿と言われる家に住んでいたようですが、もちろん資産価値のあるものはすべて借金のカタに取られています。その家は古く、建坪が小さいので、差し押さえの価値がなく放置されていた。板間の上にむしろを敷いただけで、引き戸を開けると太陽光がまっすぐ差し込むのだそうです。そこで与一さんは正座をして、うなだれて、話した。安治さんは与一さんの前に同じく正座して、うなだれて、それを聞いた。与一さんが話したのはほんの五分だったということです。

その日の夜、安治さんが元春さんをその古い家に呼んだ。ここからは芳江さんが、その夜安治さんから聞いた話です。『罪をかぶって逃げてくれと言われた』ということでした。一生の面倒を見るから、蒸発してほしいというのが、与一さんからの話でした。それは、放火殺人の罪をかぶれということ。代わりにすべての借金を肩代わりし、この後の生活の面倒もみると言ったそうです。

家に帰った芳江さんは、元春さんに、話をのむように迫った。このままでは首を括るのを待つだけや。ここで与一さんの話をのまんかっても、どうせ疑われる。あんたは、金借りれんかったことになっとるのやから。他に誰もおらんのやから。たとえ無実とわかっても、借金が消えるわけやない。首括るのが先のばしになるだけや。

元春さんはそれを了解した。そしてその夜、山に入って自殺をしたわけです」

「失礼ですが」と桐野が言葉を挟んだ。「与一さんの言う通り、逃げればよかったんじゃないですか」

美智子は桐野に頷いた。

「確かに逃げる手はあった。でも元春さんの身になって考えてみたんです。

実は元春さんは、火事があった日の夜、仕事仲間であった神崎小太郎のところに行っています。金の工面がついたことを知らせるためだったんじゃないかと芳江さんは考えていますが、いずれにせよ、神崎小太郎が村からいなくなっていることに一番最初に気がついたのは、おそらく神崎元春。その時点で元春は中野の事件に小太郎が関わっていることにうすうす気づいていたでしょう。妻の浮気も知っていた。三人で逃げて、まだ七歳の子供の教育はどうするのか。では妻と子をここに置いて逃げたとして、逃げきれるのか。なにより五十を超えて逃亡生活を送る人生を思ったのではないでしょうか。父の代で家を建てて、いい車にも乗った。しかし自分の代では借金を増やすばかりだった。苦労して、苦労して、それでも好転しない人生。あげく、五十を過ぎて、やっていない罪を背負って逃げ続けるのか。

与一が借金の肩代わりを申し出たのは、事件を収束させたい一心です。でも自分が逃げている限り捜査は続くわけです。読みが当たった赤木刑事も命懸けで食らいついてくるでしょう。与一の求めに応じるには容疑者の死しかない。

それぐらいは考えたのではないでしょうか。

芳江さんは、罪をかぶるように迫ったときのことを、その時の自分の声を、いまでも突然聞くそうです。でもその時には、芳江さんも自殺を想定していたわけではなかったんです。与一さんも、死んでくれといったわけではなかったでしょう」

「でもそれでは」と亜川が口をはさんだ。

「やっぱり自殺の動機が弱いんですよ、木部さん」

美智子はそれを聞き流した。

「では、守男さんを殺害したのはだれなのか。ここからは」

美智子は四人の男の顔を見回した。

「極めて証拠の少ない推論です。証拠は一つ。玄武真の話の中にある、子供という言葉です。進藤八重さんというおばあさんがいて、彼女は狭い島の中では、皆顔見知りだったといいました。神崎元春と中野守男は三つ違い。幼なじみで父親同士が格別に仲がいい。守男さんと元春さんも兄弟のように仲がよかったそうです。守男さんは二十一歳で結婚し、翌年秀与という息子が生まれています。元春さんが十九歳のときです。

元春さんは秀与さんを自分の子供のようにかわいがったことと思います。当時、ここに母親と療養に来ていた春馬くんは、元春さんが遊んでやっただろう秀与さんの、息子に当たります」

一見、ただの名前と年齢の羅列に見える。しかしここでは、長い歴史の表層の下に脈々と歴史が積み重なっている。感情の絡み合いというのだろうか。

「春馬くんのお母さんは、静養のために何度も油池を訪れていた。息子の春馬くんは、神崎家の人々にもなついていたのではないでしょうか。

中野与一がなぜ家に火を放つ決断をしたのか。どうして神崎安治に頼み込んで『犯人は逃げた』ことにしたかったのか。そしてなぜ神崎安治がそれにうんと頷き、神崎元春がこの事件に終止符を打つことに抗わなかったのか。

そこで思い出されるのが、玄武先生が、『子供か若い男か』について刑事から聞かれていたという証言です。若い男が神崎小太郎のことであったとすれば、彼のいう子供も、事件の謎をとく重要な証言の可能性がある」

桐野弁護士がひどく思案深げな顔をして聞いていた。

「あの時七歳の春馬くんが母親と油池に来たのが、事件の八カ月前です。来てしばらくすると、母親は病院通いを始めて、二カ月目に入院、その後入退院を繰り返して、最後は病院で死亡しています。当時アコヤガイの斃死のことで大人たちは頭がいっぱいです。体調が悪くなる母親の不安、不満、寂しさを、春馬くんは一人で受け止めていたんじゃないでしょうか。その母親が、病院で死んだ。彼女が最期を迎えたのは窓に鉄格子がある病室でした。それでも岬には、母親の無念や残された息子の悲しみに寄り添う余裕のある人間はいない。母が死ぬ前もそのあとも、少年の周囲はなんにも変わらない。その疎外感は察して余りあると思いませんか。

少年は孤独と孤立を深めて、母の悲しみに無関心な大人を憎んでいた。そしてその矛先が、おじいさんに――母親を病院に入れ、帰りたいというのを聞き流し続けた守男さんに向けられた。

この推論が正しいなら、犯行は発作的だったことでしょう。その日、中野家には、電力会社の工作資金が運び込まれていた。そこで行われていたのは五千円札一枚と千円札二枚で七千円にして封筒に入れる作業です。皆気が立っていたのは間違いないでしょうね。そこでなんらかの感情の行き違いがあったのではないかと思います。たとえば母親の遺品を、事情を知らない人間にぞんざいに扱われたとか。何かを訴えようとして、あとにするようにと素っ気なくあしらわれたとか。何が引き金だったかはわかりません。守男さんは、金を広げていた。だから孫に気がつかなかった。そうでないと易々とはやられないでしょうから。中野守男を殺害したのは、中野春馬だということです」

美智子は間を置かず、同じ調子で話し続けた。

「このあとの話は、一番合理的に思えるようにわたしが組み立てたものです。

春馬くんの犯行のあと、神崎小太郎が入ってきた。

田舎というのは、家に鍵をかけない。それは人々が善良であるともいえますが、代々の土地柄で罪を犯すと親戚一同そこに住めなくなる。そういうことが抑止力になっているともいえます。だから、中野の家にジュラルミンケースで金が運び込まれることがわかっていても、それを犯罪に結びつけて考えていた者はいない。そこに小太郎が飛び込んだわけです。若く、理屈っぽく、都会の空気をすったことがある小太郎だからこそできたことかもしれません」

浜口が、まるで暗闇の中に目を凝らすようにして聞き入っていた。美智子は続けた。

「神崎小太郎は近所の知り合いの自殺死体を見て、行儀よく死ぬより、いけるところまで生きると決心した。それで中野の家に侵入した。

そこで倒れた守男さんと、血溜まりを見た。気が動転したところに、当時滞在していた玄武真が来た。なお不運なことに、玄武さんは前日、フグ業者と小太郎の喧嘩を止めていた。小太郎の顔を知っていたんです。知らない男なら、逃げるか声を上げるかできたかもしれない。でもそうはならなかった。それで小太郎が玄武先生を殴った。もしかしたら守男さんに使われた凶器と同一だったかもしれません。多分その辺りに転がっていたでしょうから。それから小太郎は、そこにあった紙袋に金を詰めて、逃げた」

フロンティアの会議室は合理的で無機質だ。そこに空調の音だけが静かに響いている。廊下を行く靴音が、くぐもった音でかすかに響いてくる。

――小太郎は気が動転し、自分が生きると決めたこと以外何もわからなくなっていただろう。

「そう考えると、与一と安治の行動に合点がいくんです。外出から戻った与一は、秘密のはずの電力会社の金が散らばっていて、そこに、息子が血の海の中で息絶えているのを見たわけです。玄武先生が『子供か若い男か』について刑事と話していたということは、春馬くんはまだそのあたりにいて、与一さんはそこに春馬くんを見たのかもしれない。与一さんは守男さんを支えるために、日頃から周囲に目を配っていたでしょう。春馬くんの淋しさ、不満に、与一さんは気が付いていた。それで誰の犯行か理解した。

与一は息子の死を受けて、ことを収めるべく動いた。そのさい、玄武真を助けることを第一に考えていたことは確かです。彼の思惑からすれば玄武真が死亡していた方が都合がよかったはずですが、一番に救急車を要請していますから」

浜口はやっと、美智子の話に伴走し始めたようだ。ふわりと瞳が開いた。

「火が出たのは深夜。小太郎は、『おっこう山の上から見たとき火を吹いた』と言っている。おっこう山というのは油池の一番海側になる山の通称で、段々畑から上がっていくと、外に通じるバス道に通じています。その中腹から油池全体が見渡せる。その場所まで、大人の足で小一時間。つまり、火は、犯行の小一時間あとに出たものだということです」

美智子は桐野を見つめた。

「与一さんは救急車を呼ぶと同時に、一部始終を『駐在』に知らせた。事件の痕跡を消すために現場に火をつけ、仙波議員に電話をした。

仙波県議は、とにかくすべてが灰になったことに安堵したんじゃないでしょうか。そこに、立石一馬が事件性を嗅ぎつけた。後に議員と議員秘書の二人を死亡させる怪事件になったわけで、仙波議員の周りでは大騒ぎだったことでしょうからね。それで立石が病院に現れた。

立石一馬は社会面の記事になるような事件には興味がないんです。彼が欲しかったのは、伊予電力の金一つです。

駐在所の巡査は再雇用された警察官OBで、越智さんといいます。越智政一」

浜口があっと声を上げた。美智子は頷いた。

「安治さんの日記の中で、安治さんを呼び止めた、開拓団の学生です。与一さんを合わせた三人は、満州で苦楽をともにした仲間だったんです」

——神崎さんじゃないですか。

越智政一は、撫順で、仲間の多くが脱走していた時に、永安小学校にとどまって中野与一と行動をともにした十五歳の学生だった。

「駐在が法を枉《ま》げたのは、与一さんの願いだったからではないでしょうか。伊予電力絡みの金のことを表沙汰にしないためというのはあくまで表向きで、本音は与一さんのためだった。それで七歳の曾孫を殺人犯にしたくないので失火による死亡としてことを収めたい、という中野与一の申し出を承知した。

ところが失火にならなくなった。殺人事件になって、あろうことか中野家に借金を断られた神崎元春に人々の疑いの目が向けられたわけです。与一は困り果てた。

そこで安治のもとを訪れた。助けを求めたのです。

それが、芳江さんが見た、板間での光景です。

安治さんには断ることもできた。断られれば与一さんは諦めたでしょう。でも安治さんにはおそらくその選択肢はなかったと思います。合理性とは無縁の友情が二人の関係性なんです。合理性と無縁というのは、それにより失うものも得るものも考えない。相手が困っていればその困窮から救い出す。

ただ、与一は命まで求めたわけではない。小太郎のような開き直りが出来れば逃げることもできたはずです。

元春さんは、自分が親の代の絆に甘えて暮らしてきたと自覚していた。中野与一という打出の小槌に頼るだけの人生です。自分という人間に出来ること、すべきことを考えたのではないでしょうか。元春さんにとって父、安治は身近な人です。そこには望むと望まざるとに拘わらず、文化の継承がある。生き方――価値観。命をなんに使うかということは、意思を超えた文化の継承です。そして彼は、死を以て人生の帳尻を合わせた」

それが、父の背を見て生きてきた男の、一つの決断だった。そのケリのつけ方を安治は見届けた。安治は黙って死体を木から抱き下ろしたのだ。

美智子は思うのだ。すべてのピースが余ることなくはまる推論は、他にない。

母親の無念が溜まりに溜まった七歳の少年。慰めてくれるものは星空と、潮騒と、海。七歳の少年は、母親の仇と思い、怒りを込めて祖父を殴ったのだ。

だけどそういう事件の総括は解きたかった目的のものではない。

「問題は」と美智子は続けた。

「誰が、フロンティアに電話をかけたのかということです」

美智子の傍らの透明なファイルには、安治の日記に挟まれていた水彩画がある。三人の少年の夏の日の光景は、透明感があり、さわやかで、しかしどこかもの悲しい。

「立石一馬の死は、二十五年前の事件とは関連のないものです。雨の中で会おうとしていたのは上田十徳で、彼は、立石が水に飲まれたと言っています。彼が押したか、水に飲み込まれたか、どちらにしろ立石一馬の死は発見された大量の五千円札とは全く無関係だったわけです。ただそれが東都新聞の亜川記者が食いつく餌になったわけですが。では『モリモトケンジって名前を覚えておいた方がいいよ』――フロンティアにかかってきた電話は一体なんだったのか。

わたしは、あの電話がかかったことで何が起きたかを考えてみたんです。ところが何も起きていない。ただフロンティアをざわつかせただけです。

森本賢次を注視していれば、森本賢次が殺される前に話した内容から、すぐに事件は二十五年前の油池の放火殺人に繋がる。しかしそれを調べても、借金を断られた男の逆恨みによる犯行で、犯人は自殺して、事件は解決を見ている。それで終わりです。それでもわたしたちがつい首を突っ込んでいったのは、あの電話があったからです。そこに何かあるのではないかと思ったから。そうやって、結局わたしたちは埋もれていた古い事件に辿り着いた。

それで翻って考えました。だとすれば、電話の主の目的は、埋もれていたその古い事件を掘り返させることではなかったか」

ファイルには小さな水彩画と並んで、一枚の写真がある。若い父親と三歳ぐらいの男の子の、路上での一枚だ。男の子はすっくと立ち、父親が手を添えるようにしてその横に屈んで、幸せそうな顔をしている。

「この事件は、たとえ上からの圧力がなくても、警察には解決できなかったでしょうね。警察には百年前の教育と社会道徳、強いて言いかえれば美意識を理解することも立証することもできない。与一が安治に、息子に身代わりになってくれと頼んだことも、安治の息子が命を差し出して幕引きを図ったことも、だれにも理解されない。中野与一、越智政一、神崎元春――事の真相を知る者は皆死んでしまった。唯一の生き残りである安治も九十七歳ですから。立証はできないけれど、これがあの殺人放火事件の真実にかぎりなく近いと思います。これで得心しましたか――」

そういうと、美智子は桐野弁護士を見つめた。

「桐野真一さん」

桐野は考え込んでいた。たとえば財布をどこかでなくしていることに気がついて、どこに置いてきただろうと懸命に思い出そうとするように。

声をかけられて、美智子に顔を向けた。

「中野春馬くん、覚えていますか?」

桐野は、何が起きたかわからないような顔をして美智子を見ていた。

「あなたは、亡くなった海洋学者の玄武真さんの息子さんですね」

美智子を見つめた桐野の目が、ギラリと光ったような気がした。

「あなたとこの事件にどんな関わりがあるのか、まるで見当がつかなかった。そのときは、あなたが弁護士として抱えている事案に、この事件に関わるものがあるのかもしれない、自分の抱えた事案について深く知るために、マスコミを利用したのかと考えました。でもあなたはむしろやる気のない弁護士で、事務所の開設費用もおじいさんの遺産でまかなうという他力本願。おばあさんは半年前、おじいさんが亡くなったときに施設に入所していますね。ご両親は幼いときにあいついで亡くしている。そのとき、この人はひとりぼっちなんだと思ったんです」

桐野は獰猛な目をしていた。美智子はよくそんな目を見る。手負いの獣の目だ。疎外感を持ち、誰にも理解されないと思っている。そして近づくものを威嚇するのだ。自分のテリトリーに――真実に入ってくるなと。

「人としての権利を説いた――初めて取材に行ったとき、森本恒夫のことを話しているときにあなたはそう言いましたね。あのときに違和感を覚えたんです。迷いや苦悩がない。生の感情から距離を置いた優等生というのでしょうか。

生い立ちを見ても、本当に人生に熱のない人なんだと思った。

宝塚の小林にある、あなたの実家に行きました。古い立派な家でした。誰も住んでいないけど、いまでも定期的に庭師が手入れにくるそうですね。近所づきあいのある、いいご家庭だったのでしょう。近所の人が親切に教えてくれました。あなたのこともよく覚えていて、おじいさんとおばあさんに大切に育てられた坊やでしたって。運動会には、おじいさんがご父兄として走っていたって。古い写真も出してくれて、そこには運動会で撮った写真がありました。あなたと、おじいさんと、写真を見せてくれた御夫婦と、息子さんが写っていました。スマホになる前は、現像した写真を下さったものでしたよね。

その写真に写ったあなたの帽子の記名が、玄武と読めた。その方が、亡くなったお父さんは、農学部の先生で、魚の研究をしていた人ですと教えてくれました。亡くなったとき、まだ三十二歳だったって。結婚後は奥さんの玄武姓になっていたって。それで気がついたんです。由良半島で亡くなった海洋学者の名前が玄武真。この玄武というのは、あの事件で亡くなった海洋学者の玄武——この少年、桐野真一はその息子なんだって」

海洋学者としてやってきてなんの関係もなく巻き込まれた男。ただ一人、土地の歴史やしがらみとはまったく関係のなかった男。その死を省みられなかった存在だ。

「あなたはあの夏の日、半島に来ていた七歳の子供だったわけです」

亜川がことの次第に気づいたように、おもむろに顔を上げた。

桐野はじっと美智子を見据えていた。

美智子は宝塚からの帰りの新幹線の中で、中川から連絡を受けたあと、玄武真一という少年のことを考えようとした。ある日突然父親が世の中から掻き消えて、事情がわからないままに暮らした少年。母も兄弟もおらず、なぜ自分が一人になってしまったのかわからないままに暮らさざるを得なかった少年。

美智子には疑似感情を抱くことも出来なかった。七歳の少年の心がわからなかったからだ。ただ、桐野の事務所の殺風景さを思い出した。

たぶんあれは、彼の心の風景だ。

人生を楽しむという感覚を持ち合わせず、汚れた感情にも、美しい感情にも無縁であろうとする。

美智子は、卓上のファイルの中から新聞のコピーを取り出して、指で彼の前に進めた。

「これ、図書館にある縮刷版のコピーじゃないですよね。これは、リアルタイムで発行された新聞の切り抜きのコピーです」

桐野はじっと美智子を見つめた。

「あなたは神崎芳江の戸籍謄本を取り寄せてくれましたよね。あたしはあの時、差し出された紙に、二十五年前の神崎元春の住所を書きました。あなたはそれを元に調べると言った。そしてすぐに用意をしてくれました。でもあの神崎元春の住所、正しくないんです」

桐野真一が、ゆっくりと青ざめた。

「あたしが気がついたのは、あなたが、神崎安治のことを知っていたからです」

それは桐野がふっと漏らした言葉だった。

「神崎安治について、まだご存命ですよねと言った。四国から戻ってすぐに伺ったあの日です」

美智子が中川からのメールに「寄ります」と返信して、スマホを鞄にしまおうとしたそのとき。

——神崎元春の父親はまだご存命ですよね。

美智子は、まだ畑仕事をしているようだと答えた。

「あの時に気がついたんです。二十五年も前に犯人と思われて自殺した男の、その父親の生死を把握している人は、たとえ刑事でもいないでしょうね」

桐野にはそのやりとりが記憶にないようだった。それは無意識に言ったからだろう。神崎の家族構成は、彼にとっては無意識に出るほど沁み込んだものの一つなのだ。

「それで神崎元春の住所を変えて書いたんです。本当は内海村油池3の8なんですが、それを13の5と書き換えた。本来なら戸籍は請求できないはずです。でもあなたは何事もなかったように、神崎芳江の転居先までさかのぼった。あなたはそもそも、神崎元春の住所を知っていた。それしかないんです」

桐野は黙っていた。

「あなたは浜口さんを通じて、油池の事件の情報を小出しにしてあたしの取材を誘導した。そうですよね」

亜川は茫然として言った。

「じゃ、これは――この騒動は、この若い弁護士先生が仕組んだことだと？」

このタネ明かしは亜川にもしていなかった。自分の部下の死の真相に近づくことにしか興味がなかった男が、とんでもない話になって困惑している。

病院に通いつめた「被害者の父」が、半年前に亡くなった、桐野弁護士の祖父だ。

「桐野弁護士の祖父は、息子、真さんの死の真相を知ろうとしたんです。大学はその死に責任を感じて、労災にした。被疑者死亡で送検されて、事件は終わってしまったけど、地元では、玄武教授がフグの業者からワイロをもらって、真相を闇に葬ろうとしたという噂が消えなかった。

いまでは、アコヤガイの斃死は、細菌による感染症だと言われています。赤変病《せきへんびょう》とも言われ、中国からの貝の輸入に伴って広がったとも言われています。学者であった玄武先生は冷静に見立てていたということです。でも当時の現場は、大切なのは真実ではなかった。玄武教授の根も葉もない噂が好んでささやかれたのは、真相はどうあれ、学者先生がフグの業者の悪どさを暴いてくれさえしていればこんな悲劇は起きなかったのにという、遺恨の裏返しだったと思います。

玄武先生のお父さんもその噂を耳にしたことでしょう。でも息子の潔白を証明しようにも、どうすることもできない。息子は死んで、事件は曖昧に収束してしまったから。真さんの父親にすれば、納得のいかないことばかりだったでしょうね。出火の事実一つにしても、玄武先生が発見されて救急に連絡があった時点ではまだ中野の家は出火していないはずですから、初めに彼を車に乗せた人は、火事なんか知らないと言ったでしょう。しばらくするとその証言者も火が出ていたと前言を翻すわけです。医者も、火災にあって一酸化炭素中毒で死亡したのか、やけどで死亡したのか、打撲で死亡したのか、言を左右にして、どれも警察の説明とは食い違う。その対応に、息子の死があまりに軽く扱われていると怒りを感じたことと思う。なんの落ち度もない息子だというのに。祖父は息子の無念と、親を失った孫の無念を一身に背負った。

決定的だったのはやはり金のことではないでしょうか。調べるうちに、すぐに、あの家にあった金のことに行き着く。村にとっては半ば公然の秘密なわけですから。そして警察からはその話がまるで出ない。聞けば、おじいさんは油池に七年通ったそうです。その気持ちは、亜川さんにはよくわかることと思います」

亜川はただ黙って聞いていた。

そのとき桐野が、やっと、胸の奥から大きな息を吐き出した。獰猛に輝いていた目は、いまや知性の輝きに変わっていた。何かを解き放ったように。

「立石一馬は」――そう桐野は口を開いた。「本当に頭のいい男だったようですね。木部美智子の名前を出したのは、立石さんでした。フロンティアに連絡すれば彼女が動くって。――こんなことなら、彼になにもかも頼めばよかった」

それが彼の第一声だった。

「ええ。ぼくの父は玄武真。ぼくはあの放火事件で死亡した学者の息子です」

浜口が、ぽっと口を開けると、組んでいた足を解《ほど》いた。


水彩画の少年たちは、神崎勇と中野春馬と、ここにいる桐野真一――当時の玄武真一だ。安治はそれを古い日記に挟み込んだ。失くしてはならないものだが、見たくないものでもある。自分の息子が自殺する引き金を引いたのが、この色の白い少年だったのだから。

でも春馬の事情を知り、同じ歳の孫を持つ安治には、憎むこともできない。そしてその絵に残る、麦わら帽子をかぶって釣り竿を肩にかけ日に焼けた健康的な少年――玄武真一の、その父親を死なせてしまったことに、与一と安治は自責の念を抱いていたことだろう。

桐野真一の口調はさっぱりとしていた。

「自分の父親の死について、日頃から無念を感じていたわけではありませんでした。まだ七歳でしたから。地名さえ覚えていない。きれいな海で、人も親切で。朝一番に釣りに行きました。餌はザリガニでした。神崎のいっちゃんと、ぼくと、中野の春馬くんと。近くには子供はぼくら三人しかいなかったから、連れ立って釣りをしたんです」

そのとき美智子は身体の奥がぞわりとした。

すべてが推論だった。あとからあとから現れる山に挑むように、土台のないものの上にひたすらにブロックを積み上げて来たのだ。――神崎のいっちゃんと、ぼくと、中野の春馬くんと。彼がそう言ったとき、過電流を流したように背中がビリリと軋んだ。身体がまだその事実を処理しきれないでいるみたいに。溜まっていた血液が一気に放出されるようだった。

「元春さんはいっちゃんのお父さんで、物静かで優しい人でした。いっちゃんのお母さんのことも覚えています。明るい、親切な人でした。

朝、父が、散歩がてら、浜から顔を出している小さなタコをひょいと指に引っかけて、獲るんです。食べたかどうか覚えていないけど」――桐野の口調はよどみなかった――「母はぼくが三歳の時に亡くなっていて、交通事故だと聞きました。ぼくを乗せて自転車で横断歩道を渡っていて、事故にあったそうです。ぼくはカゴから投げ出され奇跡的に軽傷で済みましたが、母はほぼ即死で。それからぼくは自分の家と祖父母の家を行ったり来たりの生活だったと聞いています。父は海や自然が好きな人で、暇さえあれば山や沢に連れて行ってくれたそうです。虫捕りや、花の採集なんかもやっていた。でもよく覚えていないんです。子供でしたからね。

父が亡くなったというのも、よくわかりませんでした。自分に父がいたということさえどこかおぼろげで、写真を見ると、得心するという程度です。父の記憶は断片的で、手とか、膝の上に乗ったときのズボンとか。そういう感じでしょうか。祖父母も、あまり父のことは話しませんでした。それが、祖父が死んで遺品整理をしたときにまとまった資料が出てきたんです。あなたの言う通り、そこにはいろんな連絡先があり、いろんなことが書いてありました。父の死に関することだとわかりました。木部さんに送った新聞記事も、ご推察通り祖父が持っていたもののコピーです。でも生前、そんな話はぼくには一切しなかった。ただ、学者なんてつまらん仕事につくもんじゃないぞ、医者か弁護士になれって、いつも言っていました。ぼくは祖父に言われるまま法学部に進みました。おとなしくて手がかからない子だったでしょうね。

ぼくは父のことなんか忘れていたんです。あの日まで。

いつもの午後でした。森本賢次は本当に突然やってきたんです。重そうな紙袋を持っていました。息子がお世話になりまして――そんなことを言いました。そのときやっと、森本恒夫の父親だと思い出したんです。

浜口さんに話した話も、あなたに言った話も、ほとんど事実なんです。

あの男は、テーブルの上に血のついた札束を積み上げていきました。最後にね。小さなおもちゃが転がり出た。その瞬間――」

それまでよどみなかった桐野の言葉が、初めて途切れた。

「父の顔を思い出したんです」

その時美智子は、桐野の顔の歪みを思い出した。

金に血がついていたかと聞いた時だ。桐野が床に視線を落として、その顔を歪めた。まるで何かの発作にでも襲われたかのように。そしてすぐに元の口調を取り戻した。――あの時だ。彼はとても疲れた顔をした。

桐野は今と同じように、父親の顔を思い出した瞬間のことを思い出していたのだ。

「――あの日はぼくの誕生日でした。父は前日、八幡浜のおもちゃ屋まで行って、以前から欲しかった小さなキャラクターのおもちゃを買ってきてくれました。昼間にぼくに見せてくれたのですが、古くさい兵隊の人形なんかも入っていて、肝心の一番欲しいのがなかった。それで文句を言いました。

その時の小さな人形がころころと転がって出てきたんです。父に文句を言った、欲しくなかった小さな兵隊も、二十五年前のままの姿で目の前に現れた。色も褪めていなくてね。森本賢次がテーブルを蹴るものだから、血に染まった古い紙幣が部屋を舞っていました。転がり出た兵隊の人形と、あの日の海と、空と、気の毒そうな近所の人の視線と。暗い空に吹き上がる赤い炎と。火の粉と。救急車や消防車のカンカンという音と。でもなにより、父親の、ぼくの文句を聞く、まじめな顔が浮かんで。

何の因縁なんでしょうかね。森本賢次が訪ねてきたのがあの日と同じ、ぼくの誕生日だった。あれから二十五年目の誕生日。ぼくはあの日、亡くなった父と同じ年になっていました。

なんといったらいいのかわかりません。

紙袋には、幸町小梅屋と屋号がありました。小梅屋は、その八幡浜にあるおもちゃ屋で、軒の低い、奥までぎっしりとおもちゃの詰まった、駄菓子屋みたいな店なんです。古い町並みの中にあって、車は一台通るのがやっとっていう通りで。夏の暑い日に、かんかんと日の照る中を、父と一緒に行ったおもちゃ屋。年寄りの夫婦がやっていて、奥から棒つきの飴をもってきて、ぼくにくれました。愛想はないんです。いらないことは言わない。父には、冷えた麦茶を持ってきてくれました。その、グラスを伝うしずくまで思い出した。

日が昇ると、薄いサンダルの下から、アスファルトの熱が伝わって、鉄板の上を歩いているみたいでした。大きな麦わら帽子をかぶって、長い釣り竿を肩に担いで、金のバケツをぶら下げて、ぼくら三人で歩くんです。そんな記憶が頭の中で花火のように開いた。

森本賢次は怒鳴り続けていました。そしてテーブルを蹴るんです。ものすごいボリュームでがなっているラジオみたいでした。その声と音が、きれいに開いた記憶の画像の中に、ものすごいノイズで入ってくる。ぼくは森本賢次を黙らせたかった」

桐野はまた、話すのをやめた。思い出すのはひどく疲れることのようだ。

ここで何が語られても、亜川は美智子に一任するだろう。中川は、真鍋に報告する義務を考えるだろう。そして真鍋は、桐野からの電話を警察に通報しなかった負い目がある。だから、上田十徳の独白の原稿で手を打つように要請すれば、おそらく飲むだろう。

それでも、二十五年前に死んだ父のために、一人の人間を殺害したなんてことであってほしくないと美智子は思う。

ゆっくりと桐野が口をひらく。

美智子は、続きを聞きたくないと思う。

「中野守男を殺害した凶器は、事件現場にあった壺だった。事務所に有田焼の大きな壺があるでしょ。あれ、事件現場にあったものなんです。いえ、正しくは、あの日、事件現場にあったものにとてもよく似ているもの。そしてその壺が父を殺害した凶器だったそうです。壺は中野家に古くからある、高価な有田焼だったということで、中野家の写真に何枚も残っていました。立派な飾り台の上に置かれていました。事件後、祖父が、よく似た壺を買いました。祖父の買ったその壺が、ほぼ凶器と同じものだというのは、祖父の死後、祖父のノートを読んで知りました。息子の無念を忘れたくなかったのでしょうね。そういえば、祖母がその壺を捨ててくれと泣いたことがあったのを思い出しました。そのノートを読んでから、ときどき夢を見たんです。自分があの壺を振り上げる夢です。振り上げるだけで、夢の中でなぜだか壺は落ちなくて、割れない。

壺はいつからか物置の一番隅に突っ込まれていました。祖父が死んで、その壺を自分の事務所に置いたんです。特に意味はありませんでした。ただあんまり殺風景だから。

あの壺、中野春馬くんがおじいさんに向かって振り上げたものだったんですね」

美智子は、事務所にひどく不釣り合いな華やかな有田焼の壺を思い出した。

──あんまり殺風景だから。

桐野真一は、過去の記憶に縛られた殺風景な心の中に、父を殺したのと似た壺を置いた。

「森本賢次にその壺を振り上げたのですか」

「ええ」

桐野はそう言うと目を伏せた。

父親の血を吸っただろう金と、七歳の孤独な子供が祖父を殺した凶器の壺と、船内でのことをしゃべる男と──桐野が目を伏せたとき、会議室の中はなにか禍々しいもので満ちた。桐野をそのまま夢の中に引きずり込もうとするように。

「目の前が真っ白で、森本賢次の怒声に息ができなかった。父が、覚えているかい、懐かしいよと言っていた。笑った父、台所に立つ父、一緒に虫を捕った父が、あの時、あの部屋に蘇った。自分に確かに父がいたこと。そしてその父のことをなかったことにして生きてきたことを思い出した。覚えていたら祖父母が悲しむから、玄武真という人がいたことを忘れてしまおうとしていた。自分にはそもそも親なんかいなかった。そう思って生きていたことをその時理解しました」

桐野はぼんやりと言い、「そこに、ずっとあの男がテーブルを蹴り続けている。おもちゃが揺れて。落ちて──」

それから小さく呟いた。

「記憶の扉が閉まらない」

桐野が言葉を切ったとき、彼は、話すのをやめるのだろうと思った。記憶の扉が閉まらない

――彼は森本賢次がテーブルを蹴るとき、扉の向こうの記憶につかまれていた。そしてその時のことを思い出すたびに、蝶番の緩んだドアから記憶の断片に襲いかかられる。いまもまた、暴力的な記憶にさらされている。人は、そういう記憶からは身をよじってでも逃げるものだ。

彼はいま、それでもあの日の記憶をなぞった。目を伏せて、じっと何かに耳を澄ますように。

「怒りではなくて――たぶん、森本賢次に対する怒りではなくて、何かに責められている感じというのでしょうかね。二十五年間の無関心というのか。その薄情というのか。それを責めたてられているようで、いたたまれないというのでしょうか。

記憶に押しつぶされそうなんです。いま考えればぼくは部屋から逃げ出すべきだった。でも出来なかった。

夢の中の壺は白地に蝶と花が豪華に描かれたもので、実物より美しい。それが頭の中に広がるんです。それを振り上げる夢と一緒に。

こいつを黙らせるんだ。そう思ったのを覚えています。

ぼくは壺を摑んで振り上げたんですよ。森本賢次の背後でした」

中川が目を伏せた。亜川は桐野を凝視していた。浜口は青ざめていた。

美智子がもう一度言った。

「森本賢次をその壺で殴ったんですか」

「ええ」

桐野がゆっくりと目を上げた。

「――そのつもりでした。でも気がつくと、後ろから誰かに抱き抱えられていたんです」

桐野はゆっくりと、瞬きした。

「下のカレー屋の主人でした」

白いエプロンをつけた無愛想な男の姿が、美智子の脳裏に蘇った。

「ぼくは壺をしっかりと握りしめて振り上げていましたから、あの男を殺すつもりだったと思う。カレー屋の主人が、ぼくの顔を見て我に返った。事務所のドアが開いたことにも気づかなかった。カレー屋の主人が、ぼくの手から壺を取り上げました。彼は、上から聞こえる物音と怒声に驚いて、心配して上がってきたんです。森本賢次は入ってくるなり座りましたから、鍵もかけていなかった。

森本賢次が振り向いて、何が起こったかわからないようで。背後で白いエプロンを着た知らない男が、壺を摑んで立っているわけですから。

森本賢次は、とっさに金をかき集めました。あの男がもってきた紙袋、幸町小梅屋と書かれた袋は朽ちかけていて、森本賢次は代わりに、事務所にあった紙袋を摑んで金を押し込むと、あとも見ずに出ていったんです。

ぼくは立ったまま、動けなかった。

カレー屋の主人は宇和島の人なんです。本人には言いませんでしたが、あの方言に引かれて店に通いはじめました。それでただの客より少し懇意だったかもしれない。カレー屋の主人は、大丈夫かと聞いてくれて、とにかく店に降りようと言いました。ぼくは彼の言う通り一緒に下に降りました。

あとのことは覚えていません。

事務所に戻ると、出たときのまま。血のついた五千円札が二十枚ほどと、あの幸町の紙袋と、タオルと、父の形見のおもちゃが残っていました。参道ホテルと書かれた古い白いタオルが固く乾いていた。夢ではないんだと思いなおしました」

あのカレー屋の主人が物音について言葉を濁したのは、あの日あったことを知っていたからだ。彼は彼なりに桐野を守ろうとしたのだ。会議室は静まり返っていた。研ぎ澄まされた静寂――そこへ桐野がゆっくりと言葉を置いた。

「父がぼくに人を殺させようとしたんだろうか。それとも父が、あのカレー屋の主人を呼んで、ぼくが道を外すのをくい止めてくれたのだろうか。

　血のついた五千円札を手に取りました。もしかしたらこれは父の血かも知れない。春馬くんのおじいさんの血かも知れない。この血は何を見てきたんだろう。

　ぼくはそのとき、父の死について知ろうと思ったんです。知ったって、何かが変わるわけじゃない。でもあの事件に押しかけられたような気がしたんです。

　祖父の遺した手帳には、立石一馬という名前がありました」

　――立石一馬。

「そこにはその男とのやりとりが書き残されていました。諦めろという言葉でした。あの事件には、巨額の国家予算が絡んでいる。運が悪かったと諦めることだ。そうしないと、もっと大切なものがある日突然目の前から消えるかもしれない。

　祖父の手帳の最後には、戻らぬ過去より、真一を守ることが大切だと書いてあった。それは大きな字できっぱりと、まるで自分に言い聞かせているように書かれていました。

　だから、調査がまず不可能なことはよく知っていたんです」

　亜川が目を伏せた。

「ぼくは立石一馬に連絡を取りました。彼は祖父の事を覚えていた。彼もまた、二十五年前の真相はわからないと言ったんです。子供と若い男が絡んでいる。わかることはそれだけ。それ以上知っていることもあるが、話す気はない。

　ぼくは若い男というのが父のことかと思った。岬の人々の、ぼくを哀れむような、あるいは忌み嫌うような視線を覚えているんです。どこかで『若い男』と人が言うたび、父のことではないか、父には何か秘密があったのかと怯えたことを思い出した。だから立石にそう言われたときも、当時島の人たちが陰で噂したように、父が事件に関わっていたのか。そう、怯えました。

ことを白日のもとにさらすには警察をあてにしても駄目だ。腕のいいジャーナリストを引き込むことだと立石は言いました。ぼくは、誰ならいいのかと聞いた。立石はちょっと考えて、フロンティアの木部美智子と言ったんです」

美智子は不意を衝かれて、桐野を見つめた。

「立石一馬は言いましたよ。嘘と偽善が嫌いではこの世は渡っていけない。だから俺には、あの女記者のことが不思議でしかたがない。とにかく、俺にコンサル料を払うなら、いいように指南してあげるって」

立石の言いそうなことだ。

「でも、急に真面目な顔になって、もし木部美智子がその気になったら、知らせてくれと言いました。もう二十五年も前の事件だから、どんな腕利きの記者でも調べるのは無理なんだ。だからねって。その『だからね』がどういう意味かはわかりませんでした。でもその時立石はちょっといい顔をした。二十五年前の事件に注意を引くためには何かセンセーショナルなことが必要なんだって言いました。回りくどいことでなく、とても直接的なことが必要だって」

「だからデータを消したんだ」そう、亜川が呟きを漏らした。「木部さんが調査をはじめたら、立石はそれとなく協力するつもりだった。それは二十五年前の事件に光を当てることが目的なわけで、そうなると、事件をもみ消したい誰かが自分のパソコンを調べにくることになるかも知れない。そんな情報を今だに持っているのは立石ぐらいだと、当時の関係者は当たりをつけるだろうから。それでデータを消した。データは手帳かなんかに書き替えられていたんじゃないか」

だからまとまった消去のあとがあったのか。

美智子は桐野を見つめた。

「それであなたはフロンティアに電話をした。死体発見の翌日のことです。でも身元がわかったのは電話の六日後です。あなたは報道される前に森本賢次が死亡していることを知っていたことになる。それを知り得るのは、殺害したか、もしくは殺害に関わった場合しかないんです」

亜川が息を詰めてことの成り行きを見ている。

桐野は小さく頷いた。

「森本賢次が事務所に来た三日後のことです。森本恒夫から電話がかかってきたんです。電話の向こうで、森本恒夫が怯えていました。

父親が、桐野弁護士のところに行ってそれらしい嘘を作ってこいって暴れているって。ああ、あの続きなんだと思いました。あの男はあれからずっと家の中で怒鳴り、暴れているんだ。

ぼくは、父親から聞いたことをすべて警察に話すから、そう父親に伝えるようにと恒夫に言いました。なにか計算があったわけではありません。立石の言う、『回りくどくない、センセーショナルなこと』がなんなのかもわからないし、当然手に入れるすべも思いつかない。他に言うこともなかったんです。すると電話を切ってものの十分で、また恒夫から電話があった。父が、話し合いたいと言っていると言うんです。

ぼくはそのとき電話口で彼に言った。人には自由になる権利がある。それは生まれたときからある固有の権利だ。それを守ることは、なによりも優先される。あなたは、父親から自由になる権利があるんだって。恒夫がどういうことかと聞くので、それを自分で考えて、自分で行うから人間なんだと言ったんです。彼は耳をそばだてて聞いていましたよ。

机の上に森本賢次がおいて行った人形を置いていました。ちょうどくるみ割り人形の兵隊みたいな人形で、丸い目がついていて、それが時代遅れで、女の子が持つもののようで、これじゃないとぼくは父親に食ってかかった。その人形の目が、あの日と同じにくっきりと開いて天井を見ていた。過去も、現在も、その瞳の中にあるみたいに。

ぼくは、いま急ぎの案件を抱えているのでもう電話を切ると森本恒夫に言った。自治体を訴えたいという依頼を受けていて。身元を証明するもののない死体を、自治体が行旅死亡人として処理してしまった、その遺族からの依頼なんだ。でも勝ち目はないから、なんとか説得しないといけないんだって。自殺でも事故でも、事件性がない限り、自治体が行き倒れとして死体を処理するのは法に則ったことだから——と。

すると恒夫は、あからさまに声をひそめました。そして、死体の身元がわからないと、行き倒れとして死体を処理するんですかと聞いてきた。

ぼくは、そういうことが多いですと答えました。

それから、言ったんです。お父さんの件については、自立することを考えてください。たとえばあなたの目の前からお父さんを消してしまう方法。たとえばあなたが出て行く方法。仲間に相談してごらんなさい——それで電話を切りました。それから毎日、事件事故の官報を確認しました。すると、ビルとビルの間から、身元のわからない四十から六十歳くらいの死体が見つかったとあった。それを読んだとき、時間が止まったような気がした。それが森本賢次であるという確証はありません。でもその死体が森本賢次なら、木部美智子というライターの気を引くことができる。賭けでした。それでフロンティアに、もりもとけんじという名前を覚えておいてと電話をしたんです」

美智子はゆっくりと頷いた。

「それで、わたしにだけ、『うやむやになる金』という、森本賢次が言わなかった言葉を足したのですね」

桐野はわずかに驚いた。

「ええ、その通りです。浜口さんがやってきて取材を受けたあと、どうやってフロンティアの木部美智子というジャーナリストに連絡をとろうかと考えていたんです。そうしたら当のあなたから電話があった。ぼくは慌ててしまって。なんとか四国の事件と結びつけるように仕向けないといけなかった。森本賢次はあの金の出所については本当に何も知らなかった」

それから、どこかへ——遠いどこかへ思いを馳せたようだった。

「中野春馬くんはかわいそうでした。お母さんは、窓に鉄格子がある部屋で亡くなったんです。お母さんは、ここから出してほしいと泣いていた。春馬くんはおじいさんに何度も頼んだ。お父さんにも電話した。でも、春馬くんが知らないだけで、春馬くんのお母さんは夜一人で出歩いて、村の人に乱暴しかけたこともあったそうです。春馬くんは言わないけど、春馬くんに暴力もふるったそうです」

「それは誰から聞いたのですか」

「父から聞きました。春馬くんのお母さんは、病院から帰っていたある日、ぼくら三人を絵に描いてくれました。小さな絵はがきほどの絵でした。三十分ほどで描いたと思います。お母さんはぼくらにくれて、いっちゃんはそれをぼくに譲ってくれた。父はそれを渡すととても喜んでいました。でもすぐに病院へ戻っていって。だから春馬くんが母親のことで悲しむのを見て親子をかわいそうに思って、中野の守男さんに聞いた。その話をぼくに話してくれました。仕方がないんだよ、春馬くんのおじいさんも一生懸命考えているんだよ。家においておいたら、自分で死んでしまうかもしれないし、春馬くんに何かしてしまうかもしれない。なんとか乗り越えてよくなったら、一緒に暮らせるんだよって、父から聞きました。そうか、春馬くんはがんばったら母親と暮らせるんだな——それがうらやましかった。それで覚えています」

「その小さな水彩画は、亡くなったあなたのお父さんが持っていたんですね」

「ええ。事件のあとは、祖父が手帳に挟んでいました」

「その絵は？」

「それが祖父の遺品にもなくて」

美智子は、小さな水彩画をファイルから取り出すと、桐野の前に置いた。

桐野の目がそれに吸い寄せられた。

「神崎安治さんの日記の間に挟んでありました」

時が止まったようだった。

「――あなたのおじいさんは事件の真相を安治さんから聞いたのかもしれませんよ。だから安治さんがこれを持っていたんじゃないでしょうか。『戻らぬ過去より、真一を守ることが大切だ』。手帳の最後にあったその言葉は、脅されて諦めたのではなく、真相を知って心の整理をつけたから書いたんじゃないでしょうか。油池の二人の老人は、あなたのおじいさんに、真実を告げて頭を下げた。そうしなくてもよかったと思うけど、そうしたように思います。あなたのおじいさんは二人の誠意に慰められた。それでおじいさんは有田焼の壺を物置の隅に追いやったんじゃないでしょうか」

桐野がぼんやりと美智子を見つめた。

「わたしは実は住吉に中野春馬を訪ねて行きました。亡くなったお母さんの御両親と同居していて、父親の秀与さんが対応してくれました。本人はワシントンで精神科の医師をしていると言われました。心的外傷の研究をしているそうです。わたしは二十五年前の油池の事件のことを聞きに来たと言いました」

部屋の空気が一変するのを美智子は感じた。

「二十五年前、中野守男を殺害したのは、中野春馬ではなかったか――わたしはそう聞きました。お父さんは黙っていました。わたしは、自分の推理のすべてを、いまここで話したように話したんです。通されたのは和室で、お父さんは正座して全てを聞きました。膝の上に置いた両手の拳をじっと握りしめていました。

自分の父親を殺されたのは、彼も同じ。そしてその犯人が自分の息子。しかし七歳の息子がそこまで追い詰められたのには父親にも責任があるんです。最後まで、否定も肯定もしませんでした。わたしの顔を見ていたのが、目を伏せて、どんどんうつむいて、気がつくと深く頭を下げていた。彼はずっと、深く頭を下げていたんです。

神崎元春さんは、神崎家と中野家のしがらみの中で自殺した。でも本当はしがらみだけではなくて、元春さんは身代わりになってあなたとあなたの息子を守ってやろうと思ったのではないかと思う。生まれたときから知っているあなたと、自分の息子と同じ年の春馬くんのことを――わたしはそう言いました。お父さんが言ったのはただ、『息子は覚えていないんです』。絞り出すような声で、頭を上げることはありませんでした。

それで桐野さん、あなたのことを話したんです。

弁護士になっていること。テレビニュースで流れている血を吸った五千円札が、多分そのときの金だと思うということ。玄武真一もそれに気づいていること。

するとお父さんはやっと顔を上げた。そして春馬くんのことを話してくれました。

中野春馬は事件後、精神的に不安定で精神科の薬が手放せなかった。精神病院にもなんどか世話になった。自殺願望を持ち、その手段は火――我が身を焼くことだった。心の病は幼くして母を亡くした上に事件に巻き込まれたからだろうと周りは思った。何度か繰り返し、十六のときに本当に火がついて、家人の発見によりかろうじて一命を取り留めたが、ほぼ半身にケロイドが残った。そのあと、ぷっつりと自傷行為が止まった。

お父さんは最後に、七歳の子供のしたことは、親の責任です。罪がないとはいいません。でも罰は、親にいただきたい――そう言いました」

それから美智子はゆっくり言った。

「あなたの亡くなったお父さんと、中野春馬の父親も同い年でしたよ」

美智子を見つめる、桐野真一の目が頼りなくなった。いま、その目に溢れる感情はなんだろう。悲しみと安堵と。

「中野春馬は、あの八月六日の、祖父を殺害した記憶で心を壊した。そしてその後、炎と血の記憶が心に焼き付いた。罪の意識が、焼け死んでそこから逃れたいという、自殺願望を生んだのだとわたしは思うのです」

浜口が申し訳なさそうに口をはさんだ。

「――思うんだけど、七歳の子供に壺を振り上げて大人を殺害する力があるか?」

「壺は、振り上げられたのではなく、押されたんです」

美智子は桐野を見つめたまま、続けた。

「中野の家に残された写真によると、凶器となった壺は、床ではなく飾り台の上に置かれていた。台は古い中国の立派な花梨台で、高さが九十センチほどありました。春馬くんは、壺を振り上げたのではなく、押した。そうすれば、ちょうど、座っている大人の頭にあたる。壺は、あなたの夢の中にあるように、振り上げられたのではなく、押し倒されたんです。それにより、大人一人が死亡したのは偶然だったかもしれない。しかしおそらく春馬くんは、明確な殺意をもって壺を押した。我が身を焼き殺そうとするほどの激情を抱えたのなら、その元となった行為は、それと等価の罪悪感を産むものであったことになる。すなわち結果論として、あの日、人を殺そうという激情を持ち、殺したということです。でも彼はそれを思い出すことが出来なかった。自分を焼き殺してしまいたいと思う理由が、自分でもわからなかったということです」

桐野真一がじっと美智子を見つめていた。美智子は桐野に話しかけた。

「半身にケロイドが残る自殺未遂のあと、中野春馬の自傷行為は止んだ。事件の記憶を取り戻したのかどうか、それはわかりません。でも彼はそこでなにかから解放された。それは命と引き換えだった。家人が発見して一命を取り留めたわけですから、命が残ったのは偶然でしょう。本能が自分を焼き殺したいと思い、九年間苦しんで、身悶えて、記憶の殻から抜け出した。

わたしは、彼はまだ自分のしたことを思い出せてないいんじゃないかと思う」

美智子はそのとき、桐野が水彩画を指で撫でるのを見た。

切ない顔をしていた。

事件の陰にいくつの悲しみが潜んでいるか。それは見ることも数えることもできない。自分たち第三者に見えているのは被害者と加害者だけ。それは仕方のないことだ。けれどそこには、言葉にならない、いや、当事者の意識にさえ上らない苦しみや悲しみが渦を巻いている。

深い海が無尽の水を湛えながら平穏な水面しか見せないように。

絵の中では麦わら帽子をかぶって釣り竿を肩にかけた褐色の少年と、バケツを持った丸刈りの少年と、すこし色白のはにかんだような少年が、まるで転がったカメでも見るように、珍しそうに楽しそうにこちらを覗き込んでいた。彼らの頭の上には明るい青い空が広がり、さんさんと降り注ぐ太陽の光があった。


桐野真一は帰って行った。

もう一時を回って、電車は走っていない。美智子はタクシーに乗ろうと思ったが、少し身体を冷やしたかった。

するとと亜川が一緒に歩いてくれた。

夜中の一時でも人通りは途切れない。コンビニに明るい光が灯り、信号が色を変えていく。夜気は少し冷えていた。

横断歩道の前で信号が青に変わるのを待っていたが、男と女が数人で騒いでいたので、歩道橋を上がった。

歩道橋を歩く人は少ない。眼下を車が走っていく。

美智子は立ち止まって、それを眺めた。

亜川が言った。

「あの中野春馬の話、事実ですか？」

亜川は、あたしが作り話をしたのだと思ったのだろうか。そう思うとちょっと可笑しかった。

「そんな作り話をするほど思い上がってはいませんよ」

「なら——」と、亜川の声は沈んだ。「不幸な話です。中野春馬はいつか、押しつぶされて死んでしまう」

「大丈夫ですよ。桐野先生が助けにいくと思います」

油池にあの夏、三人の七歳の子供がいた。あの日からそれぞれに苦労をした。神崎の息子は母親にふり回されながらも、それでも懸命に自分を育てる母親を信じた。どこかで父の無実に気づいて一人苦しんだことだろう。玄武の息子は突然消えた父親を本当は心の中に追い求めていて、中野の息子は我が身を焼いた——桐野真一は中野春馬のもとを訪れて、二十五年前の真相を全て話してやると思う。そうして、しかたがなかったことだと慰めてやると思う。人は心の中に鏡を立てて、そこに映る自分の姿を見ているという。彼は春馬を慰める自分を見ることで、自らが慰められるのだ。そんな自覚はないだろうけど。

亜川は手すりにもたれかかるようにして車の光の列を眺めていた。きらきらと輝く、黄色い光と赤い光の連なりだ。

拍子抜けするほど間を空けて、「ですかね」と、亜川が言った。

「あの満州の日記をどう読みましたか」

一度聞いておきたかった。

「世間は渇ききっています。自分がなんのためにいるのか、世間のどこにいるのか分からなくて、むさぼるようにつながりを求めている。安治という人は、与一を支えると心に決めた。そしてそうした。そういう友情とか信頼があってこそ、人は人生に意味を見いだせるのかもしれない」

亜川はそう言うと、ちょっと考え込んだ。

「それぞれが自分の人生の起承転結と身の閉じ方のことを考え続けている。でも安治と与一はそんなことを考えていないでしょ。野垂れ死にを恐れないというのかな。自分一人では漁師の小倅に過ぎないから、与一という男にほれ込むしか自分を生かす道がない。でもそうやって、二人で一人になる。過酷でも充実していたことだろうと思った。引き揚げ船の出る港の方角に背を向けて、北へと歩く安治がね。男として少しうらやましかった。

ぼくはね、人の食べ物を盗んでも生きろ、その代わり人に食べ物を盗まれても恨むなっていう言葉が好きです」

なぜだろう、美智子は厭味を言いたくなった。

「盗まれて死ぬ側にまわる可能性だってありますよね」

「ええ。生き延びる方に回るのも、死ぬ方に回るのも、一つの運命です。小さな幸せや道義に縛られることなく、人生とは運命だと割り切れたら、どんなにのびのびと冒険ができることだろう」

「あなたには、神崎安治さんの日記は、冒険小説だったんですね。あそこには餓死した人がいて、凌辱に耐えきれず自殺した人がいる」

「他人は他人なんです。我が身に降りかかったときだけ、考えればいいんです。他人への遠慮で意志を曲げてはいけない。その代わりできる時は人のことを考えてやればいい。——あれを読んでね。どうして今の時代はこんなに渇いているんだろうって思ったんです。あんなに簡単に人が死ぬ救いのない日記だというのにね」

長い時間が飲み込んでいたものが、ふっと光るように姿を現す。

美智子には、豪雨に流されていく家々と、線路のそばに点々と転がる犬に食われた死体が——昼の光の中で浮かび上がる犬の糞のような黒い死体が、重なった。

物事は突然起きるのではない。ふっと光るように姿を現したものには、文明社会が忘れている真実がある。たとえば人間は地球を支配する特権階級などではなく、所詮は肉の塊に過ぎないというような。

「そういえば確かに、立石一馬のパソコンには小説の原稿らしきものがありましたよ。捜し物とは違っていたので注意してなかったけど、そう言われれば上田十徳の小説に近い匂いがしました」

美智子は頷いた。

「上田十徳の『海の音』の舞台になった浜はあの油池の浜です。上田十徳は、立石殺害の動機について女のことに終始していますが、本当はそういう自分の現実から逃げるために、立石に消えて欲しかったんじゃないでしょうか」

「その未来って女を殺害するときも同じでしょうね。自分で消化できない。現実に問題になるかどうかの判断がつかない。それで、」

と、亜川は美智子を見た。彼は背が高いから、少し見下ろすようになる。

「上田十徳からはしっかり話はとれたんですか」

なんというのだろうか。あれほど得々として、ある意味誇らしげに語ったのは、現実感がないからだろう。一人称小説に酔いしれているみたいだった。

「裏も表も全部語り尽くしたと思います。上田十徳という、中途半端に売れた小説家を主人公にしたクライム小説みたいでした」

「出すんですか?」

「ええ。おかげで無事、この一カ月分の経費が落ちました」

今井も記事が書けることになった。それでも真鍋には十分にお釣りがくる。

「それにしてもなんだか壮大な事件でしたね」

美智子も亜川と同じように、歩道橋の手すりに身を預けて下を覗き込んだ。高いビルの谷間に、車のテールランプの宝石のように美しい光が縷々《るる》として続いていた。

「百年がかりの犯罪ですからね」

「森本恒夫は、桐野弁護士の『アドバイス』について、取り調べで話すと思いますか?」と亜川が聞いた。

「どうでしょう。でも話したとしても殺人教唆《きょうさ》にはならないですよ」と美智子は答えた。

結局、この騒動で美智子が得た事実は、上田十徳の吉田未来殺害についてのもので、それは闇鍋で摑んだようなものだった。森本賢次の事件についてはまだ息子の恒夫は否認しているが、悪友の証言が蟻の一穴となるだろう、あとは崩れるのみだ。

ライトが織り成す光の帯を見つめて、「立石一馬は文才があったんですねぇ」と、亜川が感嘆した。

立石一馬ももともとは正義となることを夢見ていたのだろう。だからこそ一番汚い所に足を踏みいれたのだろう。もしかしたらあたしたちよりずっと物事の本質を察知して、だから見切っていたのかもしれない。

嘘と偽善が嫌いではこの世は渡っていけない。だから俺には、あの女記者のことが不思議でしかたがない――そう立石は言ったそうだが、それは買いかぶりというものだ。嘘や偽善をまとわないなんて、それは素っ裸で歩いているのと同じ。

寒くて敵わない。

ピューッと一吹き風が吹いた。

「あの雨の夜、どうしてわたしに電話をかけて来たのですか？」

「あなたなら、何かを摑んで来てくれるかもしれないと思ったんですよ」

「だったら貸しが一つできたんですね。覚えておいて下さいね」

脆弱な都市の、ひょろひょろ伸びたビルの間に、輝くテールランプが作るネックレスのような光の帯が、するすると吸い込まれて消えていく。

亜川がその帯を見つめて、笑った。

「怖いですね」

ビルの上、空の低いところに月が出て、それが黄色くて大きかった。

参考文献

『伊方町誌』伊方町誌編集委員会　一九六八年

『赤い夕陽　愛媛の元満州開拓団記録』三根生幸也　愛媛新聞社　一九七三年

『砲撃のあとで』三木卓　集英社文庫　一九七七年

『愛媛県真珠養殖漁業協同組合二十年史』愛媛県真珠養殖漁業協同組合編　一九八〇年

『満蒙の権益と開拓団の悲劇』井出孫六　岩波ブックレット　一九九三年

『青春の赤い夕陽　元満州愛媛報国農場第二次隊員の手記集』「青春の赤い夕陽」発刊事業会　一九九四年

『愛媛県真珠養殖の変遷』小林憲次　真珠新聞社　一九九五年

『中国農民が証す「満洲開拓」の実相』西田勝、孫継武、鄭敏編　小学館　二〇〇七年

『《新版県史38》愛媛県の歴史』内田九州男、寺内浩、川岡勉、矢野達雄　山川出版社　二〇一〇年

『満洲分村移民の昭和史　残留者なしの引揚げ 大分県大鶴開拓団』渡辺雅子　彩流社　二〇一一年

『開拓民　国策に翻弄された農民』宗景正　高文研　二〇一二年

『真珠研究の最前線 高品質真珠生産への展望（水産学シリーズ180）』淡路雅彦、古丸明、舩原大輔編　恒星社厚生閣　二〇一四年

『人びとはなぜ満州へ渡ったのか　長野県の社会運動と移民』小林信介　世界思想社　二〇一五年

『移民たちの「満州」　満蒙開拓団の虚と実』二松啓紀　平凡社新書　二〇一五年

『還らざる夏　二つの村の戦争と戦後　信州阿智村・平塚』原安治　幻戯書房　二〇一五年

『「満洲移民」の歴史と記憶　一開拓団内のライフヒストリーからみるその多声性』趙彦民　明石書店　二〇一六年

平和祈念展示資料館　労苦体験手記　海外引揚者が語り継ぐ労苦（引揚編）
　第4巻　満州　https://www.heiwakinen.go.jp/library/shiryokan-hikiage04/
　第10巻　満州　https://www.heiwakinen.go.jp/library/shiryokan-hikiage10/

◉本書はフィクションであり、作中の人物、団体名はすべて架空のものです。
また本文中、現代では不当・不適切と思われる語句・表現がありますが、
当時の時代背景に鑑みて使用したものです。差別的な意図がないことを
ご理解ください。

本作は書き下ろしです。

望月諒子（もちづき・りょうこ）

1959年愛媛県生まれ。神戸市在住。銀行勤務を経て、学習塾を経営。2001年、『神の手』を電子出版で刊行しデビュー。2010年、美術ミステリー『大絵画展』で第14回日本ミステリー文学大賞新人賞を受賞。他の著書に『殺人者』『腐葉土』『フェルメールの憂鬱　大絵画展』『蟻の棲み家』『哄う北斎』などがある。

野火《のび》の夜《よる》

著　者／望月《もちづき》 諒子《りょうこ》

＊

発　行／2023年2月20日

発行者／佐藤隆信

発行所／株式会社新潮社

郵便番号 162-8711　東京都新宿区矢来町71

電話・編集部 03(3266)5411・読者係 03(3266)5111

https://www.shinchosha.co.jp

＊

装幀／新潮社装幀室

印刷所／株式会社光邦

製本所／大口製本印刷株式会社

＊

ISBN978-4-10-352192-1　C0093

乱丁・落丁本は、ご面倒ですが小社読者係宛お送り下さい。送料小社負担にてお取替えいたします。

価格はカバーに表示してあります。